U0083590

中國語言文字研究輯刊

二六編

第13冊

原始鹽城方言音韻系統擬測及相關問題之研究（上）

李天群 著

花木蘭文化事業有限公司

國家圖書館出版品預行編目資料

原始鹽城方言音韻系統擬測及相關問題之研究（上）／李天群著 -- 初版 -- 新北市：花木蘭文化事業有限公司，2024〔民113〕

目 14+168 面；21×29.7 公分

（中國語言文字研究輯刊　二六編；第 13 冊）

ISBN 978-626-344-609-0（精裝）

1.CST：比較方言學 2.CST：聲韻

802.08　　　112022491

中國語言文字研究輯刊

二六編　第十三冊　ISBN：978-626-344-609-0

原始鹽城方言音韻系統擬測及相關問題之研究（上）

作　　者　李天群

總 編 輯　杜潔祥

副總編輯　楊嘉樂

編輯主任　許郁翎

編　　輯　潘玟靜、蔡正宣　美術編輯　陳逸婷

出　　版　花木蘭文化事業有限公司

發 行 人　高小娟

聯絡地址　235 新北市中和區中安街七二號十三樓

電話：02-2923-1455／傳真：02-2923-1452

網　　址　http://www.huamulan.tw 信箱 service@huamulans.com

印　　刷　普羅文化出版廣告事業

初　　版　2024 年 3 月

定　　價　二六編 16 冊（精裝）新台幣 55,000 元

原始鹽城方言音韻系統擬測及相關問題之研究（上）

李天群 著

作者簡介

李天群，1999 年生，臺南人，國立中正大學中國文學系學士，國立政治大學中國文學系碩士，現為國立政治大學中國文學系博士生。研究興趣包含聲韻學、方言學、原住民文學，領域包括歷史語言學、漢語語源（本字）、漢語詞族、漢語音韻系統擬測，語言對象以近代音韻書、漢語方言（官話、閩南語）為主。

提　要

本論文旨以鹽城方言的前人調查材料與方言點田野調查材料，透過歷史語言學的比較方法（comparative method），重建「原始鹽城方言」（Proto Yán-chéng，PYC），並藉此原始漢語方言系統，解釋當下鹽城市若干語料中幾種值得注意的共時音韻現象。本論文所討論的議題皆集中於音韻（phonology）方面。此外，本論文以中古《切韻》架構及近代音時期的《中原音韻》（1324）、《西儒耳目資》（1626）二書為主要研究的歷時材料，對目前鹽城市下若干語料中值得注意的幾個歷時音韻現象，提出合理且可靠的解釋。

以下略述每章所討論的核心問題：

第 1 章〈緒論〉，闡述研究的課題與目的，並介紹所使用的方法、材料、步驟及章節安排。

第 2 章〈鹽城方言綜述〉，說明江淮官話洪巢片鹽城方言的背景，並進行文獻回顧與探討及歷史文獻介紹。

第 3 章〈原始鹽城方言音韻系統擬測〉，擬測原始鹽城方言的音韻系統，以綜觀鹽城方言在歷史比較法之下，共時與歷時之間的音韻發展。

第 4 章至第 6 章是原始鹽城方言的音韻比較，是從音韻的角度，進行原始鹽城方言音韻特徵探析與歷時比較，討論原始鹽城方言與中古《切韻》架構及近代音之間的關聯，亦證明原始鹽城方言音韻系統的構擬情形是否妥適。

第 7 章為〈結論與展望〉，根據研究總結原始鹽城方言，並說明主要研究成果及研究限制，也提出得以展開的相關後續研究。

致謝辭

首先，很感謝指導教授吳瑞文老師。吳老師非常照顧我，細心解決瑣碎問題，也就架構、理論、方法、資料等面向提點、討論，讓我在歷史語言學、漢語方言學、漢語語法有深刻認識，更在遇到波折時給予貼心的建議和叮嚀。吳老師也讓我參與計畫及讀書會，並擔任中央研究院語言學研究所的學習型兼任人員和中華民國聲韻學學會秘書處活動組長，學習之餘得以支應所需。本論文「原始鹽城方言音韻系統擬測及相關問題之研究」可以成型，不但是對於江淮官話的好奇，更是因為吳老師的用心提攜及計畫支援，使本學位論文有更明確的方向以利進行。故此，本論文係國家科學及技術委員會補助專題研究計畫「原始淮安方言音韻系統擬測及相關問題探討」（MOST 110-2410-H-001-044-）之部分研究成果。

其次，感謝兩位口試委員：曾若涵老師、陳筱琪老師，撥冗閱讀與提問，口試時傾囊相授，溫柔、清楚、中肯、細緻、專業地提供具建設性的修改建議，也對後輩提攜及鼓勵，使論文能更臻完備，並且突破困境，受益匪淺。特別說明，曾老師是我在中正中文系四年的導師，引領我進入語言學領域，得以在課程與閱讀間訂下目標，對近代漢語言文獻研究打下基礎。有趣的是，吳老師正是曾老師在聲韻學學會引介而認識，身為學生，那是何其有幸。

關於本論文的內容，感謝鹽城方言田野調查語料的發音人陳榮思先生，透過盛可欣同學引薦，以視訊方式蒐集語料，並不厭其煩地次次誦讀，使語料更加充沛；指導教授及口試委員們指出不少疏漏之處，給予珍貴建議，使本論文減少錯誤，也有更周全的思考；特別感謝柯艾君同學協助翻譯英文摘要，加強若干用語問題，使其更富有可讀性。至於文中殘存的任何錯誤，其責概由筆者自負。

感謝碩班導師高莉芬老師、林宏明老師，以及修課與旁聽期間提攜我的老師，他們是：楊秀芳老師、高桂惠老師、孫大川老師、鄭文惠老師、林啟屏老師、林巧敏老師、楊明璋老師、顏世鉉老師、宋韻珊老師、黃庭頎老師、衛易萱老師，期間解析繁瑣提問，令我反思治學態度；感謝政大中文系及中研院語言所的諸位行政人員，特別是吳思賢小姐、張浥雯小姐及林秀蓮小姐、林雅雯小姐、徐明玲小姐，讓行政流程都能順利處理；感謝聲韻學學會秘書長陳彥君老師的帶領，以及李慰萱小姐的協助，在每次辦理活動的討論與實作之間，總有諸多收穫。

感謝敲開我學術之門的中正中文系，和煦且關懷的老師們總讓我溫暖於心，他們是：謝明勳老師、蔡榮婷老師、黃錦珠老師、王瓊玲老師、蕭義玲老師、楊玉君老師、陳俊啓老師、鄭幸雅老師、黃靜吟老師、張書豪老師、鍾欣志老師、賴柯助老師、游富凱老師、鍾娸媜老師、李映瑾老師、林政逸老師、蘇葦菱老師，受業於學術寫作及研究視野，也在我的學術生涯給予諸多鼓舞。

同儕支持也是重要。感謝淩俊學長、元罄學長、群維學長、家祥、辰宇、柏閔、孝芃，大學至此保持聯繫，時時給我美好的接待；感謝喬茵學姊、哲正學長、郁媛學姊、子浩、明岳及河仰、宇軒，籌組歷史語言學及漢語語法讀書會，之間的收穫無以言表；感謝瀚霆、秦楓、炳勝、怡璇、左珉、佳豪、品程、彥澔、亭瑋、嘉卉、晉晨、品雁、宛盈、朝悅、以柔、人愷、宥樺、梓青、若安、瑊芝、大研、栩彤、俊圻、慧敏、艾君、吳非、絜茹、承恩常一同討論功課，相互切磋，讓我能持續精進；感謝璿璋學長、偉珉學長、泓嘉學長、長娣學姊、汪菡學姊、庭慈學姊、肇龍學長、智訓學長、知奐、岳霖、三浦、育菘、屏汝、一諾、晏竹、芳妤、嘉仁、禕涵、亦威、立鵬、皓緯、智霖、洺璿、士清、德智、軒羽點綴我的碩班生活；感謝校內公車司機閔陳輝先生次次的熱情招呼，以及安九嗶 bo 美食坊每每的殷勤款待，洋溢了我的碩班生涯。

接著，極大地感謝我最親愛的家人，包括我的父母親、爺爺、奶奶、外婆、姑姑、家族長輩及弟弟海群，在經濟面和情感面都給予無限的支持，讓我可以有一個溫暖的家，放心地北上，選擇自己想走的路，得以持續研究及寫作。

至此，碩班生涯來到尾聲，終究歡喜，卻也揪心。對於成就起的，我萬分有幸；對於放開手的，我萬分感激。無可限量之中，我確信，只要肯堅持，必然會有一個結果。不要侷限自己，如果先畫了靶，那也只是走在框架中罷了。身為中文人，我跳脫框架，追尋自我，追逐愛情，更在求「變」。唯有「變」，才能讓自己更為「不凡」，也因為「不凡」，所以更有責任去推動每一個「變」。我致上青春，投入學業、學術，適逢重要時刻，完成本論文，對我來說是莫大的成就與感動。

最後，再次對關心、幫助我的師長及同學、好友，表示衷心地感謝。我很榮幸能與你們相遇。

李天群 謹誌

於國立政治大學百年樓

2023.03.31

寫在前面

九月底，甫完成四個月海軍陸戰隊常備兵役軍事訓練，回返政大，開始博士生生涯。「閩南語研究」課堂旁聽之前，瑞文老師喚上了我，拿出了一封信：來自花木蘭文化事業有限公司的出版邀請。商討之後，即由瑞文老師去信花木蘭文化事業有限公司的許編輯主任郁翎進行推薦，由此，開啟了碩士論文出版的這趟旅程。

非常感謝指導教授吳瑞文老師，若非吳老師撰寫文件且親自推薦，持續指導且關心進度，此本拙作或許只會躺在達賢圖書館的文庫或博碩士論文網的電子文檔裡爾爾；感謝口試委員曾若涵老師及陳筱琪老師，您們口考的提點，都為這一本論文增加可信；感謝花木蘭文化事業有限公司來信邀請，讓拙作有機會見見世面，也要感謝校對、清樣時與我聯繫的花木蘭文化事業有限公司編輯同仁：許編輯主任郁翎、蔡編輯正宣、潘編輯玟靜，面對錯落繁瑣之修改一一更正，頻繁來信，那是順暢且愉快的經驗；感謝獲悉本人正處校稿、清樣的焦慮而給予鼓勵的夥伴們，他們是：偉珉學長、知奐、岳霖、三浦、秦楓、炳勝、柏閔、辰宇、家祥、德智、瀚霆、勻榕，您們的支持是我校對、清樣時的心靈支柱。

非常感謝我的家人們，特別是我的父母親，不辭辛勞，曾經的日夜叮囑到現在的各自紛飛，兩兄弟在各自熱愛的場域拚搏，回到家能當個可愛的兒子，是啊！那是屬於家的聲響。爺爺、奶奶、外婆、姑姑等家人們，獲悉此書要出版時，無不給予鼓勵，實是感動。

語言研究或人文研究，實非立竿見影之事，那是需要悉心積累、用心經營且耐心磨練的人生課目。我何等有幸，遇到溫暖的家庭、儒雅的師長及和藹的夥伴，能無後顧之憂地在學術之間討論功課、撰寫論文，那是多麼令人歡欣的事。

深深地感謝著。

李天群 謹誌

於國立政治大學達賢圖書館

2023.11.23

目次

下　冊

圖次

表次

第1章　緒　論

本學位論文（以下簡稱本論文）題目為「原始鹽城方言音韻系統擬測及相關問題之研究」，旨以鹽城方言的前人調查材料與方言點田野調查材料，透過歷史語言學的比較方法，重建「原始鹽城方言」（Proto Yán-chéng，PYC），並藉此原始漢語方言系統，解釋當下鹽城市若干語料中幾種值得注意的共時音韻現象。此外，本論文以中古《切韻》架構及近代音時期的《中原音韻》（1324）、《西儒耳目資》（1626）二書為主要研究的歷時材料，對目前鹽城市下若干語料中值得注意的幾個歷時音韻現象，提出合理且可靠的解釋。

第 1 章為〈緒論〉，說明本論文研究的課題與目的，並介紹本論文所使用的方法、材料、步驟及章節安排，最後附有標注音標說明。具體內容為：1.1 研究動機與目的；1.2 研究方法；1.3 研究材料；1.4 研究步驟；1.5 章節安排；1.6 標注音標說明，亦即分為六部分來呈現。

1.1　研究動機與目的

觀察前人論述，對於江淮官話的研究，多以共時觀點，撰寫方言點的聲韻調系統與相關問題研究，或以歷時分析觀點，實施「上而下」的歷時研究。然而，筆者受歷史語言學之比較方法（comparative method）啟發，認為得以透過比較方法，利用共時的語音及「下而上」（bottom up）的研究角度，達成對於原始鹽城方言的音韻系統擬測及相關問題之研究。再利用「上而下」(top down)的研究角度，透過原始鹽城方言與中古《切韻》架構及近代音材料的比較，釐清之間的對應關係，亦驗證原始鹽城方言音韻系統的構擬情形是否妥適。

本論文之研究動機與問題意識緊密相扣，由問題意識引發研究動機，故以下合併討論動機與問題，並將動機與問題分成四個部分逐一說明。

1.1.1 展示鹽城方言的語音面貌

本論文欲以鹽城方言為核心，先進行田野調查和方言描寫，增加可用來比較的語料。透過對於聲母、韻母、聲調的歸納，明白鹽城方言語音的類型和分佈。透過鹽城市語料（鹽城城區）的田野調查和語料描寫，以逐步掌握原始鹽城方言的面貌。此即本論文的第一個動機。

1.1.2 以比較方法擬測原始鹽城方言

目前多數的漢語方言歷史研究，大多先以中古音系（《切韻》）或北京音為框架，將某個方言與之進行比較。這樣能於短時間內理解某個方言中古音系（《切韻》）或北京音的異同，然而，常會忽視了方言本身的面貌，淪為「為中古音分類找註腳」的預設立場，進而推論出現瑕疵或是疏漏。

羅杰瑞（Norman 2011：97）曾以漢語方言通音（Common Dialectal Chinese）的擬測為例，對於研究方法有所說明：

> （擬測漢語方言通音）一種是使用比較的方法立足於現代方言回溯式進行構建與歸納。更快捷而有效的方法則是從《切韻》的音類著手，系統地去除現代漢語方言沒有的特徵，並重新整理音系的分類，使之與漢語方言音類的分合一致。……我確信這兩種方法（比較的方法和對《切韻》音類的消減和重新分類法）會得到基本相同的結果。

上述的觀察值得注意。故此，筆者欲利用歷史語言學的比較方法來進行原始鹽城方言的擬測，之後再利用所擬測的原始鹽城方言出發，和近代音的歷時語料進行音韻比較，期待能在比較方法基礎上，來理解方言音韻史及漢語音韻史之間的關係。此乃本論文第二個研究動機。

1.1.3　釐清鹽城方言之各種語音現象的演變過程

本論文欲以鹽城方言為中心，利用客觀而嚴謹的歷史語言學研究方法，觀察音系與音系之間，聲母、韻母、聲調呈現的互動情形，廓清若干不必要甚至矛盾的語音推演，藉此證明漢語方言歷史研究得以直接採取歷史比較方法擬測原始方言；由於前人研究中多僅針對江淮官話整體或局部進行說明，未深入處理江淮官話洪巢片的內部方言比較，本論文欲在前人基礎上補充鹽城方言的比較與相關問題探討，了解鹽城方言整體的音韻系統，並給予其合理解釋。此乃本論文第三個研究動機。

1.1.4　鹽城方言與歷時材料的比較

為了驗證原始鹽城方言之音韻系統是否妥適，筆者嘗試透過歷時方面的研究，進行原始鹽城方言與中古《切韻》架構及近代音材料（《中原音韻》、《西儒耳目資》）的比較，釐清之間的音韻對應關係，並了解自原始語〔註 1〕、中古、近代至現代的語音流變。此乃本論文第四個研究動機。

綜合上述，本論文欲解決的研究問題列述如下：

1. 透過鹽城市語料（鹽城城區）的田野調查和語料描寫，增加可用來比較的語料，以逐步掌握鹽城方言的面貌。

2. 透過歷史語言學的比較方法來擬測原始鹽城方言，進而與其他學者對於江淮官話的擬測、研究進行比較，祈能使原始江淮官話獲得更深層的認識。

3. 利用客觀而嚴謹的歷史語言學研究方法，釐清音韻之規則對應，廓清若干不必要甚至矛盾的語音推演，藉此證明漢語方言歷史研究得以直接採取歷史比較方法擬測原始漢語方言。〔註 2〕

4. 透過原始鹽城方言與中古《切韻》架構及近代音材料（《中原音韻》、《西儒耳目資》）的比較，釐清之間的對應關係，亦驗證原始鹽城方言音韻系統的構

〔註 1〕Terry Crowley & Claire Bowern（2010：78）認為，語言在家庭中具有遺傳相關性的想法，所有這些家庭都來自一個祖先，這我們稱之為「原始語言」。

〔註 2〕Lyle Campbell（2013：396～397）認為，雖然我們很高興能夠獲得早期書面記錄，但書面記錄絕不是必要的。隨著重新定位，書面語言的特殊地位減少，注意力更多地轉向口語，特別是方言，而對方言的關注，促進語音學的發展，即記錄口語形式的技術。對於比較方法而言，與舊書面傳統的存在絕不是必要的，並且，書面記錄對於歷史語言的價值，僅與我們解釋它們的能力和準確地確定它們所代表的語言的語音和結構特性。

擬情形是否妥適。〔註3〕

1.2 研究方法

本論文主題係鹽城方言的音韻，以鹽城城區為範圍，音韻特徵為核心，進行有關聲母、韻母、聲調的相關研究。本論文預計採田野調查的方式，透過方言點的擇取，蒐集、描寫鹽城方言之語音後，再利用歷史比較法、內部擬測法，確立鹽城方言的類型與分佈。

本論文將全面蒐集中文學界、語言學界有關官話、方言、鹽城方言之相關背景研究論述，包含學位論文、期刊論文等研究成果，以掌握官話、方言上的相關特徵及問題。此外，建立與鹽城方言相關關鍵詞之檢索清單，並且利用圖書館資源，搜尋文獻中相關鹽城方言的地理資訊、人文風情、歷史背景、方言詞典等相關材料，並嘗試考察歷代對於鹽城方言其音、其韻之認識，亦藉此觀察鹽城方言在歷時與共時上的特殊之處。

筆者綜合研究動機與研究問題及文獻回顧與探討，本論文預計進行原始鹽城方言的擬測，並從這個擬測出發去探討相關語音演變。研究方法如下：

1.2.1 描寫法（語音採集與記錄）

描寫語言學（Descriptive Linguistics，共時語言學）方法與歷史語言學相對，主張共時的描寫，並且強調分析方法的研究，主張必須針對語言事實，陳述客觀、合理的描寫。

本論文擬增加既有鹽城方言的語料內容，因此，筆者欲先進行語音採集與記錄。為更貼近鹽城方言的現代語音、音系，本論文將進行田野調查（field research）。

首先，採用中國社會科學院語言研究所編制的《方言調查字表》（1988）等資料，以製作出適合的「字表」，用來紀錄鹽城方言的日常語音，也方便筆者日後進行整理。本調查「字表」設計的目的主要有三：能呈現鹽城方言在音韻上的特色、藉以呈現鹽城方言完整的音韻系統、能了解鹽城方言類型和

〔註3〕Lyle Campbell（2013：391）認為，語言學的目的之一是從文獻中獲取歷史信息，以了解文本背後人們的文化和歷史；另一目的是檢查和解釋較早的書面證明，以獲取有關編寫文件的語言（或多種語言）歷史的信息。

規則對應。〔註 4〕

接著，筆者將透過對於鹽城方言的知識背景，挑選數個具代表性的方言點，進行前置作業，包括尋找發音人、時間安排、器材準備……等。本論文以調查鹽城方言類型與規則對應為重點，關於發音人的擇選，排除社會方言學的變項，諸如：階層、性別、學歷、職業、心理認同及社會網絡等調查，發音人以世居當地，並以鹽城方言作為其生活語言的使用者為主。

再來，依據「字表」，通過「田野調查」，向發音人請教「字表」中的每個發音，並且針對其日常生活之語音進行蒐羅，再透過國際音標（IPA）描寫發音人的語音，以將各個方言點的語音據實呈現。筆者預計將這些語料輸入電腦，建置為一個「鹽城方言語料庫」，以供日後研究查詢及分析之用。累積足夠語料後，便著手描寫鹽城方言的音韻系統。此外，關於聲調格局，筆者透過貝先明先生及向檸女士所開發之「praat 漢化版」實驗語言學應用程式進行操作，透過「聲調統計與畫圖」，以明晰田野調查語料之聲調格局。

值得說明的是，由於 2020 年初嚴重特殊傳染性肺炎（COVID-19）疫情爆發，疫情的發展與資訊科技的發達，「田野調查」的方法如《漢語方言學導論（修訂本）》（游汝傑 2018：15～16）所言的間接調查（indirect method）與直接調查（direct method），都值得讓人再重新思考。對於「田野調查」，因應時空狀態，實地移地研究或非值得擇取的選項。故此，本論文預計採取線上語音進行，或於國內徵詢鹽城方言相關方言點之發音人，期能達成此研究的語料蒐集與後續研究。

1.2.2　歷史比較法

歷史語言學（Historical Linguistics）係「把各種有親屬關係的語言或方言加以比較，從而整理出它們各方面發展的過程和發展規律」（岑麒祥 1981：1），乃「如何從語言的空間差異中去推斷語言在時間上的發展序列」（徐通鏘 1996：95）。歷史比較語言學自 19 世紀興起，致力於研究語言或方言之間的親屬關係和歷史演變，並以構擬原始母語作為研究重要目的。自高本漢以來，漢語方言的研究從歷史比較方法中獲得重大的啟發與進展。

〔註 4〕不過，「字表」也是有其限制。「字表」只有單音詞，沒有雙音詞，因此無法得知聲調及詞綴的發音型態，亦無法得知連讀時的特殊語音或雙音詞出現的特殊音節，也無法得知自由變體的情形。

關於歷史比較法，筆者參考何大安（1991）、徐通鏘（1996）及 R. L. Trask（2000），認為得以透過共時語言學所描寫的音韻材料，尋找相關的對應規律，並用以探索語音的歷時發展軌跡，利用橫向共時比較，找出方言語音的差異和特點，再以縱向歷時比較，發現語音發展變化規律。由於語音變化具有規律，並有其差異和不平衡，這些都代表不同發展方向或不同階段。Terry Crowley & Claire Bowern（2010：79）認為，即使我們沒有原始語言的書面記錄，也常常可以使用比較法從後代語言的反射中重建原始語言的某些方面。

對此，將一個方言內不同種類、不同地點的語音進行比較，研究彼此之間的相同與不同，得以藉此合理地解釋語音的演變和差異。根據發生學的關係（genetic relationship），先判斷「對當」（correspondence），即語言間對共有詞彙是否有成系統的反復對應（systematic recurrent correspondence），若有，則可根據同源詞（cognate）的語音特徵重建原始語。

筆者設法還原或重建原始語言。首先，歸納各類字在各方言點中不同讀音的類型；其次，分析這些不同讀音類型，從歷史音變、相對年代、語言共性等方面，推斷這些讀音類型的演變順序，找尋音變的「規則性原則」（principle of regularity）；最後，構擬或重建（reconstruct）各類字的原始語言（proto-language）及其原始音節（故此，本論文在擬測形式的左上方加注「*」表示）。而在構擬的過程中，實際上也是在針對歷史演變進行解釋，畢竟，構擬的原始語必須得以解釋各種今讀形式。〔註 5〕

關於原始音韻系統擬測更詳細的相關規範，將在 3.1〈原始鹽城方言音韻系統擬測說明〉進行更詳盡的論述。

1.2.3 歷史層次分析法

語料累積豐厚，在充足材料上，進一步工作是要進行語言內部結構分析。關於歷史層次分析法，是用來區分多層次語言類型的一種方法，目的是辨別語音差異之根源，然後再進行比較，找出語音演變之原因，並且重建早期語言形

〔註 5〕Lyle Campbell（2013：299）認為，在該地理區域中，由於借用和語言接觸，一個地區的語言開始共享某些結構特徵——不僅是借來的詞，而且還共享語音、形態或句法結構的元素。語言區域的核心特徵是，同一地理區域的語言間，存在結構相似性（且語言們在遺傳上不相關，或者至少不是近親）。「語言接觸」或為可能選項之一，然本論文先依據歷史語言學的比較方法為主要研究方法。

式。此方法主要分析方言演變過程中，方言自身按照語言演變規律而形成的不同歷史層次疊加，或是外來影響造成方言不同層次疊加（段亞廣 2012：12）。對此，關於其步驟：（1）在一個方言中分析出不同系統的語音層次；（2）確認方言中各個層次的時間先後（包含相對年代與絕對年代）；（3）從音類的分合建立方言之間的層次對應；（4）回到歷史比較法將每一個層次構擬出最早的讀音形式（陳忠敏 2013：88～89）。

1.2.4 內部擬測法

根據 R.L.Trask（2000），「內部擬測法」（Internal Reconstruction）係根據共時的語料蒐集和音系整理的個別例證，進行歷時音系規律的擬測，這是用來擬測原始音系的方法。關於「內部擬測法」，其與歷史比較法不同的是，歷史比較法是用於兩個或兩個以上的同族語言，而內部擬測法則完全限制於一個完整的語音系統內，透過共時結構的差異或語言系統內部的某些不規則現象，來進行歷時研究的方法。內部擬測法是針對單一語言材料進行分析，從語言結構系統中的異常分布、空檔（gap）、不規則型態變化……等，來探討語音轉換（alternation）。

Lyle Campbell（2013：198～199）認為，內部構擬有幾個立論假設：變體不是原創的，而是在過去的某個時間，語言經歷變化的結果；不同形式都是來源自同一早期形式，經歷了條件音變，形成如今的各個變體；透過假設早期的單一形式以及變化（有條件的音變），分析交替形式中，各種情狀的語素；通過內部構擬的語言，通常會有前綴 pre-（和比較方法重構的 proto-相對立），但在歷史語言學中，加了前綴 pre-者，有時未必和內部構擬有關。內部構擬法必須遵循：（1）辨認出交替形式，即同一單位的不同語音變體；（2）為上述變體假設一個共同的來源形式；（3）為此共同來源發展到不同變體之過程，建立音變規則；（4）檢查其他變體，確認提出的音變規則亦能解釋其他變體。以上四步驟具體實踐時，常常會同時進行，並反覆驗證，我們不需要將步驟與步驟之間的順序性明確區分。

筆者預計透過此方法，探尋語言中符合或不符合整體音韻規律的現象，並探討各種讀法、差異的來源，以觀察語言內部每階段的發展狀況。最後，再根據所歸納出的特徵，管窺重要的音韻研究課題。

1.2.5 文獻分析法

文獻分析法（Document Analysis）係根據一定的研究目的或課題，透過文獻資料之蒐集，從而掌握所要研究問題的一種方法。

各個語言（方言）之間在共時平面上所存在的對應，都暗示著從古到今的歷史音變。故此，經過共時平面上的音韻對應考查與原始語的構擬後，筆者欲利用文獻分析法，從歷時考察上，透過選定的鹽城方言相關方言點所記錄的音韻比較分析，筆者也將嘗試對照中古音與近代音之文獻。

這部分的文獻有兩種性質，一種是以「表音文字」所記錄的文獻，例如金尼閣《西儒耳目資》、瓦羅《華語官話語法》（1703）；另一種則是以方塊字記錄的文獻，例如周德清《中原音韻》、李登《書文音義便考私編》（1587）、李汝珍《李氏音鑑》（1805）。就二者之比較而言，表音資料更為重要。

1.3 研究材料

本論文使用的研究材料有兩種。一種是「歷史文獻」語料，另一種是「田野調查」語料。以下分別說明「歷史文獻」語料和「田野調查」語料。

1.3.1 「田野調查」語料

本論文以鹽城方言的語音研究為主，必須扮演調查者（investigator）執行「田野調查（fieldwork）」，進行語音的採集與錄音。雖然受限於人力及時間因素，調查工作十分龐雜，然而，關於提供語料的發音人，筆者挑選語言能力佳、認識漢字，並長時間與長輩使用鹽城方言的語音者為合作對象。

本論文之「田野調查」語料蒐集，係筆者於 2022 年 10 月，透過視訊向江蘇鹽城陳榮思先生採錄之語音，共採錄 834 個字例。詳細記音可參本論文〈附錄〉。

1.3.2 「歷史文獻」語料

「歷史文獻」包含地方方言點記音書籍（同音字彙、資料彙編等）及韻書，這是方言研究中最為重要的輔助性材料。

綜觀同音字彙、資料彙編等，每本明確以聲母、韻母進行排序，資料彙編更有羅列出各方言的語音和常用詞彙。並且，已經透過分類與整理，歸納出各個方言的音系，以及各方言點的音韻特色。

另外，關於韻書材料，本論文以近代的《中原音韻》、《西儒耳目資》二書為主要研究的歷時材料。古代韻書材料有其不確定因素，使用時需要先經過爬梳，才能用來與現行鹽城方言的音韻研究。更詳細的介紹將於 2.3〈本論文使用之歷史文獻概述〉進行說明。

1.4　研究步驟

綜觀上述之方法及材料，為使研究順利進行，以達成預期成果，本計劃分成數個步驟進行：

1. 全面蒐集中文學界、語言學界有關官話、方言之相關背景研究論述，以及歷代對江淮官話、洪巢片、鹽城方言的音韻研究課題。

2. 搜尋文獻中相關鹽城地區的地理資訊、人文風情、歷史背景、方言詞典、同音字彙等相關材料，並分類、整理之。

3. 製作出語音田野調查時所需的「字表」。

4. 透過鹽城方言的地理資訊，從中挑選數個具代表性的方言點。

5. 選擇方言點之後，開始物色對於本論文合適的發音合作人。

6. 通過「田野調查」，向發音人請教「字表」中的每個發音。

7. 透過國際音標（IPA）及「五度制調值標記法」記錄發音人的語音，以將各個方言點的語音據實呈現。

8. 通過「同音字彙、資料彙編」等，紀錄「字表」中的每個發音。

9. 累積足夠的「田野調查」語料與「方言詞典」語料後，著手歸納、整併，描寫鹽城方言各方言點的音韻系統。

10. 將鹽城方言相關方言點的音韻進行比較分析，利用歷史語言學的比較方法擬測原始鹽城方言。

11. 根據原始鹽城方言，對目前鹽城市下若干語料中值得注意的幾個共時音韻現象，並以前人之研究成果及歷史文獻（中古《切韻》架構、《中原音韻》、《西儒耳目資》），針對此些語音現象提出合理且可靠的解釋。

12. 總結原始鹽城方言，並說明聲韻互動、主要研究成果，也提出於本論文的基礎上得以展開的相關後續研究。

1.5 章節安排

本論文以「原始鹽城方言音韻系統擬測及相關問題之研究」為題，旨以鹽城方言的前人調查材料與方言點田野調查材料。本論文主要著重於「音韻（phonology）」，而未及詞彙、語法、文法的處理。

以下列出本論文之章節安排，並略述每章所討論的核心問題：

第 1 章為〈緒論〉，概述研究動機與目的、研究方法、研究材料、研究步驟、章節安排，並說明標注音標的方法；

第 2 章為〈鹽城方言綜述〉，說明江淮官話洪巢片鹽城方言的背景，並進行文獻回顧與探討及歷史文獻介紹；

第 3 章為〈原始鹽城方言音韻系統擬測〉，首先擬測原始鹽城方言的音韻系統，以全面綜觀鹽城方言在歷史比較法之下，共時與歷時之間的音韻發展；

第 4 章至第 6 章是從歷史語料看鹽城方言的音韻演變，乃從音韻的角度，進行原始鹽城方言音韻特徵探析與歷時比較，討論原始鹽城方言與中古《切韻》架構、近代音的關係，亦進一步驗證原始鹽城方言音韻系統的構擬情形是否妥適：第 4 章是〈從歷史語料看鹽城方言的聲母演變〉，主要進行聲母音韻特徵探析與歷時比較；第 5 章是〈從歷史語料看鹽城方言的韻母演變〉，主要進行韻母音韻特徵探析與歷時比較；第 6 章是〈從歷史語料看鹽城方言的聲調演變〉，主要進行聲調音韻特徵探析與歷時比較；

第 7 章是〈結論與展望〉，根據本論文的研究，總結原始鹽城方言的聲韻互動，說明主要研究成果、所面臨的研究限制，也提出於本論文的基礎上得以展開的相關後續研究；

於後，〈參考書目〉列明本論文引用或翻檢的資料；〈附錄〉置放筆者所整理之方言記音。

1.6 標注音標說明

本論文所標注的漢語方言語音符號，皆依據國際音標（IPA）的標注。以下分別就聲母、韻尾與韻類、聲調三方面進行標注音標之說明。

1.6.1 聲母部分

本論文的送氣聲母，以上標的 h（^{h}）進行標注。以臺灣華語為例：〔註 6〕「柯」標為 k^{h}ə1、「亭」標為 t^{h}iŋ2、「體」標為 t^{h}i3、「蔡」標為 ts^{h}ai5。

另外，本論文的零聲母，必要之時，以數學符號空集合[Ø]進行標注。以臺灣華語為例：「安」標為Øan1、「吳」標為Øu2、「雅」標為Øia3、「艾」標為Øai5 / Øi5。

1.6.2 韻尾與韻類部分

關於韻尾與韻類標音，本論文將舌根鼻音韻尾標記為[-ŋ]，而非標為[-ng]。以臺灣華語為例：「鍾」標為 tʂɔŋ1、「萍」標為 p^{h}iŋ2、「懂」標為 tɔŋ3、「痛」標為 t^{h}ɔŋ5。

關於本論文中古韻類的標註方式，以「韻攝＋開合＋等第」的方式表示。例如：「君」為「臻攝合口三等」字，以「臻合三」表示。

1.6.3 聲調部分

關於本論文標注的聲調，因為共時音系需要標記發音人的聲調調型，故需標註調型時以「調值」標明。「調值」以趙元任（1930：25）之「五度制調值標記法」進行記錄。以臺灣華語為例：「朱」標為 tʂu55、「茹」標為ʐu35、「敏」標為 min214、「樺」標為 xua51。

另外，本論文凡論及語音演變，則改以「數字」作為「調類」符號。調類的標示方式為：陰平調 1、陽平調 2、陰上調 3、陽上調 4、陰去調 5、陽去調 6、陰入調 7、陽入調 8。不分陰陽的調類皆標為陰調（奇數）。

1.6.4 其他

本論文亦有漢語拼音標註之處，以《教育部重編國語辭典修訂本》的記錄為主。〔註 7〕例如：「君」標為 jūn、「絜」標為 jié、「許」標為 xǔ、「宥」標為 yòu。

〔註 6〕此處臺灣華語之聲調標示方式為：陰平調（第一聲）1、陽平調（第二聲）2、上聲調（第三聲）3、去聲調（第四聲）5。

〔註 7〕教育部重編國語辭典修訂本 http://dict.revised.moe.edu.tw/cgi-bin/cbdic/gsweb.cgi?ccd=KGYDT4&o=e0&sec=sec1&index=1（檢索日期：2023/01/15）

關於本論文文白異讀之標註方式，本論文以下標的「文」（文）或「白」（白）方式標注例字，即「○文」、「○白」；至於音標之標註方式，則將文讀音下加雙底線，將白讀音下加單底線，即「○」、「○」。

本論文字例需要舉例、注釋時，以下標的方式進行標注（同文白異讀的處理），並於下標時以「～」表示被解釋字。以「重」為例：「重復」義標為「重~復」、「輕重」義標為「重輕~」。

特別說明的是，本論文在擬測形式的左上方加注「*」表示。

第 2 章　鹽城方言綜述

第 2 章為〈鹽城方言綜述〉，說明江淮官話洪巢片鹽城方言的背景，並進行文獻回顧與探討及歷史文獻介紹。具體內容為：2.1 鹽城方言背景說明；2.2 文獻回顧與探討（前人研究成果）；2.3 本論文使用之歷史文獻概述；2.4 鹽城方言語音概說，亦即分為四部分來呈現。

2.1　鹽城方言背景說明

本論文主要以鹽城城區為中心進行研究。鹽城位於江蘇省北部，鹽城市多數點方言均屬於江淮官話洪巢片。故此，筆者進行以下說明江淮官話、洪巢片、鹽城市之簡介，以明白本論文之研究背景。

2.1.1　江淮官話簡介

「江淮官話（Jiang-Huai Mandarin）」，又稱下江官話（Lower Yangtze Mandarin）（袁家驊等 1983：24）、江淮方言（劉俐李 2007：1），係漢藏語系漢語族官話。袁家驊等（1983：24）認為「江淮方言，即下江官話，分布於安徽江蘇兩省的長江以北地區（徐州蚌埠一帶屬北方方言區，除外）和長江南岸九江以東鎮江以西延江地帶」。關於「江淮官話」的分布，《中國語言地圖集：第 2 版——漢語方言卷》（中國社會科學院語言研究所等 2012）有「中國漢語方言」全圖，見下圖（圖 1）：

圖 1 《中國語言地圖集：第 2 版——漢語方言卷》中國漢語方言

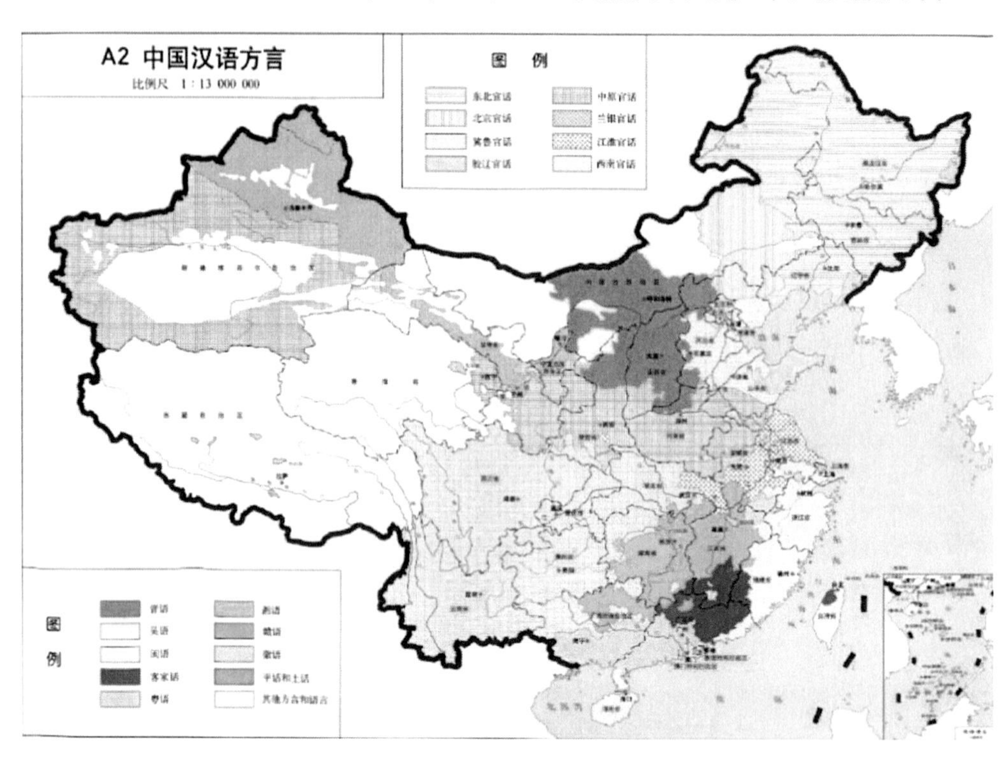

透過上圖 1 可知，江淮官話大略分布於安徽省、江蘇省、浙江省、湖北省、江西省，且以安徽省及江蘇省為最主要的二省分。而關於江淮官話區的自然地理情況，則見下圖（圖 2）：〔註 1〕

圖 2　江淮官話區的自然地理情況

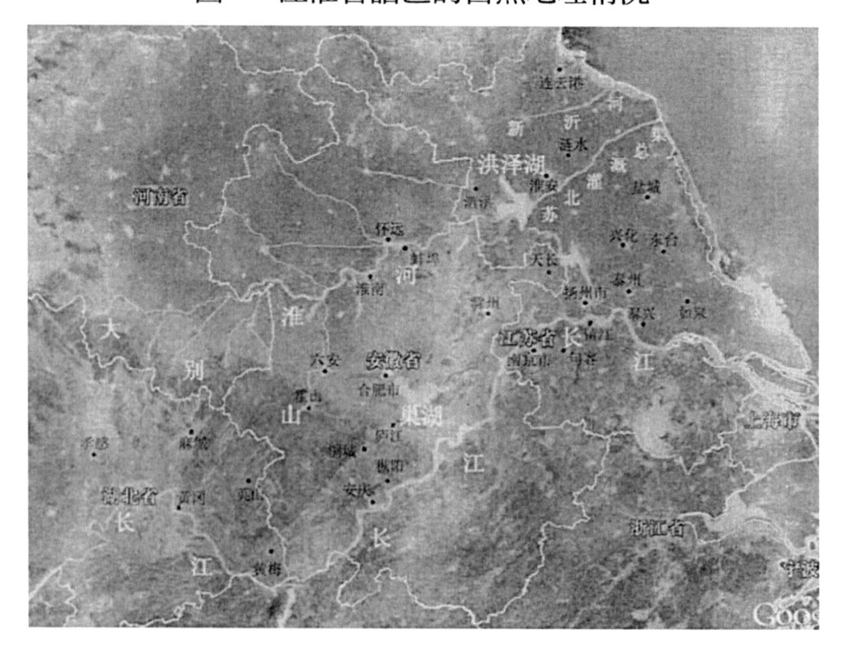

〔註 1〕此圖引於馮法強（2017：2）。

另外，根據《中國語言地圖集：第 2 版——漢語方言卷》「江淮官話範圍」圖，江淮官話自東向西分有：通泰片（泰如片）、洪巢片、黃孝片，見下圖（圖 3）：

圖 3 《中國語言地圖集：第 2 版——漢語方言卷》江淮官話範圍

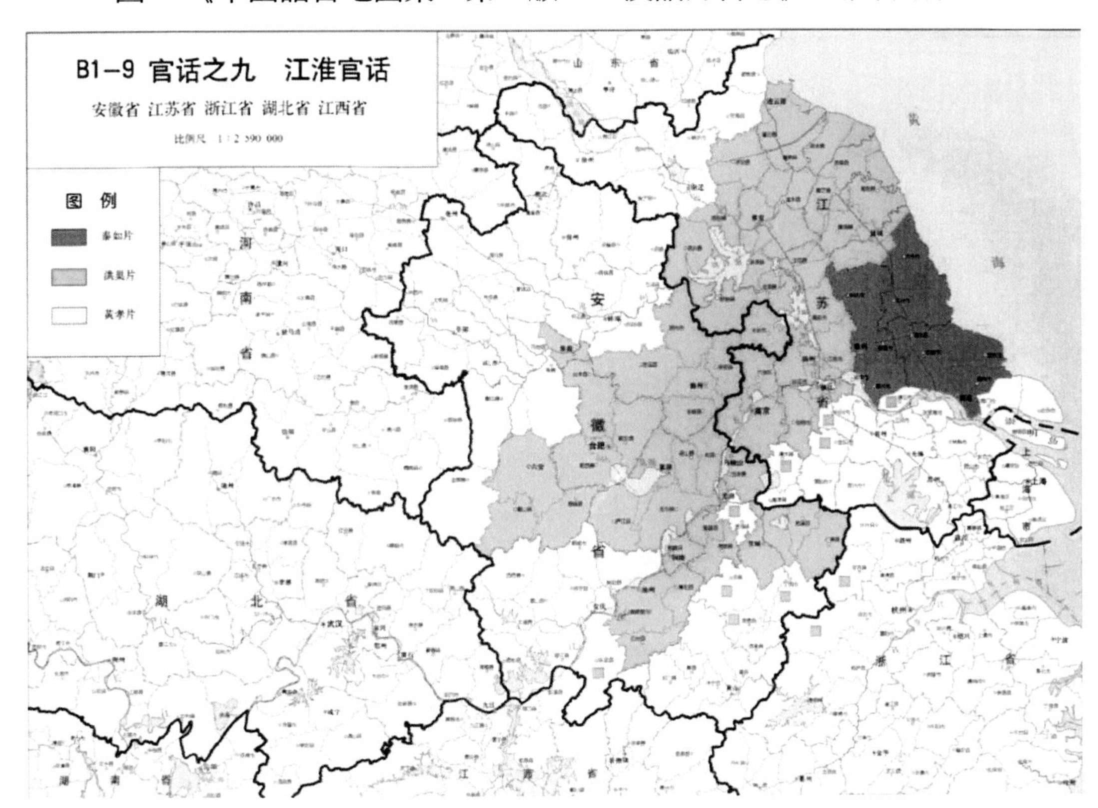

2.1.2 江淮官話洪巢片簡介

本節介紹江淮官話洪巢片的地理分布及歷史背景。

2.1.2.1 江淮官話洪巢片的地理分布

江淮官話洪巢片（洪澤湖——巢湖片）是沿著洪澤湖與巢湖一線，從東北至西南，分布在蘇東北、蘇中、蘇西南至皖中，計有 78 個縣市。其中，安徽計有 43 個縣市，江蘇有 33 個縣市，浙江有 2 個縣市。

根據馮法強（2017：4）的說法，關於江淮官話洪巢片的地理分布，基本上皆在江蘇、安徽大部分地區，少部分則落在浙江省。具體的區域詳列於下：

> 江蘇省的連雲港市、灌雲縣、灌南縣、沭陽縣、泗陽縣、泗洪縣、淮安市、鹽城縣、洪澤縣、盱眙縣、金湖縣、響水縣、濱海縣、阜寧縣、射陽縣、建湖縣、鹽城市、鹽都縣、寶應縣、高郵縣、江都市、揚州市、儀征市、六合縣、江浦縣、靖江市沿江少數鄉鎮（以

上長江以北）、南京市、句容市、深水縣部分鄉鎮、鎮江市、丹徒縣大部分鄉鎮、揚中市、丹陽市部分鄉鎮、金壇市部分鄉鎮（以上長江以南）；

安徽省的六安縣、霍山縣、舒城縣、懷遠縣南部、淮南市、合肥市、長豐縣、肥東縣、肥西縣、巢湖市、廬江縣、無為縣、含山縣、和縣、撤州市、定遠縣、來安縣、全椒縣、明光市、天長市、馬鞍山市、當塗縣西部、完湖市、蕪湖縣、南陵縣、繁昌縣荻港、赤沙等鄉、銅陵市、銅陵縣大通、安平、池州市西北、青陽縣、石臺縣部分、東至縣北部、宣城市、郎溪縣、廣德縣縣城、東亭鄉、甯國市南部、經縣童疃鄉、旌德縣。

此外，浙江省的安吉縣章村、姚村一帶和臨安市的一些村莊也有少量分佈。

以《中國語言地圖集：第 2 版——漢語方言卷》（2012）和馮法強（2017）的分區，江淮官話洪巢片的周邊，北面中原官話、東面江淮官話通泰片、東南面吳語太湖片、南面吳語宣州片、西南面贛語懷嶽片、西面淮語黃孝片。

2.1.2.2 江淮官話洪巢片的歷史背景

現代漢語的方言形成，係為北音南遷。江淮地區處於南北之間，其政治、經濟、文化方面受到北方甚深，而語言必然也受到北方影響。〔註 2〕現行的江淮官話區，在隋唐之前大多是吳語區。故此，關於江淮官話洪巢片的歷史背景，也是非常重要的一環。

根據譚其驤《中國歷史地圖集》（1982），可知從東晉開始，永嘉之亂晉室南渡之後，現今江淮官話的核心區域未曾分裂，都是整體統轄於一個行政區域內，保證了江淮官話穩定發展。

從鮑明煒（1998：1～5）來看，江淮官話洪巢片中，蘇北〔註 3〕（傳統意義上的）以南京話、揚州話為代表，南京、鎮江、揚州自從永嘉南渡之後，一直

〔註 2〕錢曾怡（2010：290）認為，江淮地區地處南北之間，交流與遷襲歷來劇烈，其定型時間較晚。

〔註 3〕「蘇北」意義有三種：1. 傳統意義上的蘇北，包括南京；2. 地理上長江以北的蘇北，不包括南京；3. 蘇北五市，即徐州、連雲港、宿遷、淮安、鹽城，也不包括南京。

都是中國南方的政治、文化中心，南北朝的建康和明代的南京話在當時都是很重要的代表性方言，這和漢語的發展關係密切。

《周禮・考工記・總敘》:「橘逾淮而北為枳，鴝鵒不逾濟，貉逾汶則死，此地氣然也。」《晏子春秋・雜下之六》:「嬰聞之:『橘生淮南則為橘，生於淮北則為枳，葉徒相似，其實味不同。所以然者何？水土異也。』」可以看到上古經典文獻中，關於「橘」和「枳」的南北差異已經存在；鄭玄《儀禮注》中曾提及「江淮之間」，高誘《淮南子注》也提到「江淮間」，揚雄《方言》中，「江淮」出現三十多次，又常以「吳楚揚越」、「吳揚越」並提，可見漢代江淮之間的方言已經很有特點，此處之方言狀況也曾與吳、楚、越等國相當；永嘉之亂以後晉室南渡，許多北方人遷入南方，江淮此地的方言依然受到劇烈變化。

此外，顏之推《顏氏家訓・音辭》言:「自茲厥後，音韻鋒出，各有土風，遞相非笑，指馬之諭，未知孰是。共以帝王都邑，參校方俗，考核古今，為之折衷。搉而量之，獨金陵與洛下耳。」金陵的位置即於現今的南京，可知南北朝時期的金陵，其語言已經異於其他地方。

另外，唐代陸德明《經典釋文・序錄》云:「方言差別，固自不同，河北江南，最為巨異。或失在浮清，或滯於沈濁。今之去取，冀法茲弊，亦恐還是聲音，更成無辯。」陸德明發現語言有浮清和沈濁，雖然陸德明不進行標音，但也明白揭示南北方言差異的事實。爾後陸法言等人所編寫的《切韻》，即是如此的南北對峙所折衷而編成的。

接著，南宋遼金的戰爭，也迫使許多北方人南下，一再的戰爭促成江淮人口的變化，也牽動語言的混雜與變化。

最後，元代以來，多以北京為首都，不過，明初朱元璋（明太祖）建都於南京（應天府），南京話〔註 4〕得以取得官話之地位，大多的官吏、商人及知識份子都需要學會官話，促使江淮官話通行全國，加強南京話的通語地位，並且，明末西方傳教士來華，為方便傳教，故開始學習官話，如利瑪竇、金尼閣等，利用拉丁字母拼音方案拼寫漢字，並以陰平、陽平、上聲、去聲、入聲標明五個聲調，分別編寫出《西字奇蹟》（1624）和《西儒耳目資》（1626）。儘管明清以降，北京乃政治、經濟、文化中心，但就漢語的傳統及歷史地理

〔註 4〕這裡所言的「南京話」，係當時「南京」這個地理位置所使用的語言，而非現今的南京話。

地位來看，南京話始終有其重要地位。

故此，江淮官話於歷史上受到重視，由明代一路沿襲至清代晚期，不只有傳教士進行記音與學習，也有許多文學名著為江淮官話區的作者所創作（如《水滸傳》、《儒林外史》等）。

2.1.3 鹽城市簡介

本節介紹鹽城市的地理概況和歷史沿革。

2.1.3.1 鹽城市的地理概況

鹽城位於江蘇省中東部的濱海平原和里下河平原，東臨黃海，南與南通市接壤，西南與揚州市、泰州市為鄰，西與淮安市相連，北隔灌河和連雲港市相望，為江蘇省省轄市中面積最大的地級市〔註5〕。關於鹽城市的地理位置，請見下圖（圖4）：〔註6〕

圖4 江蘇省與鹽城市地圖

〔註5〕地級市是中國的行政區劃，即省轄市的概念。

〔註6〕本圖從Google地圖擷取而來。Google地圖 https://www.google.com.tw/maps（檢索日期：2023/01/12）。

目前，鹽城市下轄東臺1個縣級市，響水、濱海、阜寧、射陽、建湖5個縣，鹽都、亭湖、大豐3個市轄區，以及鹽城經濟技術開發區、鹽城高新技術產業開發區。

鹽城市地處北亞熱帶北部，屬亞熱帶季風氣候，以「東方濕地、水綠鹽城」而聞名，具體位於東經119°57'～120°45'、北緯32°85'～34°20'，總面積約16972平方公里，2014年末，全市常住人口約722.39萬人。全市地勢平坦，交通發達，河渠縱橫，有「漁米之鄉」之稱。（蔡華祥2011：1）

2.1.3.2　鹽城市的歷史沿革

鹽城位於古淮水下游近海地區，周以前是「淮夷地」。六千多年前新石器時代，已有人群在市境西北部一帶生活。透過1962年古河梨園遺址挖掘的石器、陶器考證，這部份當屬青蓮崗文化的一部分。

鹽城周時屬青州；春秋時屬吳，後屬越；戰國時屬楚；秦代屬東海郡；西漢初變為射陽侯劉纏之封地。西漢時期的鹽城尚是位於海岸線上，故於海港以煎煉海水得鹽為主要產業，從而得「鹽城」之名。

漢武帝元狩四年（前119年）建鹽瀆縣，孫堅曾任鹽瀆縣丞；三國時屬魏，廢除縣制；西晉又恢復縣制；東晉義熙七年（411年）改名鹽城，此為現名之始；南北朝稱為鹽城郡；隋初仍為縣，屬於江都郡；隋末，韋徹據鹽稱王，分為新安、安樂兩縣；唐初復置鹽城縣；宋代屬於楚州；元朝屬淮安路；明代屬淮安府；清初為江南省的一部分，康熙六年（1667年）江蘇、安徽分省後，劃歸江蘇省，屬淮安府，市區則分屬淮安府鹽城縣和揚州府東臺縣（或泰州興化縣）；民國初屬江蘇省第十行政督察區（淮揚道）。1946年鹽城一度改名為葉挺市，後來1949年撤銷葉挺市，葉挺縣建制，恢復鹽城縣原名。另外臺北縣因與臺灣臺北縣（今新北市）重名，改名大豐縣；建陽縣與福建省建陽縣重名，改名建湖縣；鹽東縣與阜東縣調整為射陽縣與濱海縣。

鹽城地區其它縣的設置：阜寧縣係清朝雍正九年（1731年）析自淮安府山陽縣；東臺縣係乾隆三十三年（1768年）析自揚州府泰州，建臺北、鹽東、阜東、建陽4縣；1966年建響水縣。1983年撤銷鹽城縣，設立鹽城市，下轄城區、郊區2區及響水、濱海、阜寧、射陽、建湖、大豐、東臺等7縣。1987年，東臺設立縣級市，1996年8月，大豐設縣級市，1996年9月，郊區撤銷，建鹽都縣。2004年城區更名為亭湖區，撤銷鹽都縣，設立鹽都區，以原都縣潘黃、大縱湖、北龍港、樓王、學富、義豐、尚莊、葛武、北蔣、秦南、郭猛、大網 13 鎮為鹽都區的行政區域，區人民政府駐潘黃鎮。原鹽都縣伍佑鎮、步鳳鎮、便倉鎮劃歸亭湖區。2007 年江蘇省政府批復，同意將鹽城市亭湖區張莊街道辦事處劃歸鹽都區管轄。2015 年 7 月，大豐撤市設區，設立鹽城市大豐區。（蔡華祥 2011：1～2）

2.2 文獻回顧與探討

本論文係以鹽城方言為主要對象，探析其音韻研究的特性，希望藉此能了解共時視域下的音韻特徵，也能理解歷時視域下的系統變遷。為了更深入了解目前關於江淮官話，乃至於到洪巢片、鹽城方言等的相關研究，本論文將進行相關文獻回顧與探討。關於文獻回顧與探討，本論文分別以三個向度來進行：首先是江淮官話分區標準，說明鹽城方言在江淮官話中的分區定位；其次是近十年之江淮官話語音研究回顧；最後是鹽城方言調查研究的過去與現況。

2.2.1 江淮官話分區標準

依照最近新修訂之《中國語言地圖集》（中國社會科學院語言研究所、中國社會科學院民族學與人類學研究所、香港城市大學語言資訊科學研究中心合編 2012）的分類，江蘇省鹽城方言屬於官話之下江淮官話洪巢片的淮東小片。

《江蘇省志・方言志》（江蘇省地方志編纂委員會 1998）透過三種條件，把江淮官話分為三片。關於此三片之差異，以下列表呈現（見表 1）：

表 1 《江蘇省志・方言志》所列江淮官話內部的語音差別

片	入聲數量	咸山兩攝舒聲字分為幾個韻類
揚淮片	1	3
南京片	1	2
通泰片	2	3

此外，根據《中國語言地圖集》與侯精一主編（2002：36～37）對官話的介紹，江淮官話內部的語音差別主要有四項：入聲是否分陰陽、去聲是否分陰陽、古聲全濁聲母學今讀塞音擦音時是否送氣、「書虛、篆倦」兩類字是否同音。根據這些差別，《中國語言地圖集》把江淮官話分為洪巢片、泰如片、黃

孝片三片。馮法強（2017）則以揚淮片為獨立的一片，而不再用洪巢片之名。關於此三片之差異，以下列表呈現（見表 2）：〔註 7〕

表 2 《中國語言地圖集》所列江淮官話內部的語音差別

	入聲分陰陽	去聲分陰陽	全濁仄聲是否送氣	「書虛、篆倦」是否同音
洪巢片	−	−	−	−
泰如片	+	+	+	−
黃孝片	−	+	−	+

由表 2 可知洪巢片的特點是古入聲字今讀入聲且不分陰陽；古去聲字今讀去聲不分陰陽；古全濁聲母字今讀塞音、塞擦音時不送氣。

整體而言，「揚淮片」與「洪巢片」名稱差異，可理解為視角不同：視江蘇省（地域）為整體，則鹽城歸於「揚淮片」；視江淮官話（語言）為整體，則鹽城歸於「洪巢片」。不論稱為洪巢片或揚淮片，鹽城方言均可以定位為江淮官話在江蘇省北部的一種次方言。

二十世紀有許多學者針對當時語音，研究江淮官話。首先，有赫美玲的博士論文《南京官話》（1902 / 1907）〔註 8〕描寫南京話音系，趙元任〈南京音系〉（1929）發表於《科學》雜誌，系統地描寫和研究南京話。往後，還有葉德均《淮安方言錄》（1929）、錢文晉《沭陽方言考》（1930）、朱錦江《金陵方言考》（1936）、李慶富《合肥方言考》（1936）等等。

往後，關於江蘇省境內江淮官話洪巢片的共時語音研究，目前整理到的有《揚州話音系》（王世華 1959）、《江蘇省和上海市方言概況》（江蘇省和上海市方言調查指導組 1960）、〈漣水方言同音字匯〉（胡士云 1989）、《江蘇省志・方言志》（江蘇省地方誌編纂委員會 1998）、《江蘇方言總匯》（江蘇省公安廳《江蘇方言總匯》編寫委員會 1998）、卜玉平〈淮陰方言同音字彙（一）〉（1998《江蘇教育學院學報（社會科學版）》）、〈淮陰方言同音字彙（二）〉（1999《江蘇教育學院學報（社會科學版）》）、《鹽城方言研究》（蔡華祥 2011）、《漣水方言研

〔註 7〕此表酌參錢曾怡（2010：259）。

〔註 8〕何美齡《南京官話》（*Die Nanking Kuanhua*）於 1902 年初版，1907 年作為萊比錫大學博士論文再度出版於哥廷根（Göttingen: Druck der Dieterichschen Univ.-Buchdruckerei（W. Fr. Kästner））。本文同曾若涵（2022：253）未能取得初版，故以後者為參。

究》(胡士雲 2011)、《蘇北方言語音研究》(馮青青 2013),而最為龐大的,是《江蘇語言資源資料彙編》(江蘇省語言資源編纂委員會 2015),計有 19 冊,乃以江蘇 70 個方言點進行調查,為江蘇省語言資源保護工程的工作成果。

另外,有關安徽省境內江淮官話洪巢片的研究,整理到的有《安徽方音辨正》(孟慶惠 1961)、《安徽方言概況》(合肥師範學院方言調查工作組 1962)、賀巍〈河南山東皖北蘇北的官話〉(1985)、鄭張尚芳〈皖南方言的分區〉(1986)、《安徽省志・方言志》(安徽省地方志編輯委員會 1997)、《徽州方言研究》(平田昌司 1998)、《合安方言音韻研究》(吳波 2004)、《徽州方言》(孟慶惠 2005)、《安徽江淮官話語音研究》(孫宜志 2006)。

此外,若追溯至中國歷時上的韻書,中古音系有《博雅音》等,近代音則有利瑪竇《西字奇蹟》(1624)和金尼閣《西儒耳目資》(1626),以及瓦羅《華語官話語法》(1703),這些都是西方傳教士來華所描寫的南京官話時音。往後,還有馬禮遜《華英字典》(1815)以南京話記音、翟理斯《英漢詞典》(1844)紀錄揚州語音,穆麟德《漢語方言分類》以江淮官話為中部官話,這些都是對於江淮官話歷時研究,非常珍貴且直接的語料。

近代音時期也有胡垣《古今中外音韻通例》(1886)一書,完整呈現江淮官話地區音系特徵,為近代漢語語音史保留清代末期江淮官話音系材料,並勾勒江淮官話音系之聲韻結構。其中,《音呼聲韻總譜》在明清韻圖中,係為題下方言小注的韻圖,是 19 世紀末期的一部改良式韻圖。

關於歷時語音研究,筆者以朱曉農「元音高頂出位」為例。如下圖所示:〔註 9〕

圖 5　朱曉農(2006)高頂出位的六種方式

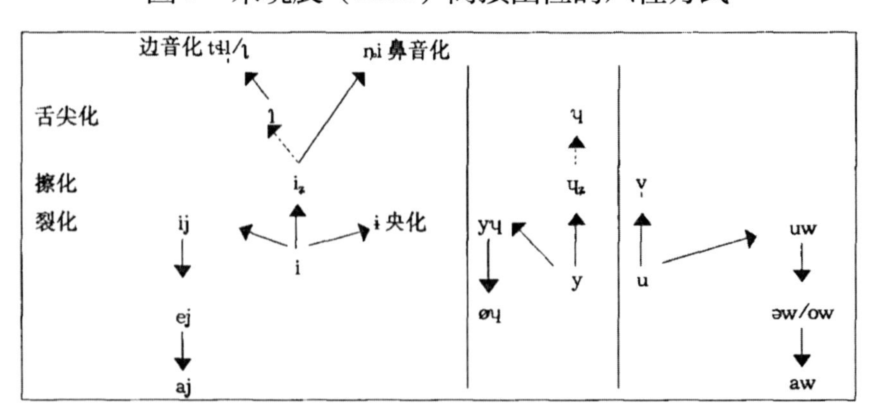

〔註 9〕此圖引自朱曉農(2004:440),與朱曉農(2006:99)的圖完全相同。

朱曉農（2006：99～101）認為，漢語方言有一種語音演變，即舌面高元音-i、-y、-u 高化到頂後繼續高化，即「元音高頂出位」，導致後續幾種語音演變，「元音高頂出位」後的六種變化是：擦化、舌尖化、邊擦化、鼻音化、央化、裂化。之後，若舌面高元音持續高化，原先很窄的高元音氣流通道變得更窄，若氣流減弱，會變成近音（approximant）；若氣流未減弱，那在通過變窄的氣流孔道時就會變成湍流，形成摩擦。另外，朱曉農（2006：109）認為，擦化是繼續高化的結果；舌尖化翹起舌尖有種提高感；邊音化是進一步的舌尖化，即把舌尖頂在齒齦處不再降下來；鼻音化不但舌尖，連舌沿都頂到齦顎處不降下來。筆者欲透過如朱氏所言的語音流變，進而對於共時與歷時的語音演變，有更深一層的認識。

再以「通攝入聲字」為例，王旭（2017）將江淮官話按照通攝入聲字讀音的分化結果，分為揚州型、合肥型和黃岡型，此外，江蘇多數點和安徽少數點處在較早演變階段，高化尚未結束。安徽多數點和江蘇少數點處於較晚的階段，已進入裂化。透過語音的演變進行歷時的推敲，正是筆者想要從事的研究之一，王氏已透過數個方言點進行「通攝入聲字」的考察，但筆者希望能再進一步以更多的方言點和語音演變資料，來對於每一個聲類和韻攝進行討論。

2.2.2　近十年來之江淮官話語音研究評述

本節進行近十年之江淮官話語音研究回顧，期待得以接續前人研究，並掌握現階段江淮官話之最新研究情形。

2.2.2.1　孫宜志《安徽江淮官話語音研究》（2006）

孫宜志《安徽江淮官話語音研究》（2006）描寫安徽的江淮官話的語音面貌，不但從空間的角度，總結出安徽江淮官話聲母、韻母和聲調的共性和差異，並考察明清以來安徽江淮官話的方言文獻，如《切韻聲原》、《等韻學》、《韻通》、《桐城時興歌》等，揭示安徽江淮官話語音現象的發展過程。

孫文較偏向歷時音變規律的討論，較少共時語音現況的比較。筆者期待能於此書的基礎上，將江淮官話洪巢片的研究進行整合，並與過去成果進行整理，配合田野調查中實際掌握的方言語料，以能更深入研究江淮官話洪巢片的音韻研究。

2.2.2.2 石紹浪碩士論文「江淮官話入聲研究」(2007)

石紹浪碩士論文「江淮官話入聲研究」(2007),這部作品提出關於江淮官話的語音特點,並江淮官話入聲字的今聲調、今韻母和今韻尾,試圖爬梳江淮官話入聲字在今時語音的展現。

歸納而言,石文所進行的江淮官話入聲之研究,乃是以江淮官話區整體對象,一方面利用方言點資料來統合江淮官話入聲音韻特點,一方面是檢討前此之方言地理分區的標準與方法。石氏認為,洪巢片中的南京、合肥等地方言,主要分佈於安徽境內,在入聲字的聲調、韻母方面都較為相似,此一地區的方言可能才算得上最具代表性的江淮官話。

整體來說,石文的貢獻乃具體落實方言點資料,針對江淮官話區整體進行充分的入聲音韻研究,充分回顧既有分區的方法及標準,促使筆者對於江淮官話的入聲調、入聲韻有全面性的認識與了解,得以明白江淮官話入聲的整體形象,並且與吳語有一定程度的對應與比較。遺憾的是,作者的論述多進行現象說明,僅透過圖表來進行羅列,相關佐證可以再進行討論,此外,關於鹽城方言的語音紀錄也鮮少於表格中呈現。

雖然石氏大多以共時的語音窺探現代江淮官話的入聲字,不過筆者期待可以延續其研究,繼續探索聲調之間的細節,諸如連續變調、入聲調值等問題,以充分了解鹽城方言的共時語音,也才得以明瞭歷時語音。

2.2.2.3 劉俐李《江淮方言聲調實驗研究和折度分析》(2007)

劉俐李《江淮方言聲調實驗研究和折度分析》(2007),以實驗語音學的角度,透過江淮方言的聲調進行錄音與分析,分析 8 個洪巢片、5 個泰如片、2 個黃孝片的音高和調長,最後綜合分析江淮方言的曲拱特徵、音區特點、調域研究、聲調折度分析和聲調的時長。

劉氏透過嚴謹的科學研究,利用儀器分析,探討江淮官話中相關方言點的發音情形。雖然並未針對音韻整體進行論述,不過,此書給予筆者相當程度的田野調查經驗,特別是附錄之「研究規範手冊」,不但有錄音樣本建立的建議,更有發音人與錄音訊息紀錄的參考項目,這些都是值得於田野調查時,進行評估與資料建檔,有助於田野調查的運作與實踐。

2.2.2.4　王海燕《江蘇省北部中原官話與江淮官話分界再論》(2007)

王海燕《江蘇省北部中原官話與江淮官話分界再論》(2007)的寫作目的是「確定江蘇省北部中原官話和江淮官話的分界」(頁 1),因為依照《中國語言地圖集》,江蘇省北部為中原官話洛徐片和江淮官話洪巢片的交界處,涉及連雲港、東海、新沂、沭陽、宿遷和泗洪等地,故王文以鄉鎮為單位選擇 23 個方言點,調查語音、詞彙和語法三方面,從方言事實之調查觀察方言演變軌跡,探討其規律,並深入研討方言分區之方法理論。

整體而言,王文的貢獻乃充分回顧前人之分區方法及標準,並具體以語音、詞彙、語法三層面,把握方言特徵,對江蘇省北部中原官話及江淮官話之分界提出新的劃分意見,此外,分區過程中也著重探討方言分區之理論與方法。

2.2.2.5　貢貴訓《安徽淮河流域方言語音比較研究》(2010)

貢貴訓《安徽淮河流域方言語音比較研究》(2010),以安徽省境內淮河流域方言的田野調查為依據,在清楚描寫沿淮各方言點當前語音面貌的基礎上,對沿淮河區域江淮、中原兩大官話語音的區別性特徵進行共時比較,並試圖理清其歷時演變的過程,以結合方言發展與江淮地區的社會發展、行政沿革、人口變遷以及淮河的共存、共變關係,尋找制約皖北沿淮方言的形成、變遷因素。

貢文以安徽淮河流域周邊方言為探討對象,以中古音、近代音等不同的歷史跨度來衡量兩大官話方言的語音演變情形,透過描寫和比較法,為安徽淮河流域兩大官話音系進行描寫,在兩大官話之間、內部進行比較,釐清語音特徵的相互影響及滲透,並透過歷史比較法,解釋方言語音特徵之變化過程,又利用歷時文獻勾勒方言語音面貌之發展線索,最後結合自然地理和人文背景,探索方言格局的成因。整體而言,貢文的貢獻乃運用嚴謹的比較法,釐清安徽淮河流域周邊方言的共時音韻關係與歷時發展,並且,利用 50 年間的兩次調查材料進行短期歷時比較,觀察入聲調從有到無的過程(入聲消失,部分歸入調值與入聲調接近的陽平調),頗具啟發性。此外,附錄〈皖北淮河流域方言字音對照〉收錄皖北淮河流域方言 24 點各 600 個單字音,深具參考價值。

2.2.2.6　劉存雨《江蘇江淮官話音韻演變研究》(2012)

劉存雨《江蘇江淮官話音韻演變研究》(2012)為首部全以江蘇省境內資料來探討江淮官話音韻演變的學位論文。劉文擇取江蘇省境內 45 個江淮官話方言點之字音材料，透過描寫法、比較法、歷史層次分析法等研究方法，釐清江蘇江淮官話音韻系統之共時特徵及歷時演變。

整體而言，劉文深入各專題進行探討，也針對若干跨方言共有之語音變化的解釋，此外，對於鏈移變化也提出了反思與合理詮釋。

2.2.2.7　馮青青《蘇北方言語音研究》（2013）

馮青青《蘇北方言語音研究》（2013），針對江蘇北部地區進行區域性研究，不但對二十世紀以來的蘇北方言語音研究進行綜合論述，也對中原官話和江淮官話的聲母、韻母和聲調三方面與內部分區都有仔細而深入的研究，挖掘不少共時現象，並賦予解釋。蘇北有廣狹義之分，廣義的蘇北地區是指江蘇省長江以北的廣大區域，狹義的蘇北則是指徐州、連雲港、宿遷、淮安、鹽城五市及所轄的縣（市、區）。馮文 2013 研究對象係狹義蘇北（但排除鹽城的大丰、東臺）加上揚州全境。

馮文透過田野調查掌握第一手資料，運用歷史比較及方言地理學方法對蘇北地區進行整體方言研究，促使筆者一窺江蘇北部地區的音韻情形，然而，關於其聲母、韻母、聲調等，多側重於語音類型及語音演變分析，僅就現代之音韻現況進行描寫與比較，未深入歷史音變下所導致的問題，對江蘇北部地區音韻發展則未多琢磨。值得一提的是，文末附錄四〈蘇北方言字音對照表〉，收錄蘇北 46 個方言點材料，是研究蘇北方言廣泛且充分的語音材料。

2.2.2.8　馮法強《近代江淮官話音韻研究及明代音系構擬》（2017）

馮法強《近代江淮官話音韻研究及明代音系構擬》（2017）的寫作目的是「理清江淮官話在近代的發展演變過程」和「構擬江淮官話在明代的共時音系」（頁 9），針對江淮官話語音進行共時及歷時的研究，透過近代江淮官話音系進行擬測，是論述語音演變的具體成果，促使研究者重視。

不過，依據歷史語言學比較方法，在書面文獻與現代方言之間，馮文 2017 仍有值得商議之處，比如 n 和 l 的分混問題：馮文 2017（頁 204）擬測近代江淮官話泥母 n 和來母 l 的音讀，認為泥來相混在江淮官話中早已存在，儘管李登《書文音義便考私編》、金尼閣《西儒耳目資》、蕭雲從《韻通》、方以智《切韻聲原》四部著作皆為泥來有別，馮文 2017 主要根據 23 個江淮官話現代方言點，最終把近代江淮官話擬測為一個*n，認為 n、l 互補出現不分泥來，這是值得再議的；另外，再如見系接細音韻母是否顎化：馮文 2017（頁 206）擬測近代江淮官話的舌根音為*k、$*k^h$、*x（鼻音從略），而沒有舌面前塞擦音*tɕ、$*tɕ^h$、*ɕ，但第二章（頁 67～78）的材料，現代江淮官話凡中古見系後接細音 i、y，聲母皆讀 tɕ、$tɕ^h$、ɕ，例如「忌」在多數江淮官話中都是 tɕi 或 $tɕ^hi$，皖中片讀為 tsɿ，而根據比較方法，近代江淮官話應將同源詞「忌」擬測為*tɕi，不應出現*ki，否則將會違反方法論原則。故此，這些都是可以再深究之處。

2.2.2.9　吳波《江淮官話音韻研究》（2020）

吳波《江淮官話音韻研究》（2020）的寫作目的是「全面、系統研究江淮官話音韻問題」（頁 1），以江淮官話為主體，透過 102 個方言點描寫和實驗語音學的紀錄，探析各種聲母、韻母、聲調的語音類型、分布、歷史層次、形成歷史與歷史比較等問題，並定義江淮官話的方言分區標準，促使讀者對於江淮官話相關音韻知識的了解。

吳文第十七章使用的語音標準包括：1. 去聲分陰陽，且陽去調普遍為平調、2. 入聲分陰陽，且陽入調普遍高於陰入調。基於以上兩條標準，依然與《中國語言地圖集》和劉祥柏（2007）一樣，都可以分為洪巢片、黃孝片與泰如片，詳如下表（見表 3）：

表 3　《江淮官話音韻研究》所列江淮官話內部的語音差別

分區標準	標準 1	標準 2
洪巢片	－	－
黃孝片	＋	－
泰如片	－	＋

由表 3 可知，相較於劉祥柏（2007）和《中國語言地圖集》（2012），以兩項標準進行區分，更具普遍姓，且與《中國語言地圖集》之分區僅有些許差異。

歸納而言，吳文所進行的江淮官話音韻之研究，乃是以江淮官話區整體對象，一方面利用方言點資料來統合江淮官話音韻特點，一方面是對前此之方言地理分區的標準與方法進行檢討。吳文的貢獻是充分回顧既有分區的方法及標準，並具體落實方言點資料，針對江淮官話區整體進行充分的音韻研究，促使筆者對於江淮官話有全面性的認識與了解，得以明白聲韻調與形成、分區、音韻層次。遺憾的是，作者的論述多未有充分的舉例與說明，僅透過實驗語音學的圖表與分類圖表來進行羅列，關於鹽城方言的語音紀錄也鮮少於表格中呈現。

2.2.2.10　其他重要文獻選評

本節選評其他重要江淮官話相關研究之文獻，包含兩類：第一類，係早於 2014 年，未被上述研究留意，但也具備參考價值者，有美國學者柯蔚南（South Coblin）的研究；第二類，則為 2014 年後迄今發表，與江淮官話相關之期刊論文。

2.2.2.10.1　柯蔚南（South Coblin）關於原始江淮官話的祖語擬測

關於江淮官話研究及早期江淮官話的擬測，柯蔚南（South Coblin）已經出版若干重要的單篇論文與專書。包括：

Coblin, W. South. 2000a. *The Phonology of Proto-Central Jiāng-Huái: An Exercise of Comparative Reconstruction*.

Coblin, W. South. 2000b. *Late Apicalization in Nankingese*.

Coblin, W. South. 2005. *Comparative Phonology of the Huáng Xiào* Dialects.

上述三項著作，Coblin 2000a 和 Coblin 2005 係針對原始江淮官話次方言之祖語擬測，Coblin 2000b 則針對單一方言的語音史進行研究。

Coblin 2000a 利用五種中部江淮方言（南京、句容、揚州、高郵、合肥）的語音材料（皆引用他人材料），擬測原始中部江淮官話（Proto-Central Jiāng-Huái，PCJH）的音系，計構擬出 18 個聲母、55 個韻母。Coblin 2000a 拋開《切韻》音系的思考，回歸歷史語言學比較方法的構擬，而於構擬後才附上《切韻》音系發音，並於必要時給予解釋。

Coblin 2005 為一本專書，利用 8 個江淮官話黃孝方言（英山、浠水、紅安、鄂城、廣濟、瑞昌、九江、黃梅）為基礎（皆引用他人材料），擬測原始黃孝方言（Proto-Huáng-Xiào，PHX），計構擬出 24 個聲母、69 個韻母及 6 個聲調（陰平、陽平、上、陰去、陽去、入）。Coblin 2005 與 Coblin 2000a 相同，皆先擱置《切韻》框架，直接採取歷史語言學比較方法，從現代方言口語詞讀音入手，進行原始語的擬測。Coblin 2005 於最末章也討論「書、盧」的同音及「取、須」的不圓唇韻尾。

Coblin 2000b 以南京的方言為基礎，透過明清官話資料，包含晚明的利瑪竇《西字奇蹟》（1624）、金尼閣《西儒耳目資》（1626）、清初的瓦羅《華語官話語法》（1703）、清中葉的馬禮遜《華英字典》（1815）以南京話記音、翟理斯《英漢詞典》（1844）、清末的赫美玲《南京官話》（1902／1907）等書與現今的南京方言進行比較（現今南京方言引用《江蘇省和上海市方言概況》等他人材料），探討[ɿ]和[ʅ]從明代初年到現代的歷史演變。Coblin（2000b：63～64）結論認為：舌尖前元音[ɿ]為南京話本有，而傳下來的；舌尖後元音[ʅ]則是十九世紀才由[i]變出來的，此演變可能因南京話受到北方官話影響所成。故此，現代南京方言的捲舌音聲母（tʂ、$tʂ^h$、ʂ）是本來就有的，而舌尖後高元音[ʅ]則是後來才發展出來。

2.2.2.10.2　2014 年後迄今的江淮官話單篇論文

陳忠敏〈吳語、江淮官話的層次分類——以古從邪崇船禪諸聲母的讀音層次為根據〉（2018），利用中古從邪崇船禪聲母讀音之音韻層次，具體落實於吳語及江淮官話這兩類性質不同的方言，進而對此二方言進行演變分類。陳文 2018 利用邪母讀擦音或塞擦音為判定基準，從其表 16（陳忠敏 2018：311）來看，江淮官話通泰片方言保留較多邪母讀擦音的早期層次，並以邪母讀塞擦音為主體層，讀擦音為文讀層；至於江淮官話其他片則以邪母讀擦音為主體層，然而性質上屬較晚之音韻層次（第四層）。此文為 2014 年之後所見，利用音韻層次將江淮官話層次分類（而非分區）的重要論文。

陳筱琪〈江淮官話端系字讀塞擦音的語音變化〉（2020），討論江淮官話端系字逢蟹攝開口四等和止攝開口三等讀為塞擦音 ts、ts^h。陳文 2020 認為，推動這樣的音變乃因前高元音韻母-i 持續高化以後，造成聲母也帶入摩擦，因而端系字從 t、t^h產生 ts、ts^h或是 tɕ、$tɕ^h$。陳文 2020 係於馮青青 2013、馮青青 2017、馮法強 2017 的研究基礎上，結合作者 2019 年於江蘇鎮江、江蘇泰興等地的語言調查材料進行探討所得結論。陳文 2020 之貢獻，乃透過語音學知識，以／i／的高化附帶摩擦徵性，解釋江淮官話端系讀塞擦音的成因。不過，此文僅是利用中古音（端系）框架來推敲演變，並非擬測原始江淮官話，陳文所涉的音變過程，尚須更完備的證明與討論。於外，陳文與朱曉農（2006）的研究或可對應，值得再深究。

趙志靖〈江蘇方言關係研究概況〉（2020），將《江蘇省和上海市方言概況》

（1960）、《中國語言地圖集》（1987）、《江蘇方言總匯》（1998）、《江蘇省志・方言志》（1998）、《中國語言地圖集》（2012）等五部專著統合，討論目前有系統整理江蘇省方言及其相互關係的研究成果，所呈現出來的方言差異。趙氏的研究主要著眼於著作之間的差異，較未針對語音內部或語言事實進行論述。

吳瑞文〈論現代淮安方言一種後起的舌尖元音及其相關問題〉（2022），利用歷史語言學的比較方法及實際田野調查所得的語料，不從中古音立場進行上而下（top down）的演繹，而由下而上（bottom up）的比較方法進行歸納，初步重建原始淮安方言（proto Huai An dialect），並從這個早期系統出發，探討淮安方言中一種後起的舌尖元音，以及與舌尖元音相關的音韻問題。吳瑞文的研究發現淮安漁溝方言存在[tʂʅ、tʂʰʅ、ʂʅ、ʐʅ]這一組音節，並透過鄰近次方言比較入手，利用歸納的方式推論[tʂʅ、tʂʰʅ、ʂʅ、ʐʅ]的來源，並說明其性質屬於次發性的音韻創新（phonological innovation），呼應了 Coblin 2000b 的研究成果。吳瑞文的研究，對於筆者有極大的啟發，促使本論文有助於以漢語方言之現象，來擴充甚至修正既有的語音變化理論。

2.2.3 鹽城方言調查研究的過去與現況

本節是探討鹽城方言調查研究的過去與現況，回歸本論文之具體研究對象，說明鹽城方言既有之研究。

2.2.3.1 鹽城方言研究綜述

目前所見與鹽城方言研究相關的較早著述乃徐帆《徐氏類音字彙》（1927）。《徐氏類音字彙》乃徐帆（1878～1950）之作，徐帆係江蘇鹽城人，一生於鹽城從事教育工作，為編此書曾赴南京、上海等地（鮑明煒 1979）。《徐氏類音字彙》係有關鹽城方言之韻書，收有一萬三千多字，其中同韻字和類音字集中，字下注有簡單字義，分十五韻進行編排，書前有「依音檢字」的相關介紹及康有為、章炳麟等人之題跋和序文。作者於〈凡例〉中言：「詞素編輯成部，每收一字韻內，或經數手，凡五易稿，歷時三十餘年而成。」「餘甫及冠，心竊思之……於是朝夕尋思，幾經寒暑，搜字母分類而為綱，積五音等韻而為目，延數歲之功而的字方見粗完。……置於篋中廿餘年，未敢就正於有道。」可知，此書的形成應始於 1900 年以前，是較早的漢語方言同音字典之一（鮑明煒 1979）。此書不論對鹽城方言語音或方言史，皆富有研究價值。

往後，則有《江蘇省和上海市方言概況》(1960)、《鹽城縣志》(鹽城市郊區地方誌編委員會 1993)、《鹽城市志》(鹽城市地方誌編纂委員會 1998)、《江蘇省志·方言志》(江蘇省地方誌編纂委員會 1998)，以上書籍都有鹽城方言的語音、概況等記錄。此外，研究鹽城方言的學術論文，較重要者乃：《〈類音字彙〉與鹽城方言》(鮑明煒 1979)、〈鹽城語音與北京語音的比較〉、〈江蘇省鹽城方言的語音〉、〈論鹽城方言山攝舒聲韻與陰聲韻的關係〉、〈江蘇鹽城話的「了」〉、〈江蘇鹽城話的疑問語氣詞〉、〈江蘇鹽城步鳳方言的數詞附加「子」尾〉等。

整體而言，鹽城方言之描寫、調查及研究，都有一定程度的成果，並以語音和語法研究為多，詞彙專題研究還需要後來學者進一步努力。

2.2.3.2　鹽城方言重要文獻選評

關於鹽城方言的重要文獻選評，筆者透過蘇曉青、顧黔、蔡華祥、林鴻瑞等四位先生的論述進行梳理與討論。以下進行分述。

2.2.3.2.1　蘇曉青的鹽城方言研究

蘇曉青〈鹽城語音與北京語音的比較〉(1992)，這篇文章以鹽城方言的城關老派語音和北京音為主要考察對象。蘇文 1992 計有四節，第一節「鹽城方言的主要語音特點」，羅列聲母、韻母、聲調各 6、8、2 項語音特點；第二節到第四節係「鹽城音與北京音聲母的比較」、「鹽城音與北京音韻母的比較」、「鹽城音與北京音聲調的比較」，則主要通過表格的方式，大致排列出鹽城語音與北京語音的異同之處。

蘇曉青〈江蘇省鹽城方言的語音〉(1993)，這篇文章以鹽城方言為主體，於 1988 到 1990 年之間透過 3 位發音人，實地進行語言調查所得，紀錄鹽城市與郊區的語音。蘇文 1993 計有三節，第一節「鹽城方言的內部差異」，討論「蛋稻舅」、「端多都、盤婆葡」、「啞耳袄」、「河湖、火虎」、「鷄低」、「靴帥床」、「瘸茄」等七組字在地域及新老之間的語音差異，不過其原因並未深入說明；第二節「鹽城方言的聲韻調及主要語音特點」，首先，歸納出鹽城方言有 18 個聲母，無全濁聲母、不分尖團、無[ʐ]聲母、[n][l]有別、無[tʂ][tʂʰ][ʂ]聲母、古邪母平聲字逢塞擦音聲母今讀送氣，再來，歸納出鹽城方言有 49 個韻母，無[əŋ][iŋ]韻母、「歌、鍋、玻、搬」韻母相同、「官、罐」與「關、貫」韻母不同、「肩、嫌」與「奸、閑」韻母不同、「社、善、推、天」韻母相同，「姐、檢、謝、線」韻母相同、含[u]介音的韻母逢[t][tʰ][n][l]讀為開口、「杯、沛、雷、眉」與「社、善、推、天」韻母相同、「朋、風」與「同、中」韻母相同。最後，歸納出鹽城方言除輕聲外有 5 個聲調，調值分別為陰平 31、陽平 213、上聲 53、去聲 35、入聲 55，其特點乃入聲不分陰陽，收喉塞尾[ʔ]，此外，部分古濁聲母去聲、全濁聲母上聲，今文讀為去聲，白讀為陰平，其中尤以古次濁聲母去聲字最為多見；第三節「鹽城方言聲韻調配合表」，透過五張表格，羅列鹽城方言的聲韻調配合關係。

整體來說，蘇文 1992 及 1993 充分對鹽城方言的聲母、韻母和聲調三方面都進行了全盤的描寫與羅列，也大致提出聲母、韻母和聲調的相關特點，這是非常必要的基礎工作。然而，其中有許多可以再證明、討論的部分。由於蘇文之成文較早，且僅是羅列，並非深入研究之著作，惟對於認識鹽城方言的聲母、韻母和聲調三方面很具啟發性。

2.2.3.2.2　顧黔的鹽城方言研究

顧黔〈論鹽城方言咸山兩攝舒聲與陰聲韻的關係〉（1993），這部作品以鹽城方言為中心考察，討論鹽城方言咸攝與山攝中，舒聲與陰聲韻的關係。顧文計有三節，第一節先進行鹽城方言音系簡介；第二節按韻母、聲母、聲調的次序，將咸山兩攝舒聲韻與陰聲韻有牽連的開口三四等（今 ĩ、iĩ 韻）、合口一等（今 õ 韻）的同音字列表對比；第三節藉由前二節的介紹與對比進行分析，顧文認為除蟹開一、蟹合一之外，其餘或有韻頭 i，或全韻為 i，它使主要元音高化前化成為 ɪ。咸山兩攝由於-m 尾、-n 尾的作用，使元音鼻化，最後鼻尾逐漸短弱至脫落，成為鼻化母音 ĩ，而假蟹止三攝由陰聲韻轉為鼻化元音，使古分屬陰陽兩類的一些字在今鹽城同屬一部。至於鹽城方言的 õ 韻大體相彷，不同的是 õ 韻的幾類來源在中古多含韻頭 u、iu，受其影響，主要元音逐步後高化成為 o。所得的結論是：遇攝與咸山兩攝有關聯的僅兩字，流攝也只有明母字與咸山攝有關，而果攝除「茄」、「瘸」等四字外，其餘全部與咸山合流。

整體來說，對鹽城方言咸攝與山攝的舒聲與陰聲韻的關係有初步的想法。不過，顧文使用王力《漢語語音史》的隋唐音、宋代音、元代音擬測，讓筆者思考，歷時材料的使用是否得以探查次方言語音。另外，顧文篇幅不長，例字多僅舉例之，對於認識鹽城方言的咸山兩攝舒聲與陰聲韻的關係頗具啟發性，值得往後進行探討。

2.2.3.2.3　蔡華祥的鹽城方言研究

蔡華祥〈江蘇鹽城步鳳方言語音述略〉（2010a）介紹江蘇省鹽城市亭湖區步鳳鎮方言的聲母、韻母和聲調，並詳細考察三者之間的拼合關係。蔡華祥〈論江蘇鹽城步鳳方言的音韻特徵〉（2010b）介紹江蘇省鹽城市亭湖區步鳳鎮方言的語音系統，並利用中古《切韻》架構，對步鳳話的音韻特徵進行梳理。這兩篇文章，往後都成為《鹽城方言研究》（2011）的部分章節。

蔡華祥《鹽城方言研究》（2011），這部作品以鹽城方言為主體，透過 12 位身處亭湖區步鳳鎮和便倉鎮的發音人，紀錄語音、詞語、語法等語料。

蔡文共分七章。第一章〈緒論〉，介紹研究對象，具體包括：鹽城方言的歷史地理、方言概況、研究綜述、音標符號以及材料來源。就材料來看，蔡文的 12 個方言語料都來自作者自行採集，以農民為主、教師為輔；第二章〈語音〉，探討鹽城方言的音系、音變和文白異讀，首先，音系部分，蔡文的方式是以實驗語音學呈現，羅列 20 個聲母和 57 個韻母的語圖並進行聲學分析，並透過 5 個聲調（陰平 31、陽平 213、上聲 53、去聲 35、入聲 5）繪製聲調示例圖，再討論上述聲韻調的配合關係，繪製聲韻調配合表，再利用中古音框架簡單進行分析。另外，音變部分，蔡文討論連續變調和輕聲，認為連續變調係「前字變、後字不變型」（蔡華祥 2011：76），上聲、入聲不變調、陽平 213 變 13、去聲 35 變 53、陰平 31 和陰平、上聲組合時變為 13，不過入聲加入聲的變調尚未明確，有待進一步分析。另外，文白異讀部分，蔡文認為從聲調而言，古全濁上聲、去聲字今白讀為陰平 31，文讀為去聲 35，從聲母而言，古仄聲全濁聲母今讀塞音、塞擦音時，白讀送氣、文讀不送氣，見系開口二等字今白讀聲母為[k]組，韻母為洪音，而文讀聲母為[tɕ]組，韻母為細音，而從韻母而言，假攝開口三等麻韻字今白讀為[ɒ]，文讀為[ɪ]，咸山攝開口一等見系字今白讀為[o]，文讀為[æ]；第三章〈鹽城音與中古音韻的比較〉，羅列鹽城（步鳳）方言與中古音框架的比較，建立了鹽城音與中古音聲母比較表、鹽城音與中古音韻母比較表、鹽城音與中古音聲調比較表，並附有古今字音比較例外字表；第四章〈同音字彙〉，以韻母為序，同韻的字以聲母為序，聲韻相同的字以聲調為序，併標有文讀音與白讀音；第五章〈詞語〉，討論常用詞彙、詞語組成及帶「子」綴的詞彙，並羅列分類詞表，將鹽城方言的詞語分為十九類；第六章〈語法〉，首先討論鹽城方言助詞「住」表動態、作補語的用法，並與國語「著」進行比較，又討論「（了）塊、了下」與「住」的比較，再來討論助詞「特」，探析助詞「過、了」及其與「特」的比較，並討論「了」進一步語法化的途徑；第七章〈語料〉，羅列了語法例句、故事（包含北風與太陽、牛郎織女、狼來了）、講述（鹽城人結婚）與對話（鹽城步鳳的五條岭子）。

整體來說，蔡文聚焦於鹽城方言，對鹽城方言的聲母、韻母和聲調三方面及詞語、語法等，都有仔細的羅列。這些研究最重要的貢獻是就鹽城（步鳳、便倉）單一區域進行深入紀錄，因此得以貼近鹽城方言的真實使用情形。不過，蔡書 2011 第二章〈語音〉多僅是紀錄，套用中古音框架統整鹽城方言語音，而第三章〈鹽城音與中古音韻的比較〉中許多中古音和現代音的語音流變，蔡文多僅訴諸於「結果」，而其「過程」並未有充分交代，未賦予歷史上的解釋，故筆者欲憑藉此基礎，更充分地探討鹽城方言的讀音類型和演變情況。

2.2.3.2.4 林鴻瑞的鹽城方言研究

林鴻瑞〈鹽城方言鼻化韻的形成〉（2019），這篇文章以鹽城方言的鼻化韻為考察對象，在前人的基礎之上，進一步討論陰聲韻的特殊現象：假、蟹、止攝某些字讀為 ĩ 韻，果、遇、流攝某些字讀為 õ 韻，與鼻化的陽聲韻合流。林文進一步探討何以鹽城方言陰聲韻攝涉及鼻化，並管窺其演變的條件。林文發現其須分析為兩階段：階段一，假、蟹、止攝的某些字先合流為 ɪ，果、遇、流攝的某些字先合流為 o；階段二，ɪ 與 o 由於語音相近，再進一步分別與鼻化的陽聲韻 ĩ 與 õ 合流。林文認為，鹽城方言之所以高達六個陰聲韻攝涉及鼻化，是因為第一階段發生了跨韻攝合流，因此得以歸結，鼻音聲母所起的作用僅是讓元音低化成 o，至於遇攝與流攝的鼻化則是 o 在第二階段進一步與 õ 合流；另外，蟹、止合口雙唇音、舌尖音所起的作用造成合口介音丟失，接著韻母進一步單元音化變成 ɪ，至於鼻化則發生在第二階段 ɪ 與 ĩ 合流。故此，林文揭示了一種類型——「與鼻化的陽聲韻合流型」，此一類型鼻化的先決條件係陽聲須先

發生鼻化，且須有相對應的鼻化韻，使陰聲韻有機會發生合流。〔註 10〕

整體來說，林文聚焦於鹽城方言鼻化韻，嘗試釐清鹽城方言鼻化韻演變歷程的來龍去脈。這些研究最重要的貢獻是廓清鹽城方言鼻化韻的演變歷程，透過元音格局、語音環境、例字舉偶等向度的考察，了解鹽城方言鼻化韻有兩階段的演變歷程。

不過，林文所使用的語料相對單一，僅就鮑明煒（1998）的狀況進行討論，實際上蔡華祥（2011）、江蘇省語言資源編纂委員會（2015）在同樣的例字就沒有發生鼻化，因此，筆者預計透過多筆的語料進行比較，結合林文之研究來進行印證。

2.3　本論文使用之歷史文獻概述

關於本論文使用之歷史文獻，本論文以近代的《中原音韻》、《西儒耳目資》兩本韻書材料為主要研究的歷時材料。以下分項說明。

2.3.1　《中原音韻》

《中原音韻》係元代周德清於元泰定元年甲子（1324）寫成，是綜合元曲大家的戲曲用韻編成的一部曲用韻書。〔註 11〕《中原音韻》對當時詞曲用韻混亂進行規範，使北曲發揮到更高的藝術效果。該書為近代史上第一本完全描寫北方通語的實際語音用語之專著，反映當時語音面貌。丁邦新（2015：107）以為，「《中原音韻》大概是某一種官話的祖先，而不是現在普通話的直接的祖先。」

周德清《中原音韻・自序》（1997：7～12）云：

> 欲作樂府，必正言語；欲正言語，必宗中原之音。……予甚欲為訂砭之文以正其語，便其作，而使成樂府，樂府之盛、之備、之難，莫如今時。其盛，則自搢紳及閭閻歌詠者眾。其備，則自關、鄭、白、馬一新製作，韻共守自然之音，字能通天下之語，字暢語俊，韻促音調；觀其所述，曰忠，曰孝，有補於世。其難，則有六字三

〔註 10〕「語言接觸」或為可能選項之一。

〔註 11〕本節關於《中原音韻》的說明，部分曾於拙文（李天群 2021）刊載，詳細內容可以參看。

韻，『忽聽、一聲、猛驚』是也。諸公已矣，後學莫及。……名之曰《中原音韻》，并《起例》以遺之，可與識者道。

自上述引文可知，《中原音韻》以「中原之音」為基礎，以達「正言語」之目的。觀李惠綿《中原音韻箋釋：韻譜之部》(2016a：41)，周德清乃通過關、鄭、白、馬作品，提出兩個觀察音韻的視角，即「韻共守自然之音」的「押韻」與「字能通天下之語」的「字」，如此才能使北曲「字暢語俊，韻促音調」。然而，筆者認為，「共守自然之音」和「能通天下之語」的前提，是因「韻」和「字」皆發揮作用之故，才可「字」、「語」、「韻」、「音」都達到「暢」、「俊」、「促」、「調」的音律和諧狀態。所以，「韻共守自然之音，字能通天下之語」和「字暢語俊，韻促音調」二句的句法，筆者認為是透過錯綜筆法兩句互文，說明周德清編纂《中原音韻》，乃將「字」和「押韻」視為重要之元素。推測周氏應把當時通行的語音與用韻，當作是最自然、平常的語音元素，以求不脫離現實，才可通天下的語言。言下之意乃謂，如此編出的韻書才有意義。

《中原音韻．正語作詞起例第四條》：「平上去入四聲，音韻無入聲，派入平上去三聲，前輩佳作中備載明白，但未有以集之者，今撮其同聲，或有未當，與我同志改而正諸。」「音韻無入聲」實反映《中原音韻．自序》中的「韻共守自然之音」，周德清編輯時注意到當時流行之語音現象，然而，卻還是將原有的入聲字「派」入其他三聲之中，如此一來，「或有未當」，可能其在「派」音時有錯誤、疑慮之處，使後人有提出疑問，故有其研究價值。李惠綿《中原音韻箋釋：正語作詞起例之部》認為，周德清編《中原音韻》一書之時，已經「音韻無入聲，派入平上去三聲」，「派」音的人是周德清，不是音韻本身，音韻在當時還有一些弱化的入聲，因此，周德清才主動將音「派入」陰聲韻部，並獨列出「入聲作平聲」、「入聲作上聲」、「入聲作去聲」。周德清所指出的特點，正可以提供我們用作曲律分析之觀察工具。

周德清《中原音韻．自序》：「樂府之盛之備之難，莫如今時，……，其備則自關、鄭、白、馬，一新製作。」周氏編寫《中原音韻》時，既已參考元曲四大家之作，故本論文以《中原音韻》作為語音研究的音韻參照。

此外，對於《中原音韻》之聲調，周德清《中原音韻．自序》云：

蓋其不悟，聲分平、仄，字別陰、陽。夫聲分平、仄者，謂無入聲，

> 以入聲派入平、上、去三聲也。作平者最為緊切，施之句中，不可不謹。派入三聲者，廣其韻耳。有才者本韻自足矣。

李惠綿《中原音韻箋釋：正語作詞起例之部》認為，「作平者最為緊切，施之句中，不可不謹」，入聲作平聲之字，因入聲字作平聲字，可能會造成「句中用入聲，不能歌者」的現象，所以必須小心謹慎使用。不過，李惠綿也提到，周氏認為「有才者本韻自足矣」，即對於有才的人來說，原本的平、上、去三聲已經足夠，派入的平、上、去三聲只是廣其押韻而已，這可做為判斷優秀作品、優秀曲家的條件之一。（李惠綿 2016a：42）

姚榮松（1994：36、51）表明：

> 《中原音韻》（也就是北曲作品的音韻）已無入聲的事實，一方面又不承認這種分派在呼吸言語之間真正跟三聲無區別。

> 《中原音韻》時代的「北曲語言」或「中原之音」，入聲這個調類並未完全消失，尚有一些極細微的區別，以保持與其他四個聲調構成某一程度的對比，這就是周德清沒有把入聲直接併入三聲的理由。這個細微的區別，可能入聲還保留某一程度的短調，也可能某些韻部在元音方面有些不同。

由上可知，《中原音韻》的聲調只剩下平、上、去三個調，入聲已因時代語音流變而「入派三聲」。入派三聲之字併入支思、齊微、魚模、皆來、蕭豪、歌戈、家麻、車遮、尤侯等九個陰聲韻部，不過並無與古陰聲韻字混同，還是標明「入聲作平聲」、「入聲作上聲」、「入聲作去聲」，簡稱「入派三聲」。（李惠綿 2017：151）筆者認為，雖然這種標示方法並非明確，但可以確定入聲已逐漸消失，故本論文依據《中原音韻》「入派三聲」之原則標明。

關於《中原音韻》的聲類，因為《中原音韻》未載聲母系統，只以「小韻」（紐）方式進行排列，將每一韻裡的字，完全同音的排在一起，成為一個同音字組。關於《中原音韻》的韻部，其係以《廣韻》韻部為基礎，通過合併韻類編出此系統。《中原音韻・正語作詞起例》：「音韻不能盡收《廣韻》……。」可見與《廣韻》之密切。此外，關於中古十六攝與《中原音韻》十九韻部對應關係，筆者整理於下表（不過，各類都可能有少數例外字）：

表 4　中古十六攝與《中原音韻》十九韻部對應關係

韻攝	《中原音韻》韻部	韻攝	《中原音韻》韻部	韻攝	《中原音韻》韻部
通	一東鍾	臻	七真文	宕	二江陽
江	二江陽	山	八寒山	梗	十五庚青
止	三支思		九桓歡	曾	
	四齊微		十先天	流	十六尤侯
遇	五魚模	效	十一蕭豪	深	十七侵尋
蟹	四齊微	果	十二歌戈	咸	十八監咸
	六皆來	假	十三家麻		十九廉纖
			十四車遮		

為了解決各種音韻混雜的問題，避免落入中古《切韻》架構，且考量聲類與韻部須使用同一系統，筆者擬音或標音時，皆以李惠綿《中原音韻箋釋：韻譜之部》（2016）之系統為主要參考，係因李氏將全書進行通讀，兼顧戲曲知識及音韻脈絡，對於文本也加以「箋釋」，並將所有之例字進行擬音，具有考訂、辯證、演繹、舉例等方面的兼顧，故此以李書為標音之主，也可避免聲母的不確定性。

於外，李惠綿（2016）以「’」標示送氣符號，本論文為了全文標示系統的相同，故改以上標的「h」（ʰ）進行標明。

2.3.2 《西儒耳目資》

金尼閣（Nicolas Trigault，字四表，1577～1628）於《西儒耳目資．自序》言：「初聞新言，耳鼓則不聰，觀新字，目鏡則不明，恐不能觸理。動之內意，欲救聾瞽，舍此藥法，其道無由，故表之曰耳目資也。」（頁 438）《西儒耳目資》係明朝萬曆年間，由法蘭西前來中國之傳教士金尼閣所撰，借鑒郭居靜（Lazane Cattaneo，1560～1640）及龐迪我（Diegco de pantoja，1571～1618）等人的注音方案，並由中國學者王徵（1571～1644）〔註 12〕、韓雲〔註 13〕、呂維

〔註 12〕王徵（1571～1644），字良甫，號葵心、了一道人、支離叟，約於 1615 年在北京受洗，教名「斐理伯」。王徵和耶穌會士合作出版許多著作，除 1626 年的《西儒耳目資》外，1627 年與鄧玉函合作出版《遠西奇器圖說》。上述說法引自方豪（1970：226～233）。

〔註 13〕韓雲，生卒年不詳，字景伯，教名未達爾，萬曆四十年（1612）進士，擅長星象和音韻學。流寇蜂起時曾製造火銃以抗敵。上述說法引自徐昭儉、楊兆泰（1976：27）、方豪（1970：253～258）。

祺所校對的一部以羅馬字標音韻書，此乃中國第一部運用字母對漢字標音的字典，對明代語音與漢語語音史有頗大影響，為早期歐洲與中國兩個學術傳統接觸、融合的代表作。黎新第（1995：5）整理認為，此書反應明代中後期官話音，並代表為當時共同語讀書音。

張問達〈刻《西儒耳目資》序〉言：「字韻之學，非雕蟲埒也。三才之蘊、性命道德之奧，禮樂刑政之原，皆繫于此。」（頁 425）可見張氏認為文字、音韻之學通數領域，橫跨文學、思想、政治、法律等。此外其又言：「友人良甫王子手一編，過余而言曰：『此新訂《西儒耳目資》也，蓋泰西金四表先生所著，其學淵而邃博大而有要，僅僅以二十五字母衍而成文，叶韻直截、簡易絕無，一毫勉強拘礙之弊。』」（頁 426～427）可見王徵對於《西儒耳目資》非常稱頌。此處所述之「二十五字母」，係「萬國音韻活圖」中標音之漢語例字，然以外文字母觀，應為二十九種。另外，張氏再言：「其書一遵《洪武正韻》，尤可以昭同文之化，可以采萬國之風，可以破多方拗澁、附會之誤，其裨益我字韻之學，豈淺鮮哉。」（頁 427）可以得知，《西儒耳目資》係尊崇《洪武正韻》之體例，融入標準化系統與外國的風格，促使中國的文字，聲韻學更為進步，如此是非常深刻的。透過張問達之〈刻《西儒耳目資》序〉，可知《西儒耳目資》乃是一本有依憑，卻也有洞見的韻書。

《西儒耳目資》共分三部分，乃「首〈譯引〉，次〈音韻〉，次〈邊正〉」（頁 437）：第一部分《譯引首譜》，是為總論乃「分二譜，首字總一萬四千，有其點畫聲律一稟正韻見」（頁 439）；第二部分《列音韻譜》，是為用拼音查漢字；第三部分《列邊正譜》，是為從漢字看拼音。若以張緟芳〈刻西儒耳目資〉之說法，《譯引首譜》乃「以圖例問答闡發音韻」（頁 437），《列音韻譜》乃「形象立現，是為耳資」（頁 437），《列邊正譜》乃「名姓昭然，是為目資」（頁 437）。

從「萬國音韻活圖」（見圖 6）觀察，外圈以漢字標明聲母、韻母，中間五圈則以西文字母標明，內圈則是聲調「清」、「濁」、「上」、「去」、「入」之標法，並標有「甚」、「次」以明其音。由此圖可以看出，內圈西文字母之標音計 29 個，而外圈漢字標音僅標出 25 個，「b」、「d」、「r」、「z」4 音並未標明對應之漢字，可見這些濁音之字，在明末官話系統中，已少有矣。另由「中原音韻活圖」（見圖 7）觀察，金氏說明，「中原音韻活圖」乃「繼萬國音韻活圖而設也」

（頁 441），故相對「萬國音韻活圖」複雜。

「萬國音韻活圖」是將聲母與韻母並排一起，但是「中原音韻活圖」則分出聲母、韻母、聲調三者。若由外而內講述，首先，外圍兩圈係韻母之西文標音與漢字韻目，不只有單一元音，還有雙元音與三元音之排列。中間兩圈則是聲母之西文標音與漢字韻目，第五圈標上聲調「清」、「濁」、「上」、「去」、「入」，並標有「甚」、「次」，第六圈（最內圈）則透過符號標明聲調，乃「清」標「ˉ」，「濁」標「ˆ」，「上」標「ˋ」，「去」標「ˊ」，「入」標「ˇ」，與現今之聲調標法有所差異。對比「萬國音韻活圖」，「b」、「d」、「r」、「z」已經未列於其中，顯示出，「b」、「d」、「r」、「z」在漢語中，金尼閣認為這是不存在的。

圖 6 「萬國音韻活圖」　　　　圖 7 「中原音韻活圖」

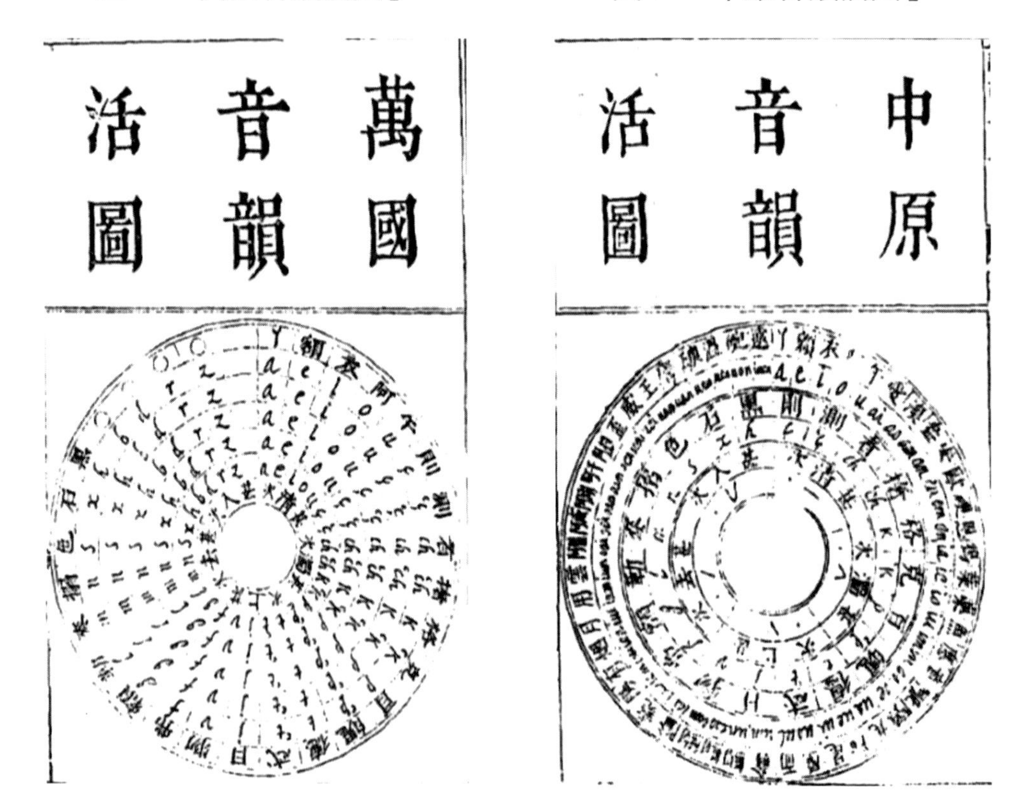

由此可知，《西儒耳目資》以 5 個「自鳴」母音字母、20 個「同鳴」輔音字母及 5 個表示聲調的符號，拼寫當時「官話」。

針對舌尖元音之有無，孫宜志（2011：83）認為，羅常培、陸志韋中的擬音中並無舌尖元音，蔣冀騁、李葆嘉也認為無舌尖元音，但李新魁與曾曉渝認為有舌尖元音。

《西儒耳目資》已載有聲母、韻母、聲調，本論文決定透過金尼閣《西儒耳目資》所載之音韻為討論重點，但有一些符號應當使用現今的 IPA 而有更正確的註解，如此即可避免聲母的不確定性。

《西儒耳目資》中，金尼閣將聲母稱為「同鳴字父」，其言：「喉舌之間，若有他物阻之，不能盡吐，如口吃者期期之狀，日同鳴。」「等韻三十六所稱母者，余稱為父。」在《西儒耳目資》的音系中，有 21 個聲母（包含零聲母），用漢字和羅馬字母標示：又有輕重之分，輕音包含「則」c、「者」ch、「格」k、「百」p，「德」t、「日」j、「物」v、「弗」f、「額」g、「勒」l、「麥」m、「搦」n、「色」s、「石」x 十四個聲母；重音包括「測」'c、「撦」'ch、「克」'k、「魄」'p、「忒」't、「黑」h 六個聲母，輕、重音的分別，若從發音方法而言，除「黑」母 h 之外都是送氣的塞音或者塞擦音。

依據張苗（2007：23）之研究，其認為《西儒耳目資》聲母系統的標音有以下情形：1. 全濁塞音、塞擦音變為同一發音部位的送氣音或不送氣音，變化規律為平送仄不送（濁音清化）；2. 全濁擦音變為同一發音部位之清音（濁音清化）；3. 知莊章三組聲母在《西儒耳目資》的合併分有兩種狀況：絕大多數知組三等、章組合併，並有部分莊組三等字併入；中古莊組二等與知組二等合併，混有個別知組三等、章組、莊組三等字。部分知組開口二等字及個別開口三等字、部分莊組開口三等字及個別合口二等字讀為「則」c、「測」'c，「色」s；4. 影組、喻組及部分疑組字、微組字合併；5. 非敷奉三組合併。

故此，為明晰《西儒耳目資》聲母系統的標音，以下羅列張苗（2007：23）其中之聲母名稱、聲母標音及張氏轉寫的國際音標：

表 5 《西儒耳目資》聲母系統的標音及張氏所轉寫的 IPA

百　p / p /	魄　'p / pʰ /	麥　m / m /		
弗　f / f /		物　v / v /		
德　t / t /	忒　't / tʰ /	搦　n / n /		勒　/ l /
格　k / k /	克　'k / kʰ /	額　g / ŋ /	黑　h / x /	
者　ch / tʂ /	撦　'ch / tʂʰ /		石　x / ʂ /	日　j / ʐ /
則　c / ts /	測　'c / tsʰ /		色　s / s /	
自鳴字母　∅ / ∅ /				

接著，《西儒耳目資》中，金尼閣將韻母稱為「自鳴字母」，其言：「開口之際，自能烺烺成聲，而不藉他音之助，曰自鳴。」（金尼閣 1626：456）在《西

儒耳目資》的音系中，有 50 個韻母（金氏寫為五十攝），用漢字和羅馬字母標示。金尼閣認為這五十攝乃是：「五十俱總母也，未開平、仄、清、濁、甚、次、中之全。既開平，仄，每一成五，則五十總母乘之，生二百五十。既分甚、次、中之別，另有十五，總計全母二百六十有五。」（金尼閣 1626：458）

依據張苗（2007：52）之研究，其認為《西儒耳目資》韻母系統的標音有以下情形：1. 入聲韻與陰聲韻相配，中古-p 尾、-t 尾與-k 尾之間相互合併，形成喉塞尾；2. 中古-m 尾韻消失，併入-n 尾韻；3. 韻母有甚、次、中之分；4. 存在兒韻。

故此，為明晰《西儒耳目資》韻母系統的標音，以下羅列張苗（2007：52～53）其中之韻母標音及張氏轉寫的國際音標：

表 6 《西儒耳目資》韻母系統的標音及張氏所轉寫的 IPA

金氏記音	ɑ	e	e 甚	e 次	i	o	o 甚	o 次	u 甚	u 次
張 2007 擬音	ɑ / ɑʔ	ɛ	ɛʔ	ʅʔ	i / ʅ	ɔ	ɔʔ	oʔ	u / uʔ	ɿ / ʮ
金氏記音	u 中	ɑi	ɑo	ɑm	ɑn	eu	em	en	iɑ	ie
張 2007 擬音	ʉ / ʉʔ	ai	ɑu	ɑŋ	an	əu	əŋ	ən / ɛn	iɑ	iɛ
金氏記音	ie 甚	ie 次	io 甚	io 次	iu 中	im	in	oɑ	uɑ	uo
張 2007 擬音	iɛʔ	iəʔ	iɔʔ	ioʔ	iʉ / iʉʔ	iŋ	in	ua	ua	uo
金氏記音	uo 甚	uo 次	oe	ue	ul	um	eɑo	iɑo	eɑm	iɑm
張 2007 擬音	uɔʔ	uoʔ	uoʔ	uoʔ	ɚ	uŋ	iɑo	iɑo	iɑŋ	iɑŋ
金氏記音	iɑi	ieu	ien	iue	ium	iun	oɑi	uɑi	ui	oei
張 2007 擬音	iai	iəu	iɛn	iʉɛ / iʉɛʔ	iʉŋ	iʉən	uɑi	uɑi	uei	uei
金氏記音	uei	oɑn	uɑn	uen	oen	un	oɑm	uɑm	uon	iuen
張 2007 擬音	uei	uan	uan	uan / uən	uən	uən	uɑŋ	uɑŋ	uɔn	iʉɛn

故此，由上述擬音可知，加上「中古-m 尾韻消失，併入-n 尾韻」的說法，金氏所標音的韻尾-m，對應現今的國際音標並非為／m／，而是／ŋ／。

因應《西儒耳目資》的標示較為複雜，聲母的送氣本為「’○」，聲調類別本為「清」標「¯」,「濁」標「^」,「上」標「`」,「去」標「´」,「入」標「ˇ」,所以,接下來《西儒耳目資》的聲母標示,筆者會先標示金氏所錄,但也會根據上表,於敘述中進行轉換;聲母的送氣改以「$\bigcirc^{h}$」進行標示;聲調的五個調類改以「數字」作為「調類」符號。調類的標示方式為:「清」之「¯」標為 1,「濁」之「^」標為 2,「上」之「`」標為 3,「去」之「´」標為 5,「入」之「ˇ」標為 7。

附帶說明。金尼閣認為這五十攝中分「甚」、「次」、「中」之別者有 15 個,但表 6 只有 14 個,令人滋生疑竇。然而,本文經查《西儒耳目資》中〈列音韻譜〉之標法,認為金氏所算的 15 個是「多出來的」。區別「甚」、「次」、「中」者,有第二攝 e、第四攝 o、第五攝 u、第十四攝 ie、第十五攝 io、第十六攝 iu、第廿四攝 uo,其「甚」、「次」、「中」分別之法,呈現於下表:

表 7 《西儒耳目資》區別甚、次、中者

攝	甚	次	中
第二攝 e	入聲甚	入聲次	
第四攝 o	入聲甚	入聲次	
第五攝 u	清平甚	清平次	清平中
	濁平甚	濁平次	濁平中
	上聲甚	上聲次	上聲中
	去聲甚	去聲次	去聲中
	入聲甚	入聲次	入聲中
第十四攝 ie	入聲甚	入聲次	
第十五攝 io	入聲甚	入聲次	
第十六攝 iu			清平中
			濁平中
			上聲中
			去聲中
			入聲中
第廿四攝 uo	入聲甚	入聲次	

根據上表,可見《西儒耳目資》在區別「甚」、「次」、「中」的情況下,正好有 15 個(見灰體):第二攝 e 多分出了 1 個、第四攝 o 多分出了 1 個、第五攝 u 多分出了 10 個、第十四攝 ie 多分出了 1 個、第十五攝 io 多分出了 1 個、第

廿四攝 uo 多分出了 1 個，另外，第十六攝 iu 雖然有標為「中」者，但沒有未標「甚」、「次」、「中」者，也沒有標為「甚」、「次」者，故沒有多餘。故此，這 15 個是來自於內部，並非來自擬音，故與表 6 未足 15 個並無任何關聯。

2.4　鹽城方言語音概說

依據《中國語言地圖集》（1987）的劃分，鹽城方言屬於江淮官話的洪巢片，和南京、揚州、淮安屬同一分片。而在《江蘇語言資源資料彙編》（2015）中，鹽城卷設鹽城城區、東臺、大豐、射陽、建湖、阜寧、濱海、響水等 8 個方言調查點。除了南部的東臺全部及大豐大部外，其他多數點方言均屬江淮官話洪巢片。

其中，鹽城城區居鹽城市中部其方言內部有差異：中西部的新洋、先鋒等七個街道屬原城區，可代表市區話；北部的南洋、新興東部的黃尖、鹽東南部的步鳳、伍佑等鎮屬原郊區，方言特點分別與建湖、射陽等地接近。另外黃尖鎮還有較地方有來自海門的移民，使用屬於吳方言的海門話。

根據蔡華祥（2011：3）所言，洪巢片方言特點有三：1. 聲調都是陰平、陽平、上聲、去聲、入聲五個；2. 古入聲字今讀入聲不分陰陽；3. 古仄聲全濁聲母字今讀塞音、塞擦音時不送氣。鹽城方言符合前二特點，但不完全符合第三個特點，鹽城方言古全濁聲母今讀塞音、塞擦音白讀送氣，文讀不送氣。另外，江淮官話洪巢片、泰如片和鹽城的語音差別，詳如下表：

表 8　《鹽城方言研究》所列洪巢片、泰如片和鹽城的語音差別

	入聲是否分陰陽	古仄聲全濁聲母今讀塞音、塞擦音是否送氣
洪巢片（南京、揚州）	−	−
泰如片（泰州、如皋）	+	+
鹽城	−	+

由上表可知，若以此二標準，則鹽城方言或為一種「過渡型方言」，某種程度上兼有洪巢片及泰如片的語音特徵。故此，鹽城方言兼具南北的特點，具有調查及研究的獨特價值。

第 3 章　原始鹽城方言音韻系統擬測

第 3 章為〈原始鹽城方言音韻系統擬測〉，擬測原始鹽城方言的音韻系統，以全面綜觀鹽城方言在歷史比較法之下，共時與歷時之間的音韻發展。具體內容為：3.1 原始鹽城方言音韻系統擬測說明；3.2 原始鹽城方言音韻系統的擬測；3.3 原始鹽城方言音韻系統擬測結果，亦即分為三部分來呈現。

3.1　原始鹽城方言音韻系統擬測說明

在進行原始鹽城方言的音韻系統擬測前，再一次明確說明相關規範，先清楚分析的方法與原則，以及目前若干鹽城方言音韻系統共時表現。

3.1.1　擬測的方法與原則

即使我們沒有原始語言的書面記錄，也常常可以使用比較法從後代語言的反射中重建原始語言的某些方面。原始語言進化模型如下所示（見圖 8）：

圖 8　原始語言進化模型

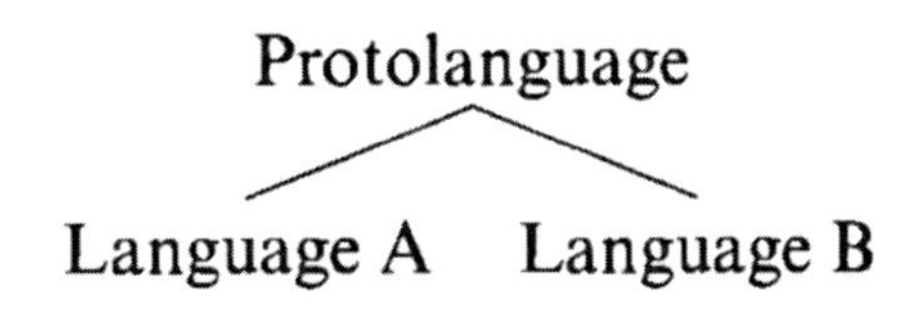

關於擬測的方法，本論文利用歷史語言學的比較方法進行討論，透過共時

語言學所描寫的音韻材料，尋找相關的對應規律，並用以探索語音的歷時發展軌跡，以橫向共時比較，找出語音的差異和特點，再以縱向歷時比較，發現語音發展變化規律。

預先說明的是，筆者採取較為保守的方式進行音韻系統擬測，一分證據說一分話，以不貿然進行為主要原則。

關於歷史語言學比較方法的一些概念，本論文採用 Lyle Campbell（2013：111～128）的說法，計有七個步驟，以下略作說明：

步驟 1：蒐集同源詞（Assemble cognates）

在富有關聯性的語言（related languages）（或有理由懷疑其具相關性的語言）中尋找潛在的同源詞，並以某種有序的排列。一般而言，從「基本詞彙」（身體部位、近親詞、數字、常見地理詞等）同源詞開始較為方便，因為這些詞比其他類型的詞彙較不易有借用（borrowing）的情形。比較方法只比較真正的同源詞，即繼承自原始語言而在子語言中的相關詞彙。

此外，必須消除其他不是來自共同祖語的相似詞組，諸如由於借用、巧合等原因而在語言之間表現出相似性的相似詞組。最後，在以下步驟中發現系統的對應關係，以證明真正的同源。

步驟 2：建立規則對應關係（Establish sound correspondences）

嘗試確定音韻規則對應（sound correspondences）。音韻規則對應是否真實反映從原始語言的單詞中繼承的語音，而不僅是偶然相似性，需要確定該音韻規則對應是否在其他同源詞組中亦有出現。

步驟 3：重建原始語音（Reconstruct the proto-sound）

語音對應集（Sound correspondence set）中的不同語音（比較的每種語言一個語音）反映原始語言的單個語音，該語音在不同的子語言中繼承；有時語音在某些子語中維持不變，儘管它通常會在某些（甚至全部）子語中發生語音變化，使其與原始語音不同。重建原始語音，即是根據語音對應集中各種語言的後代語音特性來假設原始語言中的語音可能為何。我們需要為所有同源詞組建立音韻規則對應並為其重建語音。

步驟 4：確定相似（部分重疊）對應關係的狀態（Determine the status of similar（partially overlapping）correspondence sets）

一些語音變化（特別是有條件的語音變化），可能導致原始語音與多個對應關係相關聯。在類似（部分重疊）語音對應集的情況下，我們必須確定它們是否反映了兩個獨立的原始語音（proto-sounds）或只有一種語音，在一種或多種語言中分裂成多個語音。

我們假設語音變化是有規律的，可能的解決方案基本上僅限於兩個：一個是找到證據來證明雖然這兩個對應集在今天是不同的，但只代表一個原始語音，如此便要解釋這兩組之間的差異，說明一個原始語音如何導致兩種不同的形式變化；另一個可能是，兩個對應集代表原始語言中的兩個不同語音。

步驟 5：從原始語言的整體語音庫的角度檢查重構語音的合理性

（Check the plausibility of the reconstructed sound from the perspective of the overall phonological inventory of the proto-language）

步驟 5 和步驟 6 是具有關聯性的。

步驟 5 的經驗法利用語言傾向於表現完整的事實，即它們傾向於具有一致模式的對稱語音系統。

與步驟 3 相較，整體背景下，檢查在原始語言中這些語音的可信度有多大，以更廣泛觀點考慮這些語音時，我們會改進和糾正之前的建議。

步驟 6：從語言共性和類型學的角度檢查重構語音的合理性

（Check the plausibility of the reconstructed sound from the perspective of linguistic universals and typological expectations）

檢查這個模式在類型學上與我們所知道的世界語言語音系統的匹配程度。當我們檢查假設的原始語言語音的重構時，必須確保沒有提出一組在人類語言中從未或很少發現的語音。

步驟 7：重構單個語素（Reconstruct individual morphemes）

當我們根據規則對應重構原始語音時，就有可能重構詞彙項（lexical items）和語法語素（grammatical morphemes）。

上述七個步驟即是歷史語言學比較方法的操作方法。回過頭來，Lyle Campbell（2013：113～117）特別在步驟 3 說明重建原始語音有四項原則：

（1）方向性原則（Directionality）

某些已知方向性的語音變化是重建的寶貴線索。「方向性」指獨立語言中重複出現的一些語音變化通常會朝著同一個方向（A＞B）進行，而不會由另一個方向（B＞A）找到。

（2）多數決原則（Majority wins）

在其他條件相同的情況下，我們讓「多數者」獲勝——也就是說，除非有相反的證據，否則我們傾向於為我們重建的原始語音選擇對應集中出現在最多的子語言的特定語音。

然而，在使用多數決原則時需謹慎。有些語言可能會相互獨立地經歷其中一種變化，例如：元音長度的損失、元音在鼻輔音之前的鼻化等。也有可能只有一種子語言可能保持原始語音不變，而其他語言都以某種方式改變。或者所有子語言都可能發生各種變化，以至於沒有一個能反映原音不變。顯然，在這些情況下，無法用多數決。

此外，如果某些語言之間的關係更密切，多數決規則可能無法有所作用。

（3）考慮共同特徵原則（Factoring in features held in common）

試圖通過觀察在音韻規則對應中，每種子語言的映射（reflexes）共享哪些語音特徵，盡可能實現語音真實性。確定子語言中映射有哪些語音特徵（以及步驟 2 中可以通過已知的語音變化方向，並從其他語言中推導出的特徵），然後嘗試通過這些共同的語音特徵來重建原始語音。

（4）經濟原則（Economy）

「經濟原則」係當有多種替代方案可用時，需要最少「獨立」更改的那個最有可能是正確的。

3.1.2　若干鹽城方言音韻系統共時表現說明

本節闡釋鹽城方言聲母、韻母、聲調的共時表現，先對鹽城方言的音韻有一基礎且細緻的認識。筆者蒐集到數種資料，以下一一列舉。

3.1.2.1　蔡華祥《鹽城方言研究》（2011）

蔡華祥（2011）聚焦於鹽城方言，以江蘇省鹽城市亭湖區步鳳鎮的語音為主，對鹽城方言的聲母、韻母和聲調三方面及詞語、語法等，都有仔細的羅列。

關於蔡華祥（2011：11）鹽城方言的發音合作人及調查人的相關資料，詳列於下：

蔡長林，男，1929 年生，2005 年卒，鹽城市亭湖區步鳳鎮慶元村人，農民。

蔡萬順，男，1926 年生，鹽城市亭湖區便倉鎮人，農民。

田文林，男，1936 年生，鹽城市亭湖區步鳳鎮慶元村人，農民。

鄒元英，女，1935 年生，鹽城市亭湖區便倉鎮人，農民。

田干培，男，1941 年生，鹽城市亭湖區步鳳鎮慶元村人，退休教師。

田文井，男，1953 年生，鹽城市亭湖區步鳳鎮慶元村人，農民。

蔡順連，男，1953 年生，鹽城市亭湖區步鳳鎮慶元村人，農民。

蔡順宏，男，1955 年生，鹽城市亭湖區步鳳鎮慶元村人，農民。

卞加群，女，1962 年生，鹽城市亭湖區便倉鎮人，農民。

張亞平，男，1966 年生，鹽城市亭湖區便倉鎮人，農民。

陳榮軍，男，1975 年生，鹽城市亭湖區步鳳鎮烈士村人，教師。

蔡華祥，男，1981 年生，鹽城市亭湖區步鳳鎮慶元村人，教師。

可見蔡華祥（2011）有 12 位發音人，多是農民和教師，且住在亭湖區便倉鎮、步鳳鎮。本論文以「蔡 2011」稱呼之。

3.1.2.1.1　聲母

根據蔡華祥（2011），鹽城方言計有 20 個聲母，包括零聲母在內。聲母列表如下：

表 9　蔡 2011 鹽城方言聲母表

雙唇音	重唇音	p	p^h	m		
	輕唇音	f		v		
舌尖音	舌頭音	t	t^h	n		l
	舌面音	ts	ts^h		s	
舌面音		tɕ	$tɕ^h$		ɕ	
牙喉音		k	k^h	ŋ	x	
零聲母		∅				

除了Ø（零聲母）以外，其他得以在音節中充當聲母的成分，顯然皆為輔音（consonant）。因此，本論文參照趙元任（趙元任原著、丁邦新譯 1994：12～13）的標音方式，在介紹聲母系統時，將「零聲母」標為／Ø／，而非標為／ʔ／。

每個聲母按照它跟韻母可能相配的實際情形各舉一例於下表：

表 10　蔡 2011 鹽城方言聲母舉例

聲母	舉　例
p	蔽 pi5，補 pu2，幫 pa1，巴 pɒ1，扮 pæ2，保 pɔ3，標 piɔ1，拜 pe5，波 po1，背 pɪ5，本 pən3，稟 pin3，崩 pɔŋ1，博 paʔ7，巴 pæʔ7，北 pɔʔ7，不 pəʔ7，鉢 poʔ7，別 piʔ7
p^h	批 p^hi1，普 p^hu3，滂 p^ha2，怕 p^hɒ5，盼 p^hæ2，袍 p^hɔ2，飄 p^hiɔ1，排 p^he2，坡 p^ho1，配 p^hɪ5，噴 p^hən5，品 p^hin3，朋 p^hɔŋ2，樸 p^haʔ7，拔 p^hæʔ7，潑 p^hoʔ7，撇 p^hiʔ7
m	忙 ma2，麻 mɒ1，慢 mæ1，毛 mɔ2，苗 miɔ1，埋 me2，磨 mo1，米 mɪ3，謬 miɯ5，門 mən2，敏 min3，萌 mɔŋ2，莫 maʔ7，抹 mæʔ7，墨 mɔʔ7，沒 məʔ7，末 moʔ7，滅 miʔ7
f	放 fa5，泛 fæ5，廢 fɪ5，否 fɯ3，富 fv5，粉 fən3，風 fɔŋ1，髮 fæʔ7，縛 fɔʔ7，彿 fəʔ7
v	汪 va1，頑 væ1，歪 ve1，桅 vɪ2，穩 vən3，握 vaʔ7，襪 væʔ7，杌 vəʔ7
t	當 ta1，打 tɒ3，爹 tiɒ1，耽 tæ1，刀 tɔ1，雕 tiɔ1，戴 te5，多 to1，對 tɪ5，兜 tɯ1，丟 tiɯ1，都 təu1，盾 tən5，丁 tin1，東 tɔŋ1，沰 taʔ7，答 tæʔ7，獨 tɔʔ7，得 təʔ7，奪 toʔ7，滴 tiʔ7
t^h	湯 t^ha1，貪 t^hæ1，掏 t^hɔ2，挑 t^hiɔ1，太 t^he5，拖 t^ho1，退 t^hɪ5，偷 t^hɯ1，土 t^həu3，吞 t^hən1，聽 t^hin1，通 t^hɔŋ1，託 t^haʔ7，踏 t^hæʔ7，禿 t^hɔʔ7，突 t^həʔ7，脫 t^hoʔ7，鐵 t^hiʔ7
n	女 ny3，囊 na2，娘 nia2，拿 nɒ2，南 næ2，腦 nɔ3，尿 niɔ1，耐 ne5，挪 no2，黏 nɪ2，拗 niɯ5，盧 ləu2，嫩 nən1，弄 nɔŋ1，諾 naʔ7，虐 niaʔ7，納 næʔ7，勒 nəʔ7，諾 noʔ7，聶 niʔ7
l	郎 la2，良 lia2，惹 lɒ3，漤 læ3，老 lɔ3，撩 liɔ2，來 le2，羅 lo2，累 lɪ5，瑞 luɪ5，樓 lɯ2，溜 liɯ1，如 ləu2，任 lən2，檁 lin3，攏 lɔŋ2，樂 laʔ7，略 liaʔ7，蠟 læʔ7，鹿 lɔʔ7，入 ləʔ7，立 liʔ7
ts	滯 tsɿ5，贓 tsa1，蔗 tsɒ3，簪 tsæ1，早 tsɔ3，奢 tse3，左 tso3，占 tsɪ1，走 tsɯ3，租 tsəu1，砧 tsən1，鬃 tsɔŋ1，作 tsaʔ7，雜 tsæʔ7，族 tsɔʔ7，汁 tsəʔ7，拙 tsoʔ7，摺 tsiʔ7
ts^h	此 ts^hɿ3，倉 ts^ha1，茶 ts^hɒ2，慘 ts^hæ3，草 ts^hɔ3，豺 ts^he1，搓 ts^ho1，車 ts^hɪ1，湊 ts^hɯ5，粗 ts^həu1，岑 ts^hən2，聰 ts^hɔŋ1，綽 ts^haʔ7，閘 ts^hæʔ7，畜 ts^hɔʔ7，住 ts^həʔ7，撮 ts^hoʔ7，撤 ts^hiʔ7

s	施 sɿ1，桑 sa1，沙 sɒ1，三 sæ1，掃 sɔ3，賽 se5，蓑 so1，奢 sɪ1，叟 sɯ3，蘇 səu1，森 sən1，送 sɔŋ5，索 saʔ7，薩 sæʔ7，速 sɔʔ7，濕 səʔ7，說 soʔ7，攝 siʔ7
tɕ	低 tɕi1，聚 tɕy5，將 tɕia1，莊 tɕya1，茄 tɕiɒ2，抓 tɕyɒ1，監 tɕiæ1，賺 tɕyæ5，交 tɕiɔ1，介 tɕie5，拽 tɕye5，眷 tɕyo5，姐 tɕɪ3，最 tɕyɪ5，酒 tɕiɯ3，妗 tɕin5，君 tɕyən1，迥 tɕiɔŋ3，爵 tɕiaʔ7，桌 tɕyaʔ7，夾 tɕiæʔ7，菊 tɕiɔʔ7，疾 tɕiəʔ7，橘 tɕyəʔ7，絕 tɕyoʔ7，接 tɕiʔ7
$tɕ^h$	梯 tɕʰi1，蛆 tɕʰy1，槍 tɕʰia1，瘡 tɕʰya1，斜 tɕʰiɒ2，鉛 tɕʰiæ1，巧 tɕʰiɔ3，揣 tɕʰye1，全 tɕʰyo2，且 tɕʰɪ3，罪 tɕʰyɪ5，秋 tɕʰiɯ1，寢 tɕʰin3，襯 tɕʰyən5，傾 tɕʰiɔŋ1，鵲 tɕʰiaʔ7，戳 tɕʰyaʔ7，曲 tɕʰiɔʔ7，七 tɕʰiəʔ7，屈 tɕʰyəʔ7，勸 tɕʰyoʔ7，妾 tɕʰiʔ7
ɕ	西ɕi1，需ɕy1，箱ɕia1，霜ɕya1，些ɕiɒ2，靴ɕyɒ2，閑ɕiæ3，閂ɕyæ1，淆ɕiɔ2，諧ɕie2，率ɕye5，軒ɕyo1，謝ɕɪ5，稅ɕyɪ2，修ɕiɯ1，信ɕin5，尋ɕyən2，兄ɕiɔŋ1，削ɕiaʔ7，峽ɕiæʔ7，刷ɕyæʔ7，恤ɕiɔʔ7，悉ɕiəʔ7，術ɕyəʔ7，薛ɕyoʔ7，習ɕiʔ7
k	岡 ka1，光 kua1，家 kɒ1，瓜 kuɒ1，感 kæ3，鰥 kuæ1，稿 kɔ3，該 ke1，乖 kue1，哥 ko1，圭 kuɪ1，狗 kɯ3，姑 kəu1，跟 kən1，崑 kuən1，公 kɔŋ1，各 kaʔ7，郭 kuaʔ7，夾 kæʔ7，刮 kuæʔ7，國 kɔʔ7，格 kəʔ7，骨 kuəʔ7，鴿 koʔ7
k^h	康 kʰa1，曠 kʰua2，掐 kʰɒ5，誇 kʰuɒ1，坎 kʰæ3，環 kʰuæ2，考 kʰɔ3，楷 kʰe3，快 kʰue3，可 kʰo3，盔 kʰuɪ1，口 kʰɯ3，庫 kʰəu5，根 kʰən3，坤 kʰuən1，空 kʰɔŋ1，殼 kʰaʔ7，廓 kʰuaʔ7，掐 kʰæʔ7，括 kʰuæʔ7，哭 kʰɔʔ7，克 kʰəʔ7，窟 kʰuəʔ7，磕 kʰoʔ7
x	航 xa2，荒 xua1，下 xɒ1，花 xuɒ1，撼 xæ3，桓 xuæ2，浩 xɔ2，駭 xe2，懷 xue2，何 xo2，灰 xuɪ1，吼 xɯ3，互 xəu5，痕 xən2，昏 xuən1，弘 xɔŋ2，鶴 xaʔ7，霍 xuaʔ7，狹 xæʔ7，滑 xuæʔ7，或 xɔʔ7，黑 xəʔ7，忽 xuəʔ7，喝 xoʔ7
ŋ	昂 ŋa2，啞 ŋɒ3，庵 ŋæ1，咬 ŋɔ3，礙 ŋe5，嘔 ŋɯ3，恩 ŋən1，鶴 ŋaʔ7，鴨 ŋæʔ7，額 ŋəʔ7
∅	麗 i5，旅 y3，也 a3，央 ia1，耶ɒ3，亞 iɒ5，剮 uɒ3，奧ɔ5，肴 iɔ2，藹 e3，窩 o1，院 yo5，爺ɪ2，歐ɯ1，優 iɯ1，烏 əu1，吟 in1，云 yən2，翁ɔŋ1，泳 iɔŋ3，拙 yaʔ7，約 iaʔ7，屋ɔʔ7，育 iɔʔ7，軛 əʔ7，域 yəʔ7，喔 oʔ7，月 yoʔ7，葉 iʔ7
成音節	姆 m5，嗯 n1，我 ŋ3

3.1.2.1.2　韻母

根據蔡華祥（2011），鹽城方言計有 57 個韻母，包括三個成音節 m、n、ŋ 在內。韻母列表如下：

表 11　蔡 2011 鹽城方言韻母表

	開	齊	合	撮
非鼻音韻尾	ʅ	i	u	y
	a	ia	ua	ya
	ɒ	iɒ	uɒ	yɒ
	æ	iæ	uæ	yæ
	ɔ	iɔ		
	e	ie	ue	ye
	o			yo
		ɪ	uɪ	yɪ
	ɯ	iɯ		
	v			
	əu			
鼻音韻尾	ən	in	uən	yən
	ɔŋ	iɔŋ		
塞音韻尾	aʔ	iaʔ	uaʔ	yaʔ
	æʔ	iæʔ	uæʔ	yæʔ
	ɔʔ	iɔʔ		
	əʔ	iəʔ	uəʔ	yəʔ
	oʔ			yoʔ
		iʔ		
成音節	m			
	n			
	ŋ			

3.1.2.1.3　聲調

根據蔡華祥（2011）的記音，鹽城方言計有 5 個聲調，將聲調、調值列表之外，也依據音標標註方式命名調類，如下：

表 12　蔡 2011 鹽城方言聲調表

聲　調	蔡 2011 調值	調　類
陰平	31	1
陽平	213	2
上聲	33	3
去聲	35	5
入聲	5	7

根據蔡華祥（2011），其以音高平均值繪製聲調示例圖，認為入聲較上聲高。

每個聲調按照實際情形，舉例如下：

表 13　蔡 2011 鹽城方言聲調舉例

聲　調	調　類	例　字
陰平	1	幫 pa1 巴 pɒ1 標 piɔ1 波 po1 崩 pɔŋ1 批 pʰi1
陽平	2	補 pu2 扮 pæ2 滂 pʰa2 盼 pʰæ2 袍 pʰɔ2 排 pʰe2
上聲	3	本 pən3 稟 pin3 保 pɔ3 普 pʰu3 品 pʰin3 米 mɪ3
去聲	5	拜 pe5 背 pɪ5 蔽 pi5 怕 pʰɒ5 謬 miɯ5 放 fa5
入聲	7	博 paʔ7 巴 pæʔ7 北 pɔʔ7 不 pəʔ7 缽 poʔ7 別 piʔ7

3.1.2.2　江蘇省語言資源編纂委員會《江蘇語言資源資料彙編》（2015）

江蘇省語言資源編纂委員會（2015）聚焦於江蘇省各地區方言，其中第九卷係為鹽城卷，第一部份即本論文所及的鹽城城區語音，對鹽城方言的語音系統（包括聲母、韻母和聲調三方面）及字音、詞彙、句子等，都有仔細的羅列。

關於江蘇省語言資源編纂委員會（2015）鹽城方言（鹽城城區）的發音合作人及調查人的相關資料，詳列於下：

一、發音合作人

老年發音人：俞文玉

男，1942 年 1 月出生於江蘇省鹽城市亭湖區未在外地住過。會說鹽城話、普通話，現在主要說鹽城話。父親、母親、妻子均鹽城亭湖人，說鹽城話。

青年發音人：郭曉勇

男，1974 年 1 月生於江蘇省鹽城市亭湖區。在外地住過。會說鹽城話、普通話，現在主要說鹽城話。父親、母親均鹽城亭湖人，說鹽城話。已婚，妻子為鹽城亭湖人，說鹽城話、普通話。

二、調查人

主要調查人：萬久富

協助調查人：蔡華祥、徐宇紅、袁佳棋、吉照遠

本論文以「江 2015」稱呼之，並以「老年」與「青年」分別稱呼老年記音與青年記音。

3.1.2.2.1　聲母

根據江蘇省語言資源編纂委員會（2015），鹽城方言計有 19 個聲母，包括零聲母在內。聲母列表如下：

表 14　江 2015 鹽城方言聲母表

雙唇音	重唇音	p	p^{h}	m		
	輕唇音	f				
舌尖音	舌頭音	t	t^{h}	n		l
	舌面音	ts	ts^{h}		s	z
舌面音		tɕ	$tɕ^{h}$		ɕ	
牙喉音		k	k^{h}		x	
零聲母		∅				

3.1.2.2.2　韻母

根據江蘇省語言資源編纂委員會（2015），鹽城方言計有 48 個韻母，包括成音節 ŋ 在內。韻母列表如下：

表 15　江 2015 鹽城方言韻母表

	開	齊	合	撮
非鼻音韻尾	ɿ	i	u	y
	a	ia	ua	
	ɛ	iɛ	uɛ	
	ɔ	iɔ		
		iɪ	uɪ	
	ʊ			yʊ
	ɯ	iɯ		
鼻化韻	ã	iã	uã	
	ɛ̃	iɛ̃	uɛ̃	
鼻音韻尾	ən	in	uən	yn
	ɔŋ	iɔŋ		

塞音韻尾	aʔ	iaʔ	uaʔ	
	ɛʔ	iɛʔ	uɛʔ	
	ɔʔ	iɔʔ		
	əʔ	iəʔ	uəʔ	
	eʔ			yeʔ
		iɪʔ		yɪʔ
	ʊʔ			yʊʔ
成音節	ŋ			

3.1.2.2.3　聲調

根據江蘇省語言資源編纂委員會（2015）的老年記音與青年記音，鹽城方言計有 5 個聲調，將聲調、調值列表之外，也依據音標標註方式命名調類，如下：

表 16　江 2015 鹽城方言聲調表

聲　調	江 2015 老年調值	江 2015 青年調值	調　類
陰平	31	31	1
陽平	213	213	2
上聲	55	55	3
去聲	35	35	5
入聲	5	5	7

根據江 2015 的紀錄，老年、青年聲調的陰平 31 較接近 42，入聲較為短促。老年記音有兩字組連續變調，去聲 35 於前字時常變為 53，陽平 213 變為 13，陰平 31 位於前字時，後字是陰平或上聲時常變為 13。其他情形則不變調。

3.1.2.3　蘇曉青〈江蘇省鹽城方言的語音〉（1993）

蘇曉青（1993），這篇文章以鹽城方言為主體，於 1988 到 1990 年之間透過 3 位發音人：袁恒真先生（1931 年生）、王念慈先生（1927 年生）、李金華先生（1931 年生），實地進行語言調查所得，紀錄鹽城市（即現鹽城市鹽都區）與郊區的語音。

整體來說，蘇文 1993 的貢獻是聚焦於鹽城方言，充分對鹽城方言的聲母、韻母和聲調三方面都進行了全盤的描寫與羅列，也大致提出聲母、韻母和聲調的相關特點。本論文以「蘇 1993」稱呼之。

3.1.2.3.1　聲母

根據蘇曉青（1993），鹽城方言計有 18 個聲母，包括零聲母在內。聲母列表如下：

表 17　蘇 1993 鹽城方言聲母表

雙唇音	重唇音	p	pʰ	m		
	輕唇音	f				
舌尖音	舌頭音	t	tʰ	n		l
	舌面音	ts	tsʰ		s	
舌面音		tɕ	tɕʰ		ɕ	
牙喉音		k	kʰ		x	
零聲母		∅				

3.1.2.3.2　韻母

根據蘇曉青（1993），鹽城方言計有 49 個韻母，包括三個成音節 m、n、ŋ 在內。韻母列表如下：

表 18　蘇 1993 鹽城方言韻母表

	開	齊	合	撮
非鼻音韻尾	ɿ	i	u	y
	a	ia	ua	
	ɛ	iɛ	uɛ	
	ɔ	iɔ		
			uəi	
	ɤɯ	iɤɯ		
鼻化韻	ĩ	iĩ		
	æ̃	iæ̃	uæ̃	
	õ			yõ
	ã	iã	uã	
鼻音韻尾	ən	in	uən	yn
	oŋ	ioŋ		
塞音韻尾	aʔ	iaʔ	uaʔ	
	æʔ	iæʔ	uæʔ	
	ɔʔ	iɔʔ		

	əʔ	iəʔ	uəʔ	
	oʔ			yoʔ
	iʔ	iiʔ		
成音節	m			
	n			
	ŋ			

3.1.2.3.3　**聲調**

根據蘇曉青（1993）的記音，鹽城方言計有 5 個聲調，將聲調、調值列表之外，也依據音標標註方式命名調類，如下：

表 19　蘇 1993 鹽城方言聲調表

聲　調	蘇 1993 調值	調　類
陰平	31	1
陽平	213	2
上聲	53	3
去聲	35	5
入聲	55	7

3.1.2.4　江蘇省地方志編纂委員會（鮑明煒主編）《江蘇省志・方言志》（1998）

鮑明煒（1998），這本書以江蘇省為主體，首先說明江淮方言區、吳方言區及北方方言區的方言特點及內部分片，並各自舉例說明其代表點音系。此外，列有〈字音對照表〉、〈常用詞對照表〉、〈語法句例對照〉表及七篇〈同音字彙〉。最後，則是江蘇省方言地圖。

鮑文的貢獻是聚焦於江蘇省轄下的次方言，盡力將每一個次方言的聲母、韻母和聲調三方面都進行了全盤的描寫與羅列，也大致提出聲母、韻母和聲調的相關特點。〈字音對照表〉因限於篇幅本表只收 700 個常用字，排列江蘇省 25 個方言點讀音，大致依照中國社會科學院語言研究所編《方言調查字表》16 攝次序，入聲字則單獨排列。

鮑明煒（1998：5～6）把江蘇省境內北部之官話方言分為江淮方言區和北方方言區，其中鹽城屬於揚淮片。整體來說，鮑文 1998 中有對鹽城的語音進行描寫，從〈《江蘇省志・方言志》編纂始末〉來看，其由卜玉平對鹽城城區進行

6 點的調查，以充分對鹽城方言的聲母、韻母和聲調三方面都進行全盤的描寫與羅列，並大致提出聲母、韻母和聲調的相關特點。本論文以「鮑 1998」稱呼之。

3.1.2.4.1　聲母

根據鮑明煒（1998），鹽城方言計有 18 個聲母，包括零聲母在內。聲母列表如下：

表 20　鮑 1998 鹽城方言聲母表

<table>
<tr><td rowspan="2">雙唇音</td><td>重唇音</td><td>p</td><td>p^h</td><td>m</td><td></td><td></td></tr>
<tr><td>輕唇音</td><td>f</td><td></td><td></td><td></td><td></td></tr>
<tr><td rowspan="2">舌尖音</td><td>舌頭音</td><td>t</td><td>t^h</td><td>n</td><td></td><td>l</td></tr>
<tr><td>舌面音</td><td>ts</td><td>ts^h</td><td></td><td>s</td><td></td></tr>
<tr><td colspan="2">舌面音</td><td>tɕ</td><td>$tɕ^h$</td><td></td><td>ɕ</td><td></td></tr>
<tr><td colspan="2">牙喉音</td><td>k</td><td>k^h</td><td></td><td>x</td><td></td></tr>
<tr><td colspan="2">零聲母</td><td>∅</td><td></td><td></td><td></td><td></td></tr>
</table>

3.1.2.4.2　韻母

根據鮑明煒（1998），鹽城方言計有 43 個韻母，包括成音節 ŋ 在內。韻母列表如下：

表 21　鮑 1998 鹽城方言韻母表

<table>
<tr><td></td><td>開</td><td>齊</td><td>合</td><td>撮</td></tr>
<tr><td rowspan="6">非鼻音韻尾</td><td>ʅ</td><td>i</td><td>u</td><td>y</td></tr>
<tr><td>a</td><td>ia</td><td>ua</td><td></td></tr>
<tr><td>ɛ</td><td>iɛ</td><td>uɛ</td><td></td></tr>
<tr><td></td><td></td><td>uəi</td><td></td></tr>
<tr><td>ɔ</td><td>iɔ</td><td></td><td></td></tr>
<tr><td>ɤɯ</td><td>iɤɯ</td><td></td><td></td></tr>
<tr><td rowspan="3">鼻化韻</td><td>æ̃</td><td>iæ̃</td><td>uæ̃</td><td></td></tr>
<tr><td>ĩ</td><td>iĩ</td><td></td><td></td></tr>
<tr><td>õ</td><td></td><td></td><td></td></tr>
<tr><td rowspan="2">鼻音韻尾</td><td>ən</td><td>in</td><td>uən</td><td>yn</td></tr>
<tr><td></td><td></td><td>uŋ</td><td>yŋ</td></tr>
</table>

塞音韻尾	æʔ	iæʔ	uæʔ	
	ɪʔ	iɪʔ		
	oʔ			yoʔ
	ɔʔ	iɔʔ		
	aʔ	iaʔ	uaʔ	
	əʔ	iəʔ	uəʔ	
成音節	ŋ			

3.1.2.4.3　聲調

根據鮑明煒（1998）的記音，鹽城方言計有 5 個聲調，將聲調、調值列表之外，也依據音標標註方式命名調類，如下：

表 22　鮑 1998 鹽城方言聲調表

聲　調	鮑 1998 調值	調　類
陰平	31	1
陽平	213	2
上聲	55	3
去聲	35	5
入聲	5	7

3.1.2.5　田野調查語料（2022）

關於田野調查語料（2022），乃由撰寫人於 2022 年 10 月 3 日，透過視訊進行語音採錄，發音人為江蘇省鹽城市亭湖區黃尖鎮陳榮思先生。本論文以「田野 2022」稱呼之。〔註 1〕

3.1.2.5.1　聲母

根據田野調查語料（2022），鹽城方言計有 23 個聲母，包括零聲母在內。聲母列表如下：

表 23　田野 2022 鹽城方言聲母表

雙唇音	重唇音	p	p^h	m		
	輕唇音	f		v		

〔註 1〕感謝發音人陳榮思先生，他對母語的嫻熟使得本論文的寫作有了最根本的憑藉。2022 年 10 月，由於盛可欣同學的協助，使筆者得以透過視訊記錄江蘇鹽城方言，並逐步開展原始鹽城方言這一研究課題，特此致謝。

舌尖音	舌頭音	t	t^h	n		l
	舌面音	ts	ts^h		s	
舌面音		tɕ	$tɕ^h$		ɕ	
舌塞擦音		tʂ	$tʂ^h$		ʂ	ʐ
牙喉音		k	k^h		x	
零聲母		∅				

3.1.2.5.2　韻母

根據田野調查語料（2022），鹽城方言計有 53 個韻母，包括成音節 ŋ 在內。韻母列表如下：

表 24　田野 2022 鹽城方言韻母表

	開	齊	合	撮
非鼻音韻尾	ʅ			
	ɿ	i	u	y
	ɑ	iɑ	uɑ	
	a	ia	ua	
	o	io		
	ɔ			
	e	ie	ue	
	ɯ	iɯ		
	ə	iə	uə	
	ɛ	iɛ		
	əʅ			
		iu		
	ɔu			
	əu			
鼻音韻尾		in	un	yn
	ən		uən	
	oŋ	ioŋ		
塞音韻尾		iʔ	uʔ	yʔ
	aʔ	iaʔ	uaʔ	
	əʔ	iəʔ	uəʔ	

	ɔʔ			
	oʔ	ioʔ		
	ɛʔ	iɛʔ	uɛʔ	yɛʔ
		iuʔ		
成音節	ŋ			

3.1.2.5.3　聲調

根據田野調查語料（2022），鹽城方言計有 5 個聲調。筆者操作貝先明先生及向檸女士所開發之「praat 漢化版」實驗語言學應用程式，以明晰田野調查語料（2022）之聲調格局。

筆者以咸攝開口一等字為主要探討對象，挑選五字進行操作，諸如以下：陰平（調類 1）以「三」ɕiɛ1 為例；陽平（調類 2）以「蠶」tɕʰiɛ2 為例；上聲（調類 3）以「膽」tiɛ3 為例；去聲（調類 5）以「淡」tiɛ5 為例；入聲（調類 7）以「雜」tɕiɛʔ7 為例。根據上述五字，利用「praat 漢化版」中的「聲調統計與畫圖」得出以下結果：

圖 9　田野 2022 鹽城方言的聲調 T 值圖

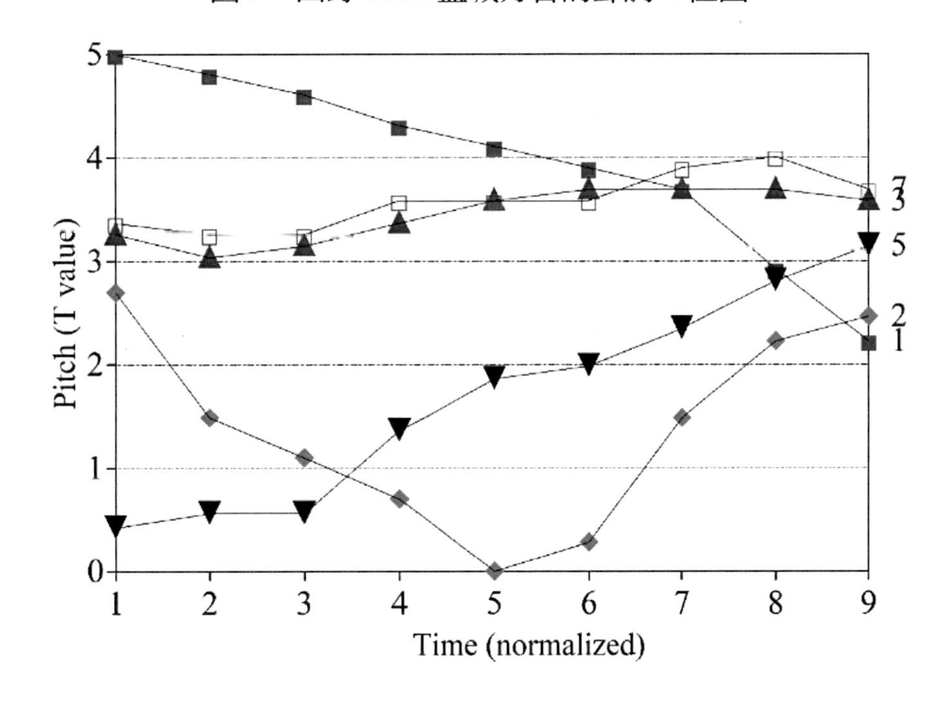

圖 10　田野 2022 鹽城方言的聲調時長比較圖

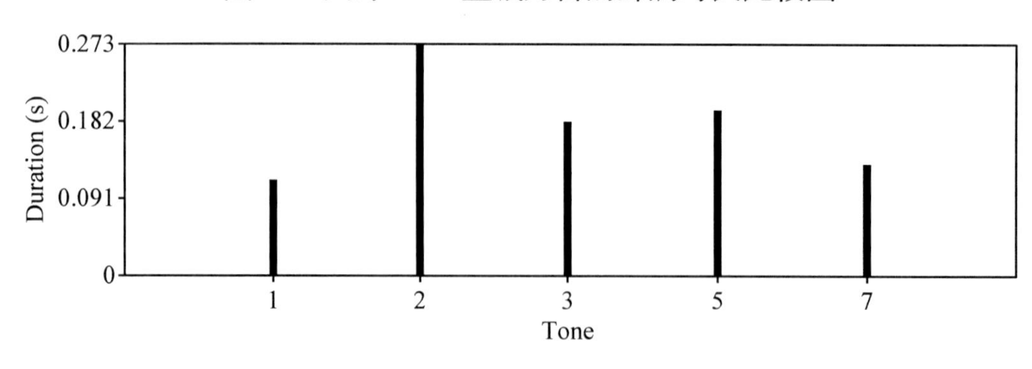

從圖 9 來看，可見陰平（調類 1）為下降調，陽平（調類 2）為曲折調，上聲（調類 3）及入聲（調類 7）為平調，去聲（調類 5）則為上揚調，四聲中最長的是陽平（調類 2），最短的是陰平（調類 1），上聲（調類 3）、去聲（調類 5）和入聲（調類 7）則介於其中。而從圖 10 來看，可見陰平（調類 1）及入聲（調類 7）為最短，尤其以下降調的陰平為短，而最長則是曲折調的陽平（調類 2），此外，平調的上聲（調類 3）上揚調的去聲（調類 5）則旗鼓相當。

故此，根據田野調查語料（2022）的記音，從這兩張圖而言，將聲調、調形、音長、調值列表之外，也依據音標標註方式命名調類，如下：

表 25　田野 2022 聲調類型比較表

聲　調	調　形	音　長	調　值	調　類
陰平	下降調	最短	53	1
陽平	曲折調	最長	313	2
上聲	平調	中	44	3
去聲	上揚調	次長	14	5
入聲	平調	次短	4	7

從上表可知，入聲（調類 7）及陰平（調類 1）音長相當，但有調形進行區別（下降調、平調）；另外，上聲（調類 3）與入聲（調類 7）皆為平調，但有音長進行區別（上聲相對較長，入聲相對較短），因此，五種調類都有其特殊的性質，無可費解。

3.2　原始鹽城方言音韻系統的擬測

本節進行原始鹽城方言的音韻系統擬測，分聲母、韻母、聲調三方面進行。

本節由下而上的在各鹽城方言內部尋找可靠的同源詞〔註2〕，並分別探討各鹽城方言的擬音，從而推論原始鹽城方言中這些同源詞的早期形式。往後於第4章至第6章才引入其他不同時代的古音（包括中古音與近代音）擬測，將之與原始鹽城方言的讀音進行比較。

關於本論文六筆鹽城方言語料之基本資料，列表於下：

表 26　本論文六筆鹽城方言語料之基本資料

	蘇 1993	鮑 1998	蔡 2011	江 2015 老年	江 2015 青年	田野 2022
發音人	袁恒真、王念慈、李金華	未知	蔡長林、蔡萬順、田文林、鄒元英、田干培、田文井、蔡順連、蔡順宏、卞加群、張亞平、陳榮軍、蔡華祥	俞文玉	郭曉勇	陳榮思
發音人位置	鹽都區	鹽城 6 點	亭湖區、步鳳鎮、便倉鎮	亭湖區	亭湖區	亭湖區黃尖鎮
調查人	蘇曉青	卜玉平	蔡華祥	萬久富、蔡華祥、徐宇紅、袁佳棋、吉照遠	萬久富、蔡華祥、徐宇紅、袁佳棋、吉照遠	李天群

從上表而言，除了鮑 1998 相對較不清楚之外，其他語料皆可見明確的地理位置。本論文若干鹽城方言語料的相關地理位置有鹽都區、亭湖區步鳳鎮、便倉鎮、黃尖鎮，以下將這些可知的地點繪製成圖，位置如圖 11 所示：〔註3〕

〔註2〕這裡所謂的「同源詞」，即指同一語源衍生而來的語詞。漢字具有表義功能，語義保留若干關係，蒐集同源詞相對容易。本論文以為，「同源詞」只要語義相同或相關，音韻規則對應也準確即可。

〔註3〕本圖從 Google 地圖擷取而來。Google 地圖 https://www.google.com.tw/maps（檢索日期：2023/01/12）。

圖 11　本論文六筆鹽城方言語料的相關地理位置

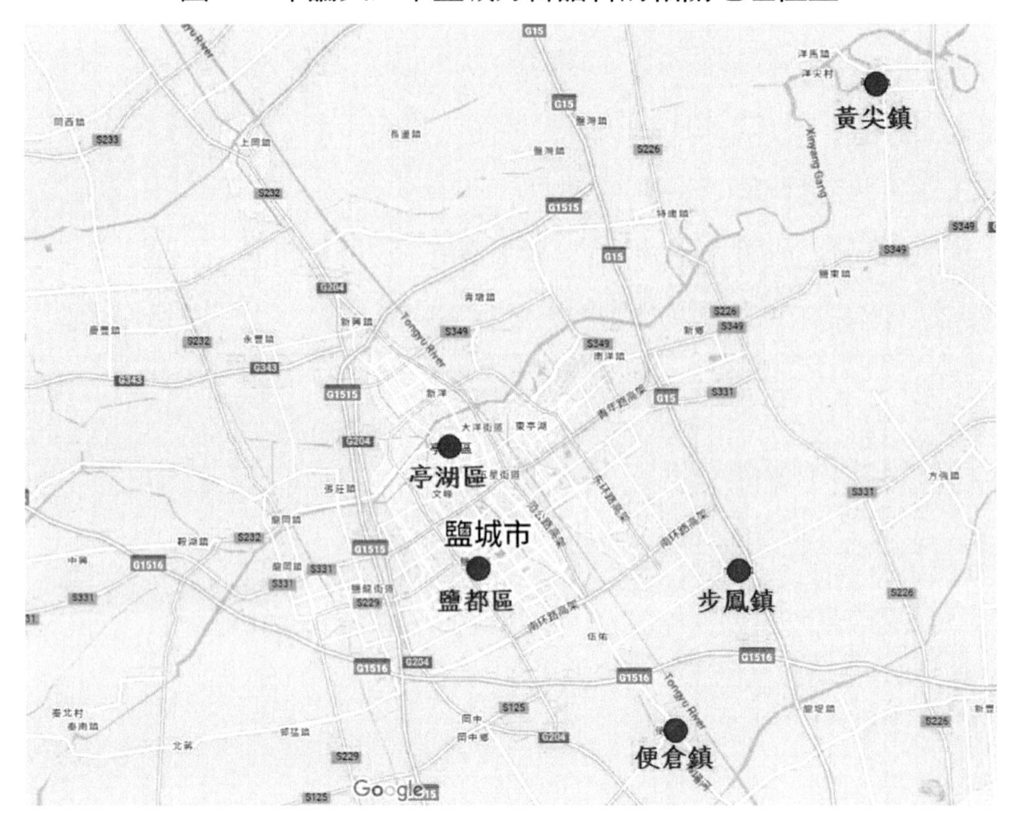

透過資料整理，筆者發現鹽城方言存在某些特殊的語言現象，值得詳細介紹並探討來歷。

附帶說明，下列的同源詞表中，分有文、白讀的語音，依據已知的文、白讀與音韻規則對應進行區分，以「表 27　*p 同源詞表」、「表 28　*pʰ同源詞表」為例，「病」字在蔡 2011 分有文、白讀，蘇 1993、江 2015 老年記為不送氣第 5 調，與文讀相同，而江 2015 青年記為送氣第 1 調，與白讀相同，因此區別；另外，若該格為空白，表示該字表未收錄該字之語音，以「表 27　*p 同源詞表」為例，「布」字在蔡 2011、江 2015 老年、江 2015 青年、田野 2022 有記音 pu5，而在蘇 1993、鮑 1998 為空白，表示未收錄「布」字之語音。

3.2.1　原始鹽城方言的聲母系統擬測

本節嘗試以六種鹽城方言的語料，利用同源詞及比較方法擬測出一套原始鹽城方言的聲母系統。

3.2.1.1　*p

請看以下同源詞表：

表 27　*p 同源詞表

例　字	蘇 1993	鮑 1998	蔡 2011	江 2015 老年	江 2015 青年	田野 2022
布			pu5	pu5	pu5	pu5
敗文	pɛ5		pe5	pɛ5	pɛ5	pe5
閉	pĩ5		pi5			p^{h}əʅ5
杯	pĩ1		pɪ1	piɪ1	piɪ1	pi1
背			pɪ5	piɪ5	piɪ5	pi5
貝			pɪ5	piɪ5	piɪ5	pi3
比	pi3	pi3	pi3	pi3	pi3	pəʅ1
報	pɔ5		pɔ5			pə5
包	pɔ1		pɔ1	pɔ1	pɔ1	pə1
飽			pɔ3	pɔ3	pɔ3	pə3
表	piɔ3		piɔ3			piə3
八	pæʔ7		pæʔ7	pɛʔ7	pɛʔ7	piɛʔ7
板	pæ̃3		pæ3	pɛ̃3	pɛ̃3	piɛ3
步文		pu5	pu5	pu5		pu5
病文	pin5		pin5	pin5		pin5
抱文		pɔ5	pɔ5	pɔ5		pə5
變		pĩ5	pɪ5			pi5
邊			pɪ1			pi1
扁	pĩ3		pɪ3			pi3
半	põ5	põ5	po5	pʊ5	pʊ5	pu5
筆		pɪʔ7	piʔ7	piɪʔ7	piɪʔ7	piʔ7
本	pən3	pən3	pən3	pən3	pən3	pun3
幫	pã1	pã1	pa1	pã1	pã1	pa1
博	paʔ7		paʔ7			paʔ7
剝			paʔ7	paʔ7	paʔ7	paʔ7
崩			poŋ1			poŋ1
冰			pin1	pin1	pin1	pin1
百		pɔʔ7	pɔʔ7	pɔʔ7	pɔʔ7	pɔʔ7
兵		pin1	pin1	pin1	pin1	pin1
餅		pin3	pin3	pin3	pin3	pin3
壁			piʔ7	piɪʔ7	piɪʔ7	piʔ7

部文／簿	pu5		pu5	pu5	pu5	pu5
被			pɪ5	piɪ5	piɪ5	pi5
鼻		pɪʔ7	pɪʔ7	piɪʔ7	piɪʔ7	piʔ7
白文		pɔʔ7	pɔʔ7	pɔʔ7	pɔʔ7	pɔʔ7
不	pəʔ7		pəʔ7			pəʔ7

以上同源詞說明如下：

（1）「閉」字在蘇 1993、蔡 2011 記為 p 聲母，田野 2022 記為 p^h聲母。依據官話「濁音清化」原則，因為「閉」是去聲字、入聲字，應是「仄聲不送氣」。故此，筆者認為田野 2022 所記之 p^h聲母是特例，可能受到通泰片「濁音清化」是「平仄皆送氣」的語言接觸（language contact）所致。本論文暫且不將此發音納入考量。

排除上述情形以後，從六種語料的同源詞來看，可見所有的聲母皆讀為 p，顯示語言都沒有差異，故此擬測為*p。

3.2.1.2　$*p^h$

請看以下同源詞表：

表 28　$*p^h$同源詞表

例　字	蘇 1993	鮑 1998	蔡 2011	江 2015 老年	江 2015 青年	田野 2022
破			p^ho5	p^hʊ5	p^hʊ5	p^hu5
鋪文	p^hu5		p^hu5			
鋪白			p^hu1	p^hu1	p^hu1	p^hu1
批		p^hi1	p^hi1			p^həʔ7
屁	p^hi5		p^hi5	p^hi5	p^hi5	p^həʅ5
炮	p^hɔ5		p^hɔ5	p^hɔ5	p^hɔ5	p^hə5
片		p^hĩ5	p^hɪ5	p^hiɪ5	p^hiɪ5	p^hi5
潑			p^hoʔ7	p^hʊʔ7	p^hʊʔ7	p^huʔ7
婆	p^hõ2	p^hõ2	p^ho2	p^hʊ2	p^hʊ2	p^hu2
爬	p^ha2	p^ha2	p^hɒ2	p^ha2	p^ha2	p^hɑ2
胖	p^hã5			p^hã5	p^hã5	p^ha5
步白			p^hu1	p^hu1	p^hu1	

排	p^hε2		p^he2	p^hε2	p^hε2	p^he2
牌		p^hε2	p^he2	p^hε2	p^hε2	p^he2
陪／賠	p^hĩ2		p^hɪ2	p^hiɪ2	p^hiɪ2	p^hi2
皮	p^hi2		p^hi2	p^hi2	p^hi2	p^həʅ2
跑白	p^hɔ2		p^hɔ2			
跑文			p^hɔ3			p^hə3
盤		p^hõ2	p^ho2	p^hʊ2	p^hʊ2	p^hu2
貧		p^hin2	p^hin2	p^hin2	p^hin2	p^hin2
盆	p^hən2		p^hən2	p^hən2	p^hən2	p^hun2
朋	p^hoŋ2	p^huŋ2	p^hɔŋ2	p^hɔŋ2	p^hɔŋ2	p^hoŋ2
彭			p^hɔŋ2			p^hoŋ2
平	p^hin2		p^hin2	p^hin2	p^hin2	p^hin2
病白			p^hin1		p^hin1	
瓶				p^hin2	p^hin2	p^hin2
抱白		p^hɔ1	p^hɔ1		p^hɔ1	

以上同源詞說明如下：

從六種語料的同源詞來看，可見所有的聲母皆讀為 p^h，顯示語言都沒有差異，故此擬測為*p^h。

3.2.1.3　*m

請看以下同源詞表：

表 29　*m 同源詞表

例　字	蘇 1993	鮑 1998	蔡 2011	江 2015 老年	江 2015 青年	田野 2022
磨	mõ1	mõ2	mo2	mʊ2	mʊ2	mu2
馬	ma3	ma3	mɒ3	ma3	ma3	mɑ3
麻	ma2	ma2	mɒ2			mɑ2
罵文	ma5		mɒ5	ma5		
罵白			mɒ1		ma1	
埋	mε2		me2	mε2	mε2	me2
買	mε3	mε3	me3	mε3	mε3	me3
賣	mε1		me1	mε1	mε1	me1

米	mi3	mi3	mɪ3	mi3	mi3	nə3
煤			me2	miɪ2	miɪ2	mi2
妹	mĩ5	mĩ5	mɪ5	miɪ5	miɪ5	mi5
眉			mi2			mi2
美		mɪ3	mɪ3			mi3
毛	mɔ2	mɔ2	mɔ2	mɔ2	mɔ2	mə2
貓			mɔ2	mɔ2	mɔ2	mə2
秒			miɔ3			miə3
廟文	miɔ5	miɔ5	miɔ5	miɔ5		
廟白					miɔ1	miə1
母			mo3	mʊ3	mʊ3	mu3
慢文		mæ̃5	mæ5	mɛ̃5		
慢白	mæ̃1	mæ̃1			mɛ̃1	miɛ1
棉		mĩ2		miɪ2	miɪ2	mi2
面文			mɪ5	miɪ5		
面白	mĩ1		mɪ1	miɪ1	miɪ1	mi1
民	min2		min2	min2	min2	min2
密／蜜			miʔ7	miɪʔ7	miɪʔ7	miʔ7
門	mən2	mən2	mən2	mən2	mən2	mun2
忙	mã2	mã2	ma2	mã2	mã2	ma2
孟	moŋ5		mɔŋ5			moŋ5
麥		mɔʔ7	mɔʔ7	mɔʔ7	mɔʔ7	mɔʔ7
命文	min5		min5	min5	min5	min5
明			min2	min2	min2	min2
名			min2	min2	min2	min2
木		mɔʔ7	mɔʔ7	mɔʔ7	mɔʔ7	moʔ7
夢白		muŋ1	mɔŋ1	mɔŋ1	mɔŋ1	moŋ1
目			mɔʔ7	mɔʔ7	mɔʔ7	moʔ7

以上同源詞說明如下：

（1）「米」字在蘇 1993、鮑 1998、蔡 2011、江 2015 記為 m 聲母，田野 2022 記為 n 聲母。從方向性觀點而言，應先有 m 聲母，爾後發生零聲母化。不過，田野 2022 的「米」字聲母也發生變異，具有 n 聲母。筆者推測，田野

2022 的 n 聲母是發音人個人的發音認知所致，本論文暫且不將此發音納入考量。〔註 4〕

排除上述情形以後，從六種語料的同源詞來看，可見所有的聲母皆讀為 m，顯示語言都沒有差異，故此擬測為*m。

3.2.1.4　*f

請看以下同源詞表：

表 30　*f 同源詞表

例　字	蘇 1993	鮑 1998	蔡 2011	江 2015 老年	江 2015 青年	田野 2022
斧						fu3
廢	fĩ5		fɪ5			fi5
飛	fĩ1	fĩ1	fɪ1	fiɪ1	fiɪ1	fi1
法	fæʔ7		fæʔ7	fɛʔ7	fɛʔ7	fɛʔ7
反	fæ̃3	fæ̃3	fæ3	fɛ̃3	fɛ̃3	fiɛ3
髮 / 發			fæʔ7	fɛʔ7	fɛʔ7	fiɛʔ7
分	fən1	fən1	fən1	fən1	fən1	fən1
粉			fən3	fən3	fən3	fən3
方	fã1		fa1	fã1	fã1	fa1
放	fã5		fa5	fã5	fã5	fa5
風	foŋ1		fɔŋ1	fɔŋ1	fɔŋ1	foŋ1
腹			fɔʔ7			foʔ7
肺		fĩ5	fɪ5	fiɪ5	fiɪ5	fi5
翻	fæ̃1		fæ1	fɛ̃1	fɛ̃1	fiɛ1
肥	fĩ2	fĩ2	fɪ2	fiɪ2	fiɪ2	fi2
浮	fu2	fu2	fv2	fu2	fu2	fu2
富			fv5			fu1
婦文			fv5			fu5
婦白				fu1	fu1	
犯			fæ5	fɛ̃5	fɛ̃5	fiɛ5

〔註 4〕或許有人會說，發音人的選擇有問題，但是，基於尊重發音人的原則，我們依然將其語音列出討論。

飯文			fæ1	fɛ̃1	fɛ̃1	fiɛ1
飯白		fæ̃5				
罰			fæʔ7	fɛʔ7	fɛʔ7	fiɛʔ7
分	fən1	fən1	fən1	fən1	fən1	fən1
房	fã2		fa2	fã2	fã2	fa2
馮	foŋ2	fuŋ2	fɔŋ2			foŋ2
縫文						foŋ5
縫白			fɔŋ1	fɔŋ1	fɔŋ1	

以上同源詞說明如下：

從六種語料的同源詞來看，可見所有的聲母皆讀為 f，顯示語言都沒有差異，故此擬測為*f。

3.2.1.5 *t

請看以下同源詞表：

表 31 *t 同源詞表

例 字	蘇 1993	鮑 1998	蔡 2011	江 2015 老年	江 2015 青年	田野 2022
多	tõ1	tõ1	to1	tʊ1	tʊ1	to1
大	ta5	ta5	to5	ta5	ta5	tɑ5
戴		tɛ5	te5			te5
帶			te5	tɛ5	tɛ5	te5
袋文			te5	tɛ5		te5
低	ti1		tɕi1	tɕi1	tɕi1	tʂʅ1
對	tĩ5		tɪ5	tiɪ5	tiɪ5	tə5
刀	tɔ1	tɔ1	tɔ1	tɔ1	tɔ1	tə1
倒		tɔ5	tɔ5			tə5
釣			tiɔ5	tiɔ5	tiɔ5	tiə5
膽	tæ̃3	tæ̃3	tæ3	tɛ̃3	tɛ̃3	tiɛ3
點	tĩ3		tɪ3			ti3
店			tɪ5	tiɪ5	tiɪ5	ti5
單			tæ1	tɛ̃1	tɛ̃1	tiɛ1
蛋	tæ̃5	tæ̃5				tiɛ3

短		tõ3	to3	tʊ3	tʊ3	tu3
斷文	to5		to5	tʊ5	tʊ5	tu5
杜	tu5		təu5	tu5	tu5	təu3
躲	tõ3		to3	tʊ3	tʊ3	tɔ3
燈			tən1	tən1	tən1	tən1
等	tən3	tən3	tən3	tən3	tən3	tən3
得			təʔ7	təʔ7	təʔ7	təʔ7
打	ta3	ta3	tɒ3	ta3	ta3	tɔ3
弟	ti5	ti5		tɕi5	ti5	tʂʅ1
丁	tin1		tin1			tin1
釘			tin1			tin1
定	tin5		tin5	tin5	tin5	tin5
滴		tiʔ7	tiʔ7			tiʔ7
東	toŋ1		tɔŋ1	tɔŋ1	tɔŋ1	toŋ1
冬			tɔŋ1	tɔŋ1	tɔŋ1	toŋ1
迭			tiʔ7			tiʔ7
鄧			tən5			tən5
動文	toŋ5	tuŋ5	tɔŋ5	tɔŋ5	tɔŋ5	toŋ5
洞文			tɔŋ5	tɔŋ5		toŋ5
讀			tɔʔ7	tɔʔ7	tɔʔ7	toʔ7
毒			tɔʔ7	tɔʔ7	tɔʔ7	toʔ7
淡文		tæ̃5	tæ5	tɛ̃5		tiɛ5
豆文	tɤɯ5		tɯ5	tɯ5	tɯ5	tɯ5
丟	tiɤɯ1		tiɯ1	tiɯ1	tiɯ1	tiu1
竹	tsoʔ7		tsɔʔ7	tɔʔ7	tɔʔ7	tsoʔ7

以上同源詞說明如下：

（1）「低」、「弟」字在蘇 1993 記為 t 聲母，蔡 2011、江 2015 記為 tɕ聲母，田野 2022 記為 tʂ聲母。從方向性觀點而言，應先有 t 聲母，爾後因為 i 音的影響發生顎化（palatalization）而產生 tɕ聲母，之後再因為舌尖化的影響，發音部位改變而產生 tʂ聲母，元音也從 i 音變為舌尖後元音ʅ。此與 3.2.1.6「梯」字有平行現象，可以一起參看。

（2）「竹」字在蘇 1993、蔡 2011、田野 2022 記為 ts 聲母，江 2015 記為

t 聲母。從方向性觀點而言，應先有 t 聲母，爾後發生舌尖化而產生 ts 聲母。

排除上述情形以後，從六種語料的同源詞來看，可見所有的聲母皆讀為 t，顯示語言都沒有差異，故此擬測為*t。

3.2.1.6　*t^{h}

請看以下同源詞表：

表 32　*t^{h}同源詞表

例　字	蘇 1993	鮑 1998	蔡 2011	江 2015 老年	江 2015 青年	田野 2022
他	t^{h}a1	t^{h}a1	t^{h}o1	t^{h}ʊ1	t^{h}ʊ1	t^{h}ɑ1
吐			t^{h}əu3			t^{h}ɔu5
兔	t^{h}u5		t^{h}əu5			t^{h}ɔu5
胎	t^{h}ɛ1		t^{h}e1	t^{h}ɛ1	t^{h}ɛ1	t^{h}e1
袋白			t^{h}e1		t^{h}ɛ1	
梯	t^{h}i1		tɕ^{h}i1	tɕ^{h}i1	t^{h}i1	tʂ^{h}ʅ1
推			t^{h}ɪ1			t^{h}i1
腿	t^{h}ĩ3	t^{h}ĩ3	t^{h}ɪ3			t^{h}i3
偷	t^{h}ɤɯ1		t^{h}ɯ1	t^{h}ɯ1	t^{h}ɯ1	t^{h}ɯ1
貪	t^{h}æ̃1	t^{h}æ̃1	t^{h}æ1	t^{h}ɛ̃1	t^{h}ɛ̃1	t^{h}iɛ1
塔			t^{h}æʔ7	t^{h}ɛʔ7	t^{h}ɛʔ7	t^{h}iɛʔ7
貼				t^{h}iɪʔ7	t^{h}iɪʔ7	t^{h}iʔ7
炭	t^{h}æ̃5		t^{h}æ5	t^{h}ɛ̃5	t^{h}ɛ̃5	t^{h}iɛ5
天	t^{h}ĩ1	t^{h}ĩ1	t^{h}ɪ1	t^{h}iɪ1	t^{h}iɪ1	t^{h}i1
鐵	t^{h}ɪʔ7	t^{h}ɪʔ7	t^{h}iʔ7	t^{h}iɪʔ7	t^{h}iɪʔ7	t^{h}iʔ7
脫	t^{h}oʔ7	t^{h}oʔ7	t^{h}oʔ7	t^{h}ʊʔ7	t^{h}ʊʔ7	t^{h}uʔ7
吞	t^{h}ən1	t^{h}ən1	t^{h}ən1	t^{h}ən1	t^{h}ən1	t^{h}ən1
湯	t^{h}ã1		t^{h}a1	t^{h}ã1	t^{h}ã1	t^{h}a1
聽白	t^{h}in1		t^{h}in1			t^{h}in1
聽文			t^{h}in5	t^{h}in5	t^{h}in5	
廳			t^{h}in1	t^{h}in1	t^{h}in1	t^{h}in1
踢		t^{h}iʔ7	t^{h}iʔ7	t^{h}iɪʔ7	t^{h}iɪʔ7	t^{h}iʔ7
桶		t^{h}uŋ3	t^{h}ɔŋ3	t^{h}ɔŋ3	t^{h}ɔŋ3	t^{h}oŋ3

圖			t^{h}əu2	t^{h}u2	t^{h}u2	t^{h}ɔu2
桃	t^{h}ɔ2	t^{h}ɔ2	t^{h}ɔ2	t^{h}ɔ2	t^{h}ɔ2	t^{h}ə2
條	t^{h}iɔ2	t^{h}iɔ2	t^{h}iɔ2	t^{h}iɔ2	t^{h}iɔ2	t^{h}iə2
跳	t^{h}iɔ5		t^{h}iɔ5			t^{h}iə5
頭	t^{h}ɤɯ2		t^{h}ɯ2	t^{h}ɯ2	t^{h}ɯ2	t^{h}ɯ2
淡白		t^{h}æ̃1	t^{h}æ1		t^{h}ɛ̃1	
甜			t^{h}ɪ2	t^{h}iɪ2	t^{h}iɪ2	t^{h}i2
團	t^{h}o2		t^{h}o2			t^{h}u2
脫	t^{h}oʔ7	t^{h}oʔ7	t^{h}oʔ7	t^{h}ʊʔ7	t^{h}ʊʔ7	t^{h}uʔ7
糖			t^{h}a2	t^{h}ã2	t^{h}ã2	t^{h}a2
停			t^{h}in2	t^{h}in2	t^{h}in2	t^{h}in2
彈			t^{h}æ2	t^{h}ɛ̃2	t^{h}ɛ̃2	t^{h}iɛ2
田	t^{h}ĩ2		t^{h}ɪ2	t^{h}iɪ2	t^{h}iɪ2	t^{h}i2
洞白			t^{h}ɔŋ1		t^{h}ɔŋ1	
泰／太	t^{h}ɛ5	t^{h}ɛ5	t^{h}e5			t^{h}e3
肚			t^{h}əu2			tɔu5

以上同源詞說明如下：

（1）「梯」字在蘇 1993、江 2015 青年記為 t^{h}聲母，蔡 2011、江 2015 老年記為 tɕ^{h}聲母，田野 2022 記為 tʂ^{h}聲母。從方向性觀點而言，應先有 t^{h}聲母，爾後因為 i 音的影響發生顎化而產生 tɕ^{h}聲母，之後再因為舌尖化的影響，發音部位改變而產生 tʂ^{h}聲母，元音也從 i 音變為舌尖後元音ʅ。〔註 5〕此與 3.2.1.5「低」、「弟」字有平行現象，可以一起參看。

（2）「肚」字在蔡 2011 記為 t^{h}聲母，田野 2022 記為 t 聲母。依據官話「濁音清化」原則，蔡 2011 記為陰平聲，應是「平聲送氣」，而讀為 t^{h}聲母；田野 2022 記為去聲，應是「仄聲不送氣」，而讀為 t 聲母。然而，本論文也推測，這是發音人個人的發音認知所致，本論文暫且不將此發音納入考量。〔註 6〕

〔註 5〕這裡的「舌尖化」是廣義的說法。若以朱曉農（2006：99）「高頂出位的六種方式」一圖：這樣的演變應當經過「擦化」（i＞iʑ）、「舌尖化」（朱氏所言係狹義的說法，即 iʑ＞ɿ）與「邊音化」（ɿ＞ʅ）。朱曉農（2006：108）以徽語為討論對象，認為一條完整的演變鏈是：「普通 i＞擦化 iʑ＞尖化 tsɿ＞邊擦化 tɬl／ʅ。」本文所處理的鹽城方言尚無法證明從 i 到 ʅ 的確切演變，有待未來擴增語料，再進一步廓清。

〔註 6〕值得注意的是，「肚」在《廣韻》有「徒古切」（定母）和「當古切」（端母）兩音，這是方言調查字表不別義直接調查讀音的缺點。

排除上述情形以後，從六種語料的同源詞來看，可見所有的聲母皆讀為 t^h，顯示語言都沒有差異，故此擬測為*t^h。

3.2.1.7　*n

請看以下同源詞表：

表 33　*n 同源詞表

例　字	蘇 1993	鮑 1998	蔡 2011	江 2015 老年	江 2015 青年	田野 2022
鳥	niɔ3	niɔ3	niɔ3			niə3
奴	nõ2	nõ2	no2	nʊ2	nʊ2	nəu2
泥	ni2	ni2		ni2	ni2	nən2
奶	nɛ3		ne3			ne3
腦	nɔ3	nɔ3	nɔ3			nə3
尿白	niɔ1		niɔ1			niə1
南	næ̃2		næ2	nɛ̃2	nɛ̃2	niɛ2
男			næ2			niɛ2
念白			nɪ1		niɪ1	
念文		nĩ5	nɪ5	niɪ5		ni5
難文	næ̃5		næ5			
難白			næ2	nɛ̃2	nɛ̃2	niɛ2
年	nĩ2	nĩ2	nɪ2	niɪ2	niɪ2	ni2
嫩文	nən5		nən5	nən5		nun5
嫩白			nən1		nən1	
農	noŋ2	nuŋ2	nɔŋ2			noŋ2
女	ny3	ny3	ny3	ny3	ny3	ny3
你	ni3	nɪ3	nɪ3			ni3
鬧	nɔ5		nɔ5	nɔ5	nɔ5	nə5
黏			nɪ2	niɪ2	niɪ2	li2
娘	niã2		nia2	niã2	niã2	niã2

以上同源詞說明如下：

（1）「黏」字在蘇 1993、蔡 2011 記為 n 聲母，田野 2022 記為 l 聲母，筆者以為這是 n、l 不分所致。筆者推測，這是發音人個人的發音認知所致，本論文暫且不將此發音納入考量。

排除上述情形以後，從六種語料的同源詞來看，可見所有的聲母皆讀為 n，顯示語言都沒有差異，故此擬測為*n。

3.2.1.8　*l

請看以下同源詞表：

表 34　*l 同源詞表

例　字	蘇 1993	鮑 1998	蔡 2011	江 2015 老年	江 2015 青年	田野 2022
羅／鑼	lõ2	lõ2	lo2	lʊ2	lʊ2	lɔu2
螺文			lo1	lʊ1	lʊ1	
螺白						lɔu5
路白	lu1	lu1	ləu1	lu1	lu1	lɔu1
路文		lu5	ləu5			
呂	ly3	ly3	y3	ly3	ly3	ly3
來	lɛ2	lɛ2	le2	lɛ2	lɛ2	le2
賴	lɛ5		le1			le5
犁	li2			li2	li2	zʅ2
梨			i2	li2	li2	zʅ2
累			lɪ3			li5
淚		lɪ5	lɪ5			li5
老	lɔ3	lɔ3	lɔ3	lɔ3	lɔ3	lə3
了	liɔ3		liɔ3			liə3
料文	liɔ5	liɔ5	liɔ5	liɔ5	liɔ5	liə5
樓	lɤɯ2		lɯ2	lɯ2	lɯ2	lɯ2
漏文		lɤɯ5	lɯ5			
漏白	lɤɯ1	lɤɯ1	lɯ1			lɯ1
劉／流	liɤɯ2		liɯ2	liɯ2	liɯ2	liɯ2
柳	liɤɯ3	liɤɯ3	liɯ3			liɯ3
廖			liɔ5			liɔ5
藍／籃	læ̃2	læ̃2	læ2	lɛ̃2	lɛ̃2	liɛ2
臉	lĩ3		lɪ3			li3

林	lin2	lin2	lin2	lin2	lin2	lin2
粒 / 立			liʔ7	liɪʔ7	liɪʔ7	liʔ7
爛白	læ̃1	læ̃1	læ1	lɛ̃1		liɛ1
爛文		læ̃5			lɛ̃5	
連		lĩ2	lɪ2	liɪ2	liɪ2	li2
列			lɪʔ7			liʔ7
亂白			lo1	lʊ1	lʊ1	lu1
亂文		lõ5	lo5			
鱗 / 鄰		lin2	lin1			lin2
栗			liʔ7	liɪʔ7	liɪʔ7	liʔ7
輪	lən2		lən2	lən2	lən2	lun2
律		liʔ7	liʔ7	liɪʔ7	liɪʔ7	lyʔ7
落	laʔ7	laʔ7	laʔ7	laʔ7	laʔ7	laʔ7
樂			laʔ7			laʔ7
兩		liã3	lia3	liã3	liã3	le3
亮白	liã1		lia1			
亮文			lia5	liã5	liã5	lia5
力		liʔ7	liʔ7	liɪʔ7	liɪʔ7	liʔ7
冷		lən3	lən3	lən3	lən3	lən3
岭 / 領	lin3		lin3	lin3	lin3	lin3
聾			lɔŋ2	lɔŋ2	lɔŋ2	loŋ2
鹿	loʔ7	lɔʔ7	lɔʔ7	lɔʔ7	lɔʔ7	loʔ7
六		lɔʔ7	lɔʔ7	lɔʔ7	lɔʔ7	loʔ7
陸			lɔʔ7			loʔ7
龍			lɔŋ2	lɔŋ2	lɔŋ2	loŋ2
綠		lɔʔ7	lɔʔ7	lɔʔ7	lɔʔ7	loʔ7
染		lĩ3	lɪ3	liɪ3	liɪ3	lie3
入	luəʔ7	luəʔ7	ləʔ7	luəʔ7	ləʔ7	ləʔ7
熱	lɪʔ7	lɪʔ7	lɪʔ7	liɪʔ7	liɪʔ7	liʔ7
軟	lõ3	lõ3	lo3	lʊ3	lʊ3	lu3
人		lən2	lən2	lən2	lən2	lən2
日		ləʔ7	lɪ1	ləʔ7	ləʔ7	ləʔ7

潤／閏	lən5	luən5	lən5	luən5	lən5	lun5
讓文		lã5	la5			la5
讓白			la1			
辣		læʔ7	læʔ7	lɛʔ7	lɛʔ7	liɛʔ7
肉		lɔʔ7	lɔʔ7	lɔʔ7 / lɯ5	lɔʔ7	loʔ7
辱			lɔʔ7			loʔ7
利						li5

以上同源詞說明如下：

（1）「犁」、「梨」字在蘇 1993、鮑 1998、江 2015 記為 l 聲母，蔡 2011 記為零聲母，田野 2022 記為ʐ聲母，可見蔡 2011 之聲母已經弱化至完全脫落，而在田野 2022 記為ʐ，筆者以為這是讀音產生舌尖化的影響，發音部位改變，元音也從 i 音變為舌尖後元音ʅ。

（2）「呂」字在蘇 1993、鮑 1998、江 2015、田野 2022 記為 l 聲母，蔡 2011 記為零聲母，可見蔡 2011 之聲母已經弱化至完全脫落。

排除上述情形以後，從六種語料的同源詞來看，可見所有的聲母皆讀為 l，顯示語言都沒有差異，故此擬測為*l。

3.2.1.9　*ts

請看以下同源詞表：

表 35　*ts 同源詞表

例　字	蘇 1993	鮑 1998	蔡 2011	江 2015 老年	江 2015 青年	田野 2022
族			tsɔʔ7	tsʰɔʔ7	tsʰɔʔ7	tsoʔ7
豬			tsəu1	tsu1	tsu1	tsɔ1
住				tsu5	tsu5	tsəu5
知	tsɿ1	tsɿ1	tsɿ1	tsɿ1	tsɿ1	tsɿ1
追	tsuəi1	tsuəi1	tɕyɪ1	tsuɪ1	tsuɪ1	tʂui1
罩			tsɔ5	tsɔ5	tsɔ5	tsə5
站車~	tsæ̃5		tsæ5			tɕiɛ5
轉			tso5	tsʊ5	tsʊ5	tsu5
鎮	tsən5		tsən5	tsən5	tsən5	tsən5
張	tsã1		tsa1	tsã1	tsã5	tsa1

桌	tsuaʔ7		tɕyaʔ7	tsuaʔ7	tsuaʔ7	tʂuaʔ7
摘		tsəʔ7	tsəʔ7	tsəʔ7	tsəʔ7	tsəʔ7
中白			tsɔŋ1	tsɔŋ1	tsɔŋ1	tsoŋ1
柱文			tsəu5	tsu5	tsu5	tsɔu5
重輕~			tsɔŋ5	tsɔŋ5	tsɔŋ5	tsoŋ5
痔	tsɿ5		tsɿ5			tsɿ5
枕		tsən3	tsən3			tsən3
鄭		tsən5	tsən5			tsən5
左	tsõ3	tsõ3	tso3	tsʊ3	tsʊ3	tsɔu3
祖		tsu3	tsəu3	tsu3	tsu3	tsɔu3
災	tsɛ1		tse1			tse1
制				tsɿ5	tsɿ5	tsɿ5
紫			tsɿ3	tsɿ3	tsɿ3	tsɿ3
姊			tsɿ3			tsɿ3
子	tsɿ3		tsɿ3	tsɿ3	tsɿ3	tsɿ3
嘴		tsuəi3	tɕyɪ3	tsuɪ3	tsuɪ3	tsui3
醉			tɕyɪ5	tsuɪ5	tsuɪ5	tsui5
早	tsɔ2		tsɔ3	tsɔ3	tsɔ3	tsə3
找				tsɔ3	tsɔ3	tsə5
棗			tsɔ3			tsə3
走	tsɤɯ3	tsɤɯ3	tsɯ3	tsɯ3	tsɯ3	tsɯ3
作	tsaʔ7	tsaʔ7	tsaʔ7	tsaʔ7	tsaʔ7	tsaʔ7
曾			tsən1			tsən1
足		tsɔʔ7	tsɔʔ7	tsɔʔ7	tsɔʔ7	tsoʔ7
坐文	tsõ5	tsõ5	tso5	tsʊ5		tsɔ5
在文	tsɛ5	tsɛ5	tse5			tse5
債			tse5			tse5
罪文	tsuəi5	tsuəi5	tɕyɪ5	tsuɪ5	tsuɪ5	tsui5
字文	tsɿ5	tsɿ5	tsɿ5	tsɿ5	tsɿ5	tsɿ5
雜	tsæʔ7	tsæʔ7	tsæʔ7	tsɛʔ7	tsɛʔ7	tɕiɛʔ7
曾			tsən1			tsən1
賊		tsĩ2	tsəʔ7	tsəʔ7 / tsiɪ2	tsiɪ2	tsiʔ7
煮			tsəu3			tsɔu3

朱			tsəu1			tsɔu1
主	tsu3		tsəu3	tsu3	tsu3	tsɔu3
枝			tsʅ1			tsʅ1
紙			tsʅ3	tsʅ3	tsʅ3	tsʅ3
指			tsʅ3	tsʅ3	tsʅ3	tsʅ3
照		tsɔ5	tsɔ5	tsɔ5	tsɔ5	tsə5
趙						tsə5
招		tsɔ1	tsɔ1			tsə1
周	tsɤɯ1		tsɯ1			tsɯ1
針	tsən1		tsən1			tsən1
枕		tsən3	tsən3			tsən3
汁	tsəʔ7		tsəʔ7	tsəʔ7	tsəʔ7	tsəʔ7
浙			tsiʔ7			tsiʔ7
專／磚	tsõ1		tso1	tsʊ1	tsʊ1	tsu1
準	tsuən3	tsuən3	tɕyən3	tsuən3	tsuən3	tʂun3
蒸		tsən1	tsən1			tsən1
織		tsəʔ7	tsəʔ7			tsəʔ7
直		tsəʔ7	tsəʔ7	tsəʔ7	tsəʔ7	tsəʔ7
正			tsən5	tsən5	tsən5	tsən5
種~植			tsɔŋ5	tsɔŋ5	tsɔŋ5	
種播~			tsɔŋ3			tsoŋ3
鐘			tsɔŋ1			tsoŋ1
庄	tsuã1		tɕya1			tʂua1
燭			tsɔʔ7	tsɔʔ7	tsɔʔ7	tsoʔ7
絕		tɕyoʔ7	tɕyoʔ7	tɕyʊʔ7	tɕyʊʔ7	tsuiʔ7

以上同源詞說明如下：

（1）「嘴」、「醉」、「罪文」、「絕」字在六種語料中分別有記為 ts 聲母及 tɕ 聲母之別。從方向性觀點而言，應先有 ts 聲母，爾後因為韻母 i 介音增生，韻母發生 u＞y，而促使聲母發生顎化而產生 tɕ聲母，韻母亦隨之演變為 y 韻母。〔註 7〕

〔註 7〕宋韻珊（2007：9）的研究認為，「tɕ、$tɕ^h$、ɕ 此類音讀見於江淮官話和中部地區，也是由 ts、ts^h、s 變化而來。」（宋文以「´」標示送氣，本論文以「h」標示之。）

（2）「站車~」、「雜」字在六種語料中分別有記為 ts 聲母及 tɕ聲母之別。從方向性觀點而言，應先有 ts 聲母，爾後因為韻母 i 介音增生，而促使聲母發生顎化而產生 tɕ聲母。

（3）「準」、「庄」字在蘇 1993、蔡 2011、江 2015 記為 ts 聲母，田野 2022 記為 tʂ聲母。從方向性觀點而言，應先有 ts 聲母，爾後因為舌尖化的影響，發音部位改變而產生 tʂ聲母。〔註 8〕

（4）「追」、「桌」字在蘇 1993、江 2015 記為 ts 聲母，蔡 2011 記為 tɕ聲母，田野 2022 記為 tʂ聲母。從方向性觀點而言，應先有 ts 聲母，爾後因為韻母 i 介音增生，韻母發生 u＞y，而促使聲母發生顎化而產生 tɕ聲母，或是因為舌尖化的影響，發音部位改變而產生 tʂ聲母。

（5）「族」字在六種語料中分別有記為 ts 聲母及 ts^{h}聲母之別。依據官話「濁音清化」原則，因為「族」是入聲字，應是「仄聲不送氣」。故此，筆者認為江 2015 所記之 ts^{h}聲母是特例，可能受到通泰片「濁音清化」是「平仄皆送氣」的語言接觸所致。本論文暫且不將此發音納入考量。

排除上述情形以後，從六種語料的同源詞來看，可見所有的聲母皆讀為 ts，顯示語言都沒有差異，故此擬測為*ts。

3.2.1.10 *ts^{h}

請看以下同源詞表：

表 36 *ts^{h}同源詞表

例 字	蘇 1993	鮑 1998	蔡 2011	江 2015 老年	江 2015 青年	田野 2022
超			ts^{h}ɔ1			ts^{h}ə1
抽	ts^{h}ɤɯ1	ts^{h}ɤɯ1	ts^{h}ɯ1	ts^{h}ɯ1	ts^{h}ɯ1	ts^{h}ɯ1
丑	ts^{h}ɤɯ3	ts^{h}ɤɯ3	ts^{h}ɯ3			ts^{h}ɯ3
茶	ts^{h}a2	ts^{h}a2	ts^{h}ɒ2	ts^{h}a2	ts^{h}a2	ts^{h}ɑ2
池			ts^{h}ʅ2	ts^{h}ʅ2	ts^{h}ʅ2	ts^{h}ʅ2
沈		ts^{h}ən2	ts^{h}ən2	ts^{h}ən2	ts^{h}ən2	ts^{h}ən2
陳	ts^{h}ən2		ts^{h}ən2	ts^{h}ən2	ts^{h}ən2	ts^{h}ən2

〔註 8〕筆者以為，這部分的舌尖化情形還在進行，尚未發展為系統性，值得未來再行關注。

長／腸	ts^{h}ã2		ts^{h}a2	ts^{h}ã2	ts^{h}ã2	ts^{h}a2
程			ts^{h}ən2	ts^{h}ən2	ts^{h}ən2	ts^{h}ən2
蟲		ts^{h}uŋ2	ts^{h}ɔŋ2	ts^{h}ɔŋ2	ts^{h}ɔŋ2	ts^{h}oŋ2
重~復			ts^{h}ɔŋ2			ts^{h}oŋ2
醋	ts^{h}u5	ts^{h}u5	ts^{h}əu5			ts^{h}ɔu5
菜	ts^{h}ɛ5	ts^{h}ɛ5	ts^{h}e5	ts^{h}ɛ5	ts^{h}ɛ5	ts^{h}e5
蔡			ts^{h}e5			ts^{h}e5
刺			ts^{h}ɿ5	ts^{h}ɿ5	ts^{h}ɿ5	ts^{h}ɿ5
次			ts^{h}ɿ5			ts^{h}ɿ5
草	ts^{h}ɔ3	ts^{h}ɔ3	ts^{h}ɔ3	ts^{h}ɔ3	ts^{h}ɔ3	ts^{h}ə3
村			tɕ^{h}yən1	ts^{h}uən1	ts^{h}uən1	ts^{h}un1
寸	ts^{h}uən5	ts^{h}uən5	tɕ^{h}yən5	ts^{h}uən5	ts^{h}uən5	ts^{h}un5
倉		ts^{h}ã1	ts^{h}a1	ts^{h}ã1	ts^{h}ã1	ts^{h}a1
錯		ts^{h}aʔ7				ts^{h}əʔ7
蔥			ts^{h}ɔŋ1	ts^{h}ɔŋ1	ts^{h}ɔŋ1	ts^{h}oŋ1
從	ts^{h}oŋ2	ts^{h}uŋ2	ts^{h}ɔŋ2			ts^{h}oŋ2
坐白			ts^{h}o1		ts^{h}ʊ1	
串			ts^{h}o5			ts^{h}u5
財			ts^{h}e2	ts^{h}ɛ2	ts^{h}ɛ2	ts^{h}e2
蠶			ts^{h}æ2	ts^{h}ɛ̃2	ts^{h}ɛ̃2	tɕ^{h}iɛ2
層			ts^{h}ən2	ts^{h}ən2	ts^{h}ən2	ts^{h}ən2
柴		ts^{h}ɛ2	ts^{h}e2	ts^{h}ɛ2	ts^{h}ɛ2	ts^{h}e2
初		ts^{h}õ1	ts^{h}əu1	ts^{h}u1	ts^{h}u1	ts^{h}ɔu1
抄			ts^{h}ɔ1	ts^{h}ɔ1	ts^{h}ɔ1	ts^{h}ə1
插	ts^{h}æʔ7	ts^{h}æʔ7	ts^{h}æʔ7	ts^{h}ɛʔ7	ts^{h}ɛʔ7	tɕ^{h}iaʔ7
窗		ts^{h}uã1	tɕ^{h}ya1	ts^{h}uã1	ts^{h}uã1	ts^{h}ua1
冊			ts^{h}əʔ7			ts^{h}əʔ7
拆			ts^{h}əʔ7	ts^{h}əʔ7	ts^{h}əʔ7	tʂ^{h}əʔ7
車	ts^{h}ĩ1	ts^{h}ĩ1	ts^{h}ɪ1	ts^{h}iɪ1	ts^{h}iɪ1	tɕ^{h}i1
齒			ts^{h}ɿ3			ts^{h}ɿ3
吹			tɕ^{h}yɪ1	ts^{h}uɪ1	ts^{h}uɪ1	tʂ^{h}ui1
臭			ts^{h}ɯ5	ts^{h}ɯ5	ts^{h}ɯ5	ts^{h}ɯ5

炒／吵			ts^{h}ɔ3			ts^{h}ə3
穿			ts^{h}o1			tɕ^{h}y1
春		ts^{h}uən1	tɕ^{h}yən1	ts^{h}uən1	ts^{h}uən1	tʂ^{h}un1
出	ts^{h}uəʔ7	ts^{h}uəʔ7	tɕ^{h}yəʔ7	ts^{h}uəʔ7	ts^{h}uəʔ7	tʂ^{h}uəʔ7
唱			ts^{h}a5	ts^{h}ã5	ts^{h}ã5	ts^{h}a5
尺	ts^{h}əʔ7	ts^{h}əʔ7	ts^{h}əʔ7	ts^{h}əʔ7	ts^{h}əʔ7	ts^{h}əʔ7
船	ts^{h}õ2	ts^{h}õ2		ts^{h}ʊ2	ts^{h}ʊ2	tɕ^{h}ye2
剩		ts^{h}ən5	ts^{h}ən5	ts^{h}ən5	ts^{h}ən5	sən5
鼠	ts^{h}u3	ts^{h}u3	ts^{h}əu3	ts^{h}u3	ts^{h}u3	sɔu3
城			ts^{h}ən5			ts^{h}ən5

以上同源詞說明如下：

（1）「村」、「寸」、「蠶」、「窗」、「車」、「船」、「穿」、「插」字在六種語料中分別有記為 ts^{h}聲母及 tɕ^{h}聲母之別。從方向性觀點而言，應先有 ts^{h}聲母，爾後因為韻母 i 介音增生，韻母發生 u>y，促使聲母發生顎化而產生 tɕ^{h}聲母，韻母亦隨之演變為 y 韻母。

（2）「春」、「出」、「吹」、「拆」字在蘇 1993、江 2015 記為 ts 聲母，蔡 2011 記為 tɕ聲母，田野 2022 記為 tʂ聲母。從方向性觀點而言，應先有 ts 聲母，爾後因為韻母 i 介音增生，韻母發生 u>y，促使聲母發生顎化而產生 tɕ聲母，或是因為舌尖化的影響，發音部位改變而產生 tʂ聲母。

（3）「鼠」、「剩」字在六種語料中分別有記為 ts^{h}聲母及 s 聲母之別。本論文以為，這是田野 2022 的音變，尚未顯著。筆者推測，這是發音人個人的發音認知所致，本論文暫且不將此發音納入考量。

排除上述情形以後，從六種語料的同源詞來看，可見所有的聲母皆讀為 ts^h，顯示語言都沒有差異，故此擬測為*ts^h。

3.2.1.11　*s

請看以下同源詞表：

表 37　*s 同源詞表

例　字	蘇 1993	鮑 1998	蔡 2011	江 2015 老年	江 2015 青年	田野 2022
鎖	sõ3		so3	sʊ3	sʊ3	sɔu3

蘇		su1	səu1			sɔu1
碎			ɕyɪ5	suɪ5	suɪ5	sui5
歲	suəi5	suəi5	ɕyɪ5	suɪ5	suɪ5	sui5
四			sɿ5	sɿ5	sɿ5	sɿ5
死	sɿ3	sɿ3	sɿ3	sɿ3	sɿ3	sɿ3
絲			sɿ1	sɿ1	sɿ1	sɿ1
嫂	sɔ3		sɔ3	sɔ3	sɔ3	sə3
掃			sɔ3			sə3
晒	sɛ5	sɛ5	se5	sɛ5	sɛ5	se5
三	sæ̃1	sæ̃1	sæ1	sɛ̃1	sɛ̃1	ɕiɛ1
傘	sæ̃3	sæ̃3		sɛ̃3	sɛ̃3	siɛ3
散	sæ5		sæ5			siɛ5
酸	so1	sõ1	so1	sʊ1	sʊ1	su1
算	so5		so5	sʊ5	sʊ5	su5
蒜			so5			su5
孫	suən1	suən1	ɕyən1	suən1	suən1	sun1
筍			suən3	suən3	suən3	sun3
送	soŋ5	suŋ5	sɔŋ5	sɔŋ5	sɔŋ5	sɔŋ5
宋			sɔŋ5	sɔŋ5	sɔŋ5	sɔŋ5
事文			sɿ5	sɿ5	sɿ5	sɿ5
沙			sɒ1	sa1	sa1	sɑ1
疏 / 梳			səu1			sɔu1
數動詞	su3		səu3	su3	su3	sɔu3
師 / 獅		sɿ1	sɿ1	sɿ1	sɿ1	sɿ1
使			sɿ3	sɿ3	sɿ3	sɿ3
柿			sɿ5	sɿ5	sɿ1 / sɿ5	sɿ5
山		sæ̃1	sæ1	sɛ̃1	sɛ̃1	ɕiɛ1
殺	sæʔ7	sæʔ7	sæʔ7	sɛʔ7	sɛʔ7	ɕiɛʔ7
刷	suæʔ7	suæʔ7	ɕyæʔ7	suɛʔ7	suɛʔ7	ɕyɛʔ7
霜	suã1		ɕya1	suã1	suã1	ʂua1
雙			sua1	suã1	suã1	sua1
耍	sua3					suɑ3

色	səʔ7	səʔ7		səʔ7	səʔ7	səʔ7
生	sən1		sən1	sən1	sən1	sən1
蛇	sa2 / sɪ2	sĩ2	sɪ2	siɪ2	siɪ2	si2
射			sɪ5	siɪ5	siɪ5	si5
舌	sɪʔ7	sɪʔ7	sɪʔ7	siɪʔ7	siɪʔ7	siʔ7
神			sən2	sən2	sən2	sən2
繩	sən2	sən2	sən2	sən2	sən2	sən2
食			səʔ7	səʔ7	səʔ7	səʔ7
書	su1	su1	səu1	su1	su1	sɔu1
輸			səu1	su1	su1	sɔu1
世			sɿ5	sɿ5	sɿ5	sɿ5
稅		suəi5	ɕyɪ5			sui5
屎			sɿ3			sɿ3
試			sɿ5	sɿ5	sɿ5	sɿ5
水	suəi3	suəi3	ɕyɪ3	suɪ3	suɪ3	ʂui3
燒		sɔ1	sɔ1	sɔ1	sɔ1	sə1
少			sɔ3			sə3
手	sɤɯ3		sɯ3	sɯ3	sɯ3	sɯ3
閃		sĩ3	sɪ3			ɕie3
深			sən1	sən1	sən1	sən1
濕		səʔ7	səʔ7			səʔ7
扇		sĩ5	sɪ5	siɪ5	siɪ5	sie5
說	soʔ7	soʔ7	soʔ7			suʔ7
俗		sɔʔ7	sɔʔ7			soʔ7
升		sən1	sən1	sən1	sən1	sən1
聲		sən1	sən1	sən1	sən1	sən1
叔	soʔ7		sɔʔ7	sɔʔ7	sɔʔ7	soʔ7
社		sĩ5	sɪ5			si5
樹			səu1	su1	su1	sɔu1
誓			sɿ5			sɿ5
是	sɿ5		sɿ5			sɿ5
市			sɿ5	sɿ5	sɿ5	sɿ5

時			sʅ2	sʅ2	sʅ2	sʅ2
十			səʔ7	səʔ7	səʔ7	səʔ7
實			səʔ7	səʔ7	səʔ7	səʔ7
虱			səʔ7	səʔ7	səʔ7	
上文	sã5		sa5	sã5	sã5	
上白			sa1			sa1
石			səʔ7	səʔ7	səʔ7	səʔ7
熟		sɔʔ7	sɔʔ7	sɔʔ7	sɔʔ7	soʔ7
靴	suəi1	sui1		suɪ1	sua1	ɕy1
雪	ɕyoʔ7	ɕyoʔ7	ɕyoʔ7	ɕyʊʔ7	ɕyʊʔ7	suiʔ7

以上同源詞說明如下：

（1）「碎」、「歲」、「三」、「孫」、「山」、「殺」、「刷」、「稅」、「閃」、「靴」、「雪」字在六種語料中分別有記為 s 聲母及ɕ聲母之別。從方向性觀點而言，應先有 s 聲母，爾後因為韻母 i 介音增生，韻母發生 u>y，促使聲母發生顎化而產生ɕ，韻母亦隨之演變為 y 韻母。

（2）「水」、「霜」字在蘇 1993、江 2015 記為 s 聲母，蔡 2011 記為ɕ聲母，田野 2022 記為ʂ聲母。從方向性觀點而言，應先有 s 聲母，爾後因為韻母 i 介音增生，韻母發生 u>y，促使聲母發生顎化而產生ɕ聲母，韻母亦隨之演變為 y 韻母，或是因為舌尖化的影響，發音部位改變而產生ʂ聲母。

排除上述情形以後，從六種語料的同源詞來看，可見所有的聲母皆讀為 s，顯示語言都沒有差異，故此擬測為*s。

3.2.1.12　*tɕ

請看以下同源詞表：

表 38　*tɕ同源詞表

例　字	蘇 1993	鮑 1998	蔡 2011	江 2015 老年	江 2015 青年	田野 2022
地			tɕi5	tɕi5	tɕi5	tʂʅ5
酒	tɕiɤɯ3	tɕiɤɯ3	tɕiɯ3	tɕiɯ3	tɕiɯ3	tɕiu3
尖	tɕiĩ1		tɕɪ1	tɕiɪ1	tɕiɪ1	tɕi1
接	tɕiɪʔ7	tɕiɪʔ7	tɕiʔ7	tɕiɪʔ7	tɕiɪʔ7	tɕiʔ7

剪		tɕiɪ̃3		tɕiɪ3	tɕiɪ3	tɕi3
箭			tɕɪ5			tɕi5
節		tɕiɪʔ7	tɕiʔ7	tɕiɪʔ7	tɕiɪʔ7	tɕiʔ7
進			tɕin5	tɕin5	tɕin5	tɕin5
井			tɕin3	tɕin3	tɕin3	tɕin3
借		tɕiɪ̃5	tɕiɒ5	tɕia5 / tɕiɪ5	tɕia5	tɕiɑ5
祭 / 際			tɕi5			tʂʅ5
集			tɕiʔ7	tɕiɪʔ7	tɕiɪʔ7	tɕiʔ7
加			tɕiɒ1			tɕiɑ1
假	tɕia3		tɕiɒ3	tɕia3	tɕia3	tɕiɑ3
嫁			tɕiɒ5	tɕia5	tɕia5	tɕiɑ5
鋸		tɕy5	tɕy5	tɕy5	tɕy5	tɕy5
句		tɕy5	tɕy5	tɕy5	tɕy5	tɕy5
階	tɕiɛ1		tɕie1			tɕie1
雞	tɕi1	tɕi1	tɕi1	tɕi1	tɕi1	tʂʅ1
計	tɕi5		tɕi5			tʂʅ5
寄			tɕi5	tɕi5	tɕi5	tʂʅ5
記			tɕi5	tɕi5	tɕi5	tʂʅ5
幾		tɕi3	tɕi3	tɕi3	tɕi3	tʂʅ3
季			tɕi5	tɕi5	tɕi5	tʂʅ5
交	tɕiɔ1		tɕiɔ1	tɕiɔ1	tɕiɔ1	tɕiɔ1
菊			tɕiɔʔ7	tɕiɔʔ7	tɕiɔʔ7	tɕioʔ7
叫文		tɕiɔ5	tɕiɔ5	tɕiɔ5	tɕiɔ5	tɕiɔ5
九		tɕiɤɯ3	tɕiɯ3	tɕiɯ3	tɕiɯ3	tɕiu3
減		tɕiæ̃3	tɕiæ3	tɕiɛ̃3	tɕiɛ̃3	tɕiɛ3
監文			tɕiæ5	tɕiɛ̃5		
監白			tɕiæ1		tɕiɛ̃1	tɕiɛ1
甲	tɕiæʔ7		tɕiæʔ7	tɕiɛʔ7	tɕiɛʔ7	tɕiɛʔ7
劍		tɕiɪ̃5	tɕɪ5	tɕiɪ5	tɕiɪ5	tɕi5
金 / 今文			tɕin1	tɕin1	tɕin1	tɕin1
急		tɕiɪʔ7	tɕiʔ7	tɕiɪʔ7	tɕiɪʔ7	tɕiʔ7
建			tɕɪ5	tɕiɪ5	tɕiɪ5	tɕi5

肩			tɕɪ1	tɕiɪ1	tɕiɪ1	tɕi1
見		tɕiĩ5	tɕɪ5	tɕiɪ5	tɕiɪ5	tɕi5
結		tɕiɪʔ7	tɕiʔ7	tɕiɪʔ7	tɕiɪʔ7	tɕiʔ7
卷	tɕyõ3		tɕyo3	tɕyʊ3	tɕyʊ3	tɕiu3
捐			tɕyo1			tɕiu1
巾			tɕin1			tɕin1
緊		tɕin3	tɕin3	tɕin3	tɕin3	tɕin3
斤			tɕin1			tɕin1
均			tɕyən1	tɕyn3	tɕyn3	tɕyn1
橘	tɕyoʔ7	tɕyoʔ7	tɕyəʔ7	tɕyʊʔ7	tɕyɪʔ7	tɕyʔ7
軍			tɕyən1	tɕyn1	tɕyn1	tɕyn1
姜	tɕiã1		tɕia1	tɕiã1	tɕiã1	tɕia1
腳	tɕiaʔ7	tɕiaʔ7	tɕiaʔ7	tɕiaʔ7	tɕiaʔ7	tɕiaʔ7
江			tɕia1	tɕiã1	tɕiã1	tɕia1
講		tɕiã3	tɕia3	tɕiã3	tɕiã3	tɕia3
京			tɕin1			tɕin1
鏡			tɕin5	tɕin5	tɕin5	tɕin5
解文	tɕiɛ3		tɕie3			tɕie3
基		tɕi1	tɕi1			tʂʅ1
忌			tɕi5			tʂʅ5
轎文	tɕiɔ5		tɕiɔ5	tɕiɔ5	tɕiɔ5	tɕiə5
舅文			tɕiɯ5	tɕiɯ5	tɕiɯ5	tɕiu5
及			tɕiʔ7	tɕiɪʔ7	tɕiɪʔ7	tɕiʔ7
件			tɕɪ5	tɕiɪ5	tɕiɪ5	tɕi5
近文	tɕin5	tɕin5	tɕin5	tɕin5	tɕin5	tɕin5
局	tɕiɔʔ7		tɕiɔʔ7	tɕiɔʔ7	tɕiɔʔ7	tɕioʔ7
惜			tɕiʔ7	tɕiɪʔ7	tɕiɪʔ7	ɕiʔ7
家文		tɕia1	tɕiɒ1			
間文		tɕiæ̃1	tɕiæ1			tɕiɛ1

以上同源詞說明如下：

（1）「地」、「祭／際」、「雞」、「計」、「寄」、「記」、「幾」、「季」、「基」、「忌」字在六種語料中分別有記為 tʂ聲母及 tɕ聲母之別。從方向性觀點而言，應先有 tɕ聲母，爾後因為 i 的影響，聲母發生舌尖化而產生 tʂ聲母。

（2）「惜」字在蘇 1993、蔡 2011、江 2015 記為 tɕ聲母，田野 2022 則記為 ɕ聲母。筆者以為，這是田野 2022 的音變，尚未顯著。故此，可將此視為特例，擬測時暫且不予考量。

排除上述情形以後，從六種語料的同源詞來看，可見所有的聲母皆讀為 tɕ，顯示語言都沒有差異，故此擬測為*tɕ。

3.2.1.13　*tɕʰ

請看以下同源詞表：

表 39　*tɕʰ同源詞表

例　字	蘇 1993	鮑 1998	蔡 2011	江 2015 老年	江 2015 青年	田野 2022
雀		tɕʰiaʔ7	tɕʰiaʔ7	tɕʰiaʔ7	tɕʰiaʔ7	tɕʰiaʔ7
秋	tɕʰiɤɯ1	tɕʰiɤɯ1	tɕʰiɯ1			tɕʰiu1
淺	tɕʰiĩ3		tɕʰɪ3	tɕʰiɪ3	tɕʰiɪ3	tɕʰie3
千			tɕʰɪ1			tɕʰi1
切	tɕʰiɪʔ7	tɕʰiɪʔ7	tɕʰiʔ7	tɕʰiɪʔ7	tɕʰiɪʔ7	tɕʰiʔ7
七		tɕʰiɪʔ7	tɕʰiəʔ7	tɕʰiəʔ7	tɕʰiəʔ7	tɕʰiaʔ7
吃	tɕʰiəʔ7	tɕʰiɪʔ7	tɕʰiəʔ7	tɕʰiəʔ7	tɕʰiəʔ7	tɕʰiəʔ7
搶	tɕʰiã3		tɕʰia3	tɕʰiã3	tɕʰiã3	tɕʰia3
清			tɕʰin1	tɕʰin1	tɕʰin1	tɕʰin1
請	tɕʰin3	tɕʰin3	tɕʰin3			tɕʰin3
錢			tɕʰɪ2	tɕʰiɪ2	tɕʰiɪ2	tɕʰi2
前	tɕʰiĩ2		tɕʰɪ2	tɕʰiɪ2	tɕʰiɪ2	tɕʰi2
全		tɕʰyõ2	tɕʰyo2	tɕʰyʊ2	tɕʰyʊ2	tɕʰiu2
墻		tɕʰia2	tɕʰia2			tɕʰia2
罪白			tɕʰyɪ1			
齊	tɕʰi2	tɕʰi2	tɕʰi2			tʂʰʅ2
去	tɕʰy5	tɕʰy5	tɕʰy5	tɕʰy5	tɕʰy5	tɕʰy5
契				tɕʰi5	tɕʰiɪʔ7	tɕʰi5
欺		tɕʰi1	tɕʰi1			tʂʰʅ1
起	tɕʰi3		tɕʰi3			tʂʰʅ3

氣			tɕʰi5	tɕʰi5	tɕʰi5	tʂʰʅ5
敲文			tɕʰiɔ1	tɕʰiɔ1	tɕʰiɔ1	tɕʰiə1
巧	tɕʰiɔ3	tɕʰiɔ3	tɕʰiɔ3			tɕʰiə3
勸	tɕʰyõ5	tɕʰyõ5	tɕʰyo5	tɕʰyʊ5	tɕʰyʊ5	tɕʰiu5
缺	tɕʰyoʔ7	tɕʰyoʔ7	tɕʰyoʔ7	tɕʰyʊʔ7	tɕʰyʊʔ7	tɕʰiuʔ7
輕		tɕʰin1	tɕʰin1	tɕʰin1	tɕʰin1	tɕʰin1
曲	tɕʰiɔʔ7		tɕʰiɔʔ7	tɕʰiɔʔ7	tɕʰiɔʔ7	tɕʰyʔ7
茄	tɕʰia2	tɕʰia2	tɕʰiɒ2	tɕʰia2	tɕʰia2	tɕʰiɑ2
奇／騎			tɕʰi2	tɕʰi2	tɕʰi2	tʂʰʅ2
棋／旗		tɕʰi2	tɕʰi2	tɕʰi2	tɕʰi2	tʂʰʅ2
橋			tɕʰiɔ2	tɕʰiɔ2	tɕʰiɔ2	tɕʰiə2
鉗			tɕʰɪ2	tɕʰiɪ2	tɕʰiɪ2	tɕʰi2
琴			tɕʰin2	tɕʰin2	tɕʰin2	tɕʰin2
拳		tɕʰyõ2	tɕʰyo2			tɕʰiu2
芹			tɕʰin2			tɕʰin2
裙／群	tɕʰyn2	tɕʰyn2	tɕʰyən2	tɕʰyn2	tɕʰyn2	tɕʰyn2
窮	tɕʰioŋ2	tɕʰyŋ2	tɕʰiɔŋ2	tɕʰiɔŋ2	tɕʰiɔŋ2	tɕʰioŋ2
斜		tɕʰia2	tɕʰiɒ2	tɕʰia5	tɕʰia5	tɕʰiɑ5
徐	tɕʰy2	tɕʰy2	tɕʰy2	tɕʰy2	tɕʰy2	ʂʅ2
瘸			tɕʰiɒ2			tɕʰiɑ2

以上同源詞說明如下：

（1）「齊」、「欺」、「起」、「氣」、「奇／騎」、「棋／旗」字在蘇 1993、蔡 2011、江 2015 多記為 tɕʰ聲母，田野 2022 記為 tʂʰ聲母。從方向性觀點而言，應先有 tɕʰ聲母，爾後因為舌尖化的影響，發音部位改變而產生 tʂʰ聲母。

（2）「徐」在六種語料中分別有記為 tɕʰ聲母及ʂ聲母之別。筆者以為，這是田野 2022 的音變，尚未顯著。筆者推測，這是發音人個人的發音認知所致，本論文暫且不將此發音納入考量。

排除上述情形以後，從六種語料的同源詞來看，可見所有的聲母皆讀為 tɕʰ，顯示語言都沒有差異，故此擬測為*tɕʰ。

3.2.1.14　*ɕ

請看以下同源詞表：

表 40　*ɕ同源詞表

例　字	蘇 1993	鮑 1998	蔡 2011	江 2015 老年	江 2015 青年	田野 2022
寫		ɕiĩ3	ɕi3	ɕiɪ3	ɕiɪ3	ɕi3
西	ɕi1		ɕi1	ɕi1	ɕi1	ʂʅ1
洗	ɕi3	ɕi3	ɕi3	ɕi3	ɕi3	ʂʅ3
細	ɕi5		ɕi5			ʂʅ5
小	ɕiɔ3		ɕiɔ3	ɕiɔ3	ɕiɔ3	ɕiə3
笑			ɕiɔ5	ɕiɔ5	ɕiɔ5	ɕiə5
蕭			ɕiɔ1	ɕiɔ1	ɕiɔ1	ɕiə1
心		ɕin1	xæ5	ɕin1	ɕin1	ɕin1
癬			ɕyo3			ɕi3
線		ɕiĩ5	ɕɪ5	ɕiɪ5	ɕiɪ5	ɕi5
先		ɕiĩ1	ɕɪ1	ɕiɪ1	ɕiɪ1	ɕi1
選	ɕyõ3	ɕyõ3	ɕyo3	ɕyʊ3	ɕyʊ3	ɕiu3
新		ɕin1	ɕin1	ɕin1	ɕin1	ɕin1
信	ɕin5		ɕin5			ɕin5
箱	ɕiã1		ɕia1			ɕia1
削	ɕiaʔ7		ɕiaʔ7	ɕiaʔ7	ɕiaʔ7	ɕiəʔ7
姓			ɕin5	ɕin5	ɕin5	ɕin5
星	ɕin1	ɕin1	ɕin1	ɕin1	ɕin1	ɕin1
睡			ɕyɪ5			ɕyi5
誰			ɕyɪ2			ʂui2
熊 / 雄	ɕioŋ2	ɕyŋ2	ɕiɔŋ2	ɕiɔŋ2	ɕiɔŋ2	ɕioŋ2
許	ɕy3	ɕy3	ɕy3	ɕy3	ɕy3	ɕy3
戲			ɕi5	ɕi5	ɕi5	ʂʅ5
稀			ɕi1			ʂʅ1
孝	ɕiɔ5		ɕiɔ5	ɕiɔ5	ɕiɔ5	ɕiə5
吸			ɕiʔ7	ɕiɪʔ7	ɕiəʔ7	ɕiʔ7
席		ɕiɪʔ7	ɕiʔ7	ɕiɪʔ7	ɕiɪʔ7	ɕiʔ7
血		ɕyoʔ7	ɕyoʔ7	ɕyʊʔ7	ɕyʊʔ7	ɕiuʔ7

香 / 鄉			ɕia1			ɕia1
兄	ɕioŋ1		ɕiɔŋ1	ɕiɔŋ1	ɕiɔŋ1	ɕioŋ1
胸		ɕyŋ1	ɕiɔŋ1			ɕioŋ1
夏	ɕia5	ɕia5	ɕiɒ1	ɕia5	ɕia5	ɕiɑ5
校			ɕiɔ5	ɕiɔ5	ɕiɔ5	ɕiə5
嫌			ɕɪ2	ɕiɪ2	ɕiɪ2	ɕi2
縣		ɕiĩ5	ɕɪ5	ɕiɪ5	ɕiɪ5	ɕi5
學文		ɕiaʔ7	ɕiaʔ7	ɕiaʔ7	ɕiaʔ7	ɕiaʔ7
行			ɕin2	ɕin2	ɕin2	ɕin2
閑文	ɕiæ̃2		ɕiæ2			ɕiɛ2

以上同源詞說明如下：

（1）「西」、「洗」、「細」、「戲」、「稀」、「誰」字在六種語料中分別有記為ʂ聲母及ɕ聲母之別。從方向性觀點而言，應先有ɕ聲母，爾後發生舌尖化而產生ʂ聲母。

（2）「心」字在蔡 2011 標為 xæ5，然而以「本字」（漢語語源，Chinese etymology）的「音韻規則對應（sound correspondence）」〔註 9〕觀察，根據《廣韻》，「僁」字的反切為「息林切」，聲母是心母，韻母是深攝開口三等侵韻，聲調是平聲。首先，從聲母來看，中古心母字在鹽城方言中讀為 s- / ɕ-屬於規則對應；其次，從韻母來看，將鹽城方言深攝開口三等精系字音韻對應，舉例如下表：

〔註 9〕「本字」在語文學（philology）的定義較為模糊，基本上較常使用字義、音近來進行論證，透過引申、假借的痕跡，回推所謂的「本字」。然而，不嚴謹的研究方法，往往淪為各說各話。本論文所謂的「本字」，係指漢語語源（Chinese etymology），乃探討現代漢語口語形式的本字，即於現代漢語與古代漢語之間，以發掘書面文獻與現代方言之間的同源詞為基礎的研究，其性質屬歷史語言學（Historical Method）之範疇。關於「本字」、語源所需要的幾項論證，基本上需要：1. 音韻；2. 構詞；3. 詞義，尤其是以音韻的聲母、韻母、聲調之「音韻規則對應」為重，利用「覓字法」、「尋音法」、「探義法」等找尋這些方言詞彙在漢語傳世文獻中書寫形式的可能樣貌。此外，關於歷史語言學比較方法的「音韻規則對應（sound correspondence）」，實際上是利用「同源詞」之間的關係，因為它們源自共同祖先的聲音（ancestral sound），在同源相關詞彙中的聲音，利用一種相關語言對應於另一種相關語言。關於「本字」的定義及說明，酌參吳瑞文（2009）。另外關於漢語本字研究方法的理論探討及實際操作，可以參看梅祖麟（1995）、楊秀芳（2000）。

表 41　鹽城方言深攝開口三等精系字音韻對應

	侵	尋	寢	浸	集	習
蘇 1993						çiɪʔ7
蔡 2011	tɕ^{h}in1	çyən2	tɕ^{h}in3	tɕin5	tɕiʔ7	çiʔ7
江 2015 老年				tɕin1	tɕiɪʔ7	çiɪʔ7
江 2015 青年				tɕin5	tɕiɪʔ7	çiɪʔ7
田野 2022					tɕiʔ7	çiʔ7

觀察上表所列的音韻對應證據，以鹽城方言而言，精系深攝開口三等字應以 -in、-ən 韻母為主。儘管 xæ5 這一音節之聲調與中古所收相合，然而，以聲母和韻母而言，都與中古深攝開口三等精系的「心」字不符。細查蔡 2011 之記載，筆者以為，此係錯誤排版所致，因「心」字前有「～」之標記，推測這是「餡」字的解釋，應當將其下標處理，即本應為「餡～心」，故而記載錯誤音節。〔註 10〕衡諸上述之言，本文往後即不再記載蔡 2011「心」的記音。

排除上述情形以後，從六種語料的同源詞來看，可見所有的聲母皆讀為ç，顯示語言都沒有差異，故此擬測為*ç。

3.2.1.15　*k

請看以下同源詞表：

表 42　*k 同源詞表

例　字	蘇 1993	鮑 1998	蔡 2011	江 2015 老年	江 2015 青年	田野 2022
歌 / 哥	kõ1	kõ1	ko1	kʊ1	kʊ1	ku1
個		kõ5	ko5	kɯ5	kɯ5	kə5
鍋			ko1			kəu1
果	kõ3		ko3	kʊ3	kʊ3	kəu3
過			ko5	kʊ5	kʊ5	kəu5

〔註 10〕蔡 2011 偶會發生此類情形，除了「心」字錯誤之外，尚有 sɔ5 將「年」附入，因「年」字前有「～」之標記，推測這是「少」字的解釋，應當將其下標處理，即本應為「少～年」；t^{h}e 將「洗」字附入，因「洗」字後有「動詞」之說明，推測這是「汏」字的解釋，即本應為「汏洗動詞」；liʔ7 將「眼」附入，因「眼」字後有「～」之標記，推測這是「淚」字的解釋，即本應為「淚眼～」，又「劣」之音韻地位應當為 liʔ7 無誤，蔡文則將其下標，筆者以為，應當視之為字例，而非「眼」之說解。

家白	ka1	ka1	kɒ1			kɑ1
瓜	kua1	kua1	kuɒ1	kua1	kua1	kuɑ1
改	kɛ3	kɛ3	ke3	kɛ3	kɛ3	ke3
蓋		kɛ5	ke5			ke5
解白		kɛ3	ke3	kɛ3	kɛ3	
街	kɛ1	kɛ1	ke1	kɛ1	kɛ1	ke1
掛	kua5		kuɒ5	kua3	kua3	kua5
桂	kuəi5	kuəi5	kuɪ5	kuɪ5	kuɪ5	kui5
龜	kuəi1		kuɪ1	kuɪ1	kuɪ1	kui1
櫃			kuɪ5	kuɪ5	kuɪ5	kui5
歸			kuɪ1			kui1
鬼		kuəi3	kuɪ3	kuɪ3	kuɪ3	kui3
貴		kuəi5	kuɪ5	kuɪ5	kuɪ5	kui5
高	kɔ1		kɔ1	kɔ1	kɔ1	kə1
教			kɔ1			tɕiə1
界	tɕiɛ5		tɕie5			ke5
狗	kɤɯ3		kɯ3	kɯ3	kɯ3	kɯ3
勾	kɤɯ1		kɯ1			kɯ1
夠	kɤɯ5		kɯ5	kɯ5	kɯ5	kɯ5
鴿	koʔ7		koʔ7	kʊʔ7	kʊʔ7	kuʔ7
甘	kæ̃1		kæ1	kɛ̃1	kɛ̃1	kiɛ1
敢	kæ̃3	kæ̃3	kæ3	kɛ̃3	kɛ̃3	kiɛ3
夾	kæʔ7	kæʔ7	kæʔ7	kɛʔ7	kɛʔ7	kiɛʔ7
肝				kɛ̃1	kɛ̃1	kiɛ1
割		koʔ7	koʔ7	kʊʔ7	kʊʔ7	kuʔ7
間白		kæ̃1	kæ1	kɛ̃1	kɛ̃1	
官			ko1	kʊ1	kʊ1	ku1
管／館			ko3			ku3
罐			ko5			ku5
灌			ko5			ku5
關		kuæ̃1	kuæ1	kuɛ̃1	kuɛ̃1	kuɛ1
根	kən1	kən1	kən1	kən1	kən1	kən1

根／跟	kən1	kən1	kən1	kən1	kən1	kən1
滾	kuən3	kuən3	kuən3	kuən3	kuən3	kun3
光白	kuã1	kuã1	kua1			kua1
光文	kuã5			kuã5	kuã5	
廣	kuã3		kua3			kua3
郭	kuaʔ7	kuaʔ7	kuaʔ7	kuaʔ7	kuaʔ7	kuaʔ7
港	kã3	kã3	ka3			ka3
角		kaʔ7	kaʔ7	kaʔ7	kaʔ7	tɕiaʔ7
國	kɔʔ7	kɔʔ7	kɔʔ7	kɔʔ7	kɔʔ7	kɔʔ7
更~改			kən1	kən1	kən1	kən1
更~加	kən5		kən5			
耕		kən1	kən1	kən1	kən1	kən1
隔		kəʔ7	kəʔ7	kəʔ7	kəʔ7	kəʔ7
公	koŋ1		kɔŋ1	kɔŋ1	kɔŋ1	koŋ1
恭			kɔŋ1	kɔŋ1	kɔŋ1	koŋ1
弓			kɔŋ1			koŋ1
共			kɔŋ5	kɔŋ5	kɔŋ5	koŋ5
拐	kuɛ3		kue3	kuɛ3	kuɛ3	kue5
跪文		kuəi5	kuɪ5	kuɪ5	kuɪ5	kui5
共			kɔŋ5	kɔŋ5	kɔŋ5	koŋ5

以上同源詞說明如下：

（1）「教」、「角」、「界」字在六種語料中分別有記為 k 聲母及 tɕ聲母之別。本論文認為，k 聲母若遇到 i 介音，恐會產生顎化現象，故此，藉由本組同源詞之語料，足見 k 聲母至 tɕ聲母存在顎化關係，若以方向性觀點而言，應先有 k 聲母，爾後發生顎化而產生 tɕ聲母。故此，恐需將此組聲母構擬為*k。然而，相同的發音部位（諸如 k^h、x 等）僅有幾個同源詞字例，筆者暫以保留態度處理。

排除上述情形以後，從六種語料的同源詞來看，可見所有的聲母皆讀為 k，顯示語言都沒有差異，故此擬測為*k。

3.2.1.16　$*k^h$

請看以下同源詞表：

表 43　*kʰ同源詞表

例　字	蘇 1993	鮑 1998	蔡 2011	江 2015 老年	江 2015 青年	田野 2022
闊			kʰoʔ7	kʰʊʔ7	kʰʊʔ7	kʰuʔ7
可	kʰõ3	kʰõ3	kʰo3	kʰʊ3	kʰʊ3	kʰɔu3
塊				kʰʊ5	kʰʊ5	kʰue3
苦	kʰu3		kʰəu3	kʰu3	kʰu3	kʰɔu3
開	kʰɛ1	kʰɛ1	kʰe1	kʰɛ1	kʰɛ1	kʰe1
考	kʰɔ3		kʰɔ3			kʰə3
口	kʰɤɯ3	kʰɤɯ3	kʰɯ3	kʰɯ3	kʰɯ3	kʰɯ3
看文	kʰæ̃5		kʰæ5	kʰɛ̃5	kʰɛ̃5	kʰiɛ5
渴	kʰoʔ7	kʰoʔ7	kʰoʔ7	kʰʊʔ7	kʰʊʔ7	kʰuʔ7
寬		kʰõ1	kʰo1	kʰʊ1	kʰʊ1	kʰu1
康	kʰã1		kʰa1			kʰa1
刻		kʰəʔ7	kʰəʔ7	kʰəʔ7	kʰəʔ7	kʰəʔ7
坑	kʰən1		kʰən1	kʰən1	kʰən1	kʰən1
客	kʰəʔ7	kʰəʔ7	kʰəʔ7	kʰəʔ7	kʰəʔ7	kʰaʔ7
窟	kʰəʔ7	kʰəʔ7	kʰəʔ7	kʰəʔ7	kʰəʔ7	kʰəʔ7
空白	kʰoŋ1		kʰɔŋ1			kʰoŋ1
敲白	kʰɔ1	kʰɔ1	kʰɔ1	kʰɔ1	kʰɔ1	kʰə1
哭	kʰoʔ7	kʰɔʔ7	kʰɔʔ7	kʰɔʔ7	kʰɔʔ7	kʰoʔ7
狂	kʰuã2	kʰuã2	kʰuã2	kʰuã2	kʰuã2	kʰua2
褲			kʰəu5	kʰu5	kʰu5	kʰɔu5

以上同源詞說明如下：

從六種語料的同源詞來看，可見所有的聲母皆讀為 kʰ，顯示語言都沒有差異，故此擬測為*kʰ。

3.2.1.17　*x

請看以下同源詞表：

表 44　*x 同源詞表

例　字	蘇 1993	鮑 1998	蔡 2011	江 2015 老年	江 2015 青年	田野 2022
火	xõ3		xo3	xʊ3	xʊ3	xɔu3

花	xua1	xua1	xuɒ1	xua1	xua1	xuɑ1
化		xua5	xuɒ5	xua5	xua5	xuɑ1
虎	xu3	xu3	xəu3	xu3	xu3	xɔu3
海		xɛ3	xe3	xɛ3	xɛ3	xe3
揮／輝			xuɪ1			xui1
好	xɔ3		xɔ3	xɔ3	xɔ3	xə3
喊	xæ̃3		xæ3	xɛ̃3	xɛ̃3	xiɛ3
瞎	xæʔ7	xæʔ7		xɛʔ7	xɛʔ7	xiɛʔ7
歡	xo1		xo1			xu1
婚			xuən1	xuən1	xuən1	xun1
霍	xuaʔ7		xuaʔ7	xuaʔ7	xuaʔ7	xuəʔ7
黑	xəʔ7	xəʔ7	xəʔ7	xəʔ7	xəʔ7	xəʔ7
何／河	xõ2	xõ2	xo2	xʊ2	xʊ2	xɔ2
下白			xɒ1	xa1	xa1	
下文		xa5	ɕiɒ5			ɕiɑ5
胡／湖	xu2	xu2	xəu2			xɔu2
害文			xe5	xɛ5	xɛ5	xe5
害白			xe1	xɛ1		
鞋	xɛ2	xɛ2	xe2	xɛ2	xɛ2	xe2
回	xuəi2		xuɪ2	xuɪ2	xuɪ2	xui2
會文		xuəi5	xuɪ5			xui5
懷／淮	xuɛ2		xue2	xuɛ2	xuɛ2	xue2
畫	xua5	xua5	xuɒ5	xua5	xua5	xua5
話文		xua5	xuɒ5	xua5	xua5	xua5
惠／慧			xui5			xui5
號文			xɔ5	xɔ5	xɔ5	xə5
喝	xoʔ7		xoʔ7			xuʔ7
猴			xɯ2			xɯ2
後／后文	xɤɯ5		xɯ5	xɯ5	xɯ5	xɯ5
厚文		xɤɯ5	xɯ5			
厚白		xɤɯ1	xɯ1	xɯ1	xɯ1	xɯ1
含		xæ̃2	xæ2	xɛ̃2	xɛ̃2	xiɛ2
咸			xæ2	xɛ̃2	xɛ̃2	ɕiɛ2
汗		xæ̃5	xæ5	xɛ̃5	xɛ̃5	xiɛ1

閑白			xæ2			
換文		xõ5	xo5	xʊ5		
換白			xo1		xʊ1	xu1
活		xoʔ7	xoʔ7	xʊʔ7	xʊʔ7	xuʔ7
還	xuæ̃2	xuæ̃2	xuæ2	xɛ̃5	xɛ̃5	xuɛ5
滑	xuæʔ7	xuæʔ7	xuæʔ7	xuɛʔ7	xuɛʔ7	xuɛʔ7
很	xən3		xən3			xən3
恨文	xən5	xən5	xən5	xən5	xən5	xən5
行銀~			xa2			xa2
黃	xuã2		xua2	xuã2	xuã2	xa2
學白			xaʔ7		xaʔ7	
橫蠻~	xoŋ5	xuŋ5	xɔŋ5	xɔŋ5	xɔŋ5	
橫縱~			xən2		xən2	xən2
紅		xuŋ2	xɔŋ2	xɔŋ2	xɔŋ2	xoŋ2

以上同源詞說明如下：

（1）「下文」、「咸」字在六種語料中分別有記為 x 聲母及ɕ聲母之別。從方向性觀點而言，應先有 x 聲母，爾後因為 i 介音而發生顎化而產生ɕ聲母。本論文認為，x 聲母若遇到 i 介音，恐會產生顎化現象，故此，藉由本組同源詞之語料，足見 x 聲母至ɕ聲母存在顎化關係，若以方向性觀點而言，應先有 x 聲母，爾後發生顎化而產生ɕ聲母。故此，恐需將此組聲母構擬為*x。然而，相同的發音部位（諸如 k、k^h等）僅有幾個同源詞字例，筆者暫以保留態度處理。

排除上述情形以後，從六種語料的同源詞來看，可見所有的聲母皆讀為 x，顯示語言都沒有差異，故此擬測為*x。

3.2.1.18　*ŋ

請看以下同源詞表：

表 45　*ŋ 同源詞表

例　字	蘇 1993	鮑 1998	蔡 2011	江 2015 老年	江 2015 青年	田野 2022
牛文	ɤɯ2	ɤɯ2	ŋɯ2			
牛白	niɤɯ		niɯ2	niɯ2	niɯ2	niu2
顏	æ̃2	æ̃2	ŋæ2	ɛ̃2	ɛ̃2	iɛ2

雁			ŋæ1			i5
額	əʔ7		ŋəʔ7	əʔ7	əʔ7	əʔ7
餓		õ5	ŋo1	ʊ1	ʊ1	ə1
啞		a3	ŋɒ3	a3	a3	ɑ3
矮		ɛ3	ŋe3	ɛ3	ɛ3	e3
咬	ɔ3	ɔ3	ŋɔ3			iə3
暗		æ̃5	ŋæ5	ɛ̃5	ɛ̃5	iɛ5
鴨	æʔ7		ŋæʔ7	ɛʔ7	ɛʔ7	iaʔ7
壓		æʔ7	ŋæʔ7			iaʔ7
惡	aʔ7	aʔ7	ŋaʔ7	aʔ7	aʔ7	aʔ7
耳		ɔ3	ŋɒ3	a3	ɔ3	ə3
硬白		ən1	ŋən1			ən1

以上同源詞說明如下：

（1）「牛文」字在蘇 1993 記為零聲母，江 2015、田野 2022 記為 n 聲母，蔡 2011 記為 ŋ 聲母。從方向性觀點而言，應先有 ŋ 聲母，爾後發聲部位由軟腭轉為齒齦，而產生相同發音方法的 n 聲母。另外，也可能本有聲母 ŋ 或 n，爾後零聲母化。「牛白」字在蘇 1993、蔡 2011 記為 n 聲母。不過，本論文於文白異讀的觀點也認為，這是「混血音讀」〔註 11〕的結果。白讀音 ŋɯ2 應係本來之音，文讀音 niɯ2 之 n 聲母恐係外來之音，即受北京音之影響，而韻母和聲調則是鹽城方言固有的。因此，白讀音 ŋɯ2、文讀音 niɯ2 二者當無演變關係。

排除上述情形以後，從六種語料的同源詞來看，蔡 2011 依然保留聲母 ŋ 的讀音，不過在其他的語料中，大多聲母已經弱化至完全脫落。若以「下而上」的比較方法而言，應當將這些同源詞擬測為*ŋ，爾後才會發生音節省略。

3.2.1.19 *∅

請看以下同源詞表：

表 46 *∅同源詞表

例　字	蘇 1993	鮑 1998	蔡 2011	江 2015 老年	江 2015 青年	田野 2022
舞			əu3			əu3

〔註 11〕「混血音讀」係指新、舊音結合而產生新的音讀。

鵝	õ2	õ2	o2	ʊ2	ʊ2	ə2
吳	u2	u2	əu2	u2	u2	ɔu2
五		u3	əu3	u3	u3	ɔu3
霧			əu5	u5	u5	ɔu5
艾文		ɛ5	e5			e5
藝	i5		i5	i5	i5	ʐʅ5
蟻			i3	i3	i3	ʐʅ3
疑			i2			ʐʅ2
嚴		iɪ̃2	ɪ2	iɪ2	iɪ2	i2
業		iɪʔ7	iʔ7	iɪʔ7	iɪʔ7	iʔ7
眼	æ̃3	æ̃3		ɛ̃3	ɛ̃3	iɛ3
元		yõ2	yo2			iu2
月	yoʔ7	yoʔ7	yoʔ7	yʊʔ7	yʊʔ7	iuʔ7
銀	in2		in2	in2	in2	in2
硬文	ən5	ən5		ən5	ən5	
玉			iɔʔ7	y5	y5	y5
愛文	ɛ5	ɛ5	e5	ɛ5	ɛ5	e5
椅	i3		i3			ʐʅ1
醫			i1			ʐʅ1
衣	i1		i1	i1	i1	ʐʅ1
腰			iɔ1	iɔ1	iɔ1	iə1
優	iɤɯ1		iɯ1	iɯ1	iɯ1	iu1
淹			ɪ1			i1
陰			in1			in1
安		æ̃1		ɛ̃1	ɛ̃1	iɛ1
烟	iɪ̃1		ɪ1	iɪ1	iɪ1	i1
燕姓			ɪ1			i1
燕～子		iɪ̃5	ɪ5			
碗	o3	õ3	o3	ʊ3	ʊ3	u3
冤	yo1		yo1	yʊ1	yʊ1	iu1
怨 / 願			yo1			iu1
一 / 乙		iɪʔ7	iʔ7	iɪʔ7	iɪʔ7	iʔ7

約		iaʔ7	iaʔ7	iaʔ7	iaʔ7	iaʔ7
鷹		in1	in1			in1
英			in1			in1
影			in3	in3	in3	in3
益			iʔ7	iɪʔ7	iɪʔ7	iʔ7
屋	oʔ7	ɔʔ7	ɔʔ7	ɔʔ7	ɔʔ7	oʔ7
雨			y3	y3	y3	y3
芋			y1	y1	y1	y1
有			iɯ3	iɯ3	iɯ3	iu3
右	iɤɯ5		iɯ5	iɯ5	iɯ5	iu5
窩	õ1	õ1	o1			ɔu1
圓	yõ2	yõ2	yo2	yʊ2	yʊ2	iu2
院文	yõ5		yo5			
院白						iu1
遠	yo3	yõ3	yo3	yʊ3	yʊ3	iu3
園			yo2	yʊ2	yʊ2	iu2
云	yn2	yn2	yən2	yn2	yn2	yn2
榮	ioŋ2	yŋ2	iɔŋ2	iɔŋ2	iɔŋ2	loŋ2
永		yŋ3	yən3	yn3	yn3	ioŋ3
夜文		iɪ5		iɪ5		
夜白		ia1	iɒ1	ia1	ia1	iɑ1
牙		a2	iɒ2	ia2	ia2	ɑ2
姨			i2	i2	i2	zʅ2
里			i3			zʅ3
魚	y2	y2		y2	y2	y2
搖	iɔ2		iɔ2	iɔ2	iɔ2	iə2
油／游	iɤɯ2		iɯ2	iɯ2	iɯ2	iu2
鹽				iɪ2	iɪ2	i2
演	iĩ3		ɪ3			i1
羊／楊／陽	iã2	iã2	ia2			ia2
癢	iã3		ia3	iã3	iã3	ia3
藥		iaʔ7	iaʔ7			iaʔ7
蠅			in2	in2	in2	in2

贏			in2	in2	in2	in2
營		in2	in2	in2	in2	in2
用文	ioŋ5	yŋ5	iɔŋ5	iɔŋ5	iɔŋ5	
用白		yŋ1	iɔŋ1			ioŋ1
勇	ioŋ3		iɔŋ3			ioŋ3
浴			iɔʔ7	iɔʔ7	iɔʔ7	yʔ7
兒	a2	ɔ2	ɒ2	a2	ɔ2	ə2
二		ɔ5	ɒ1	a1	ɔ1	ə1
尾		uəi3	vɪ3	uɪ3	uɪ3	vi3
味文／未		uəi5	vɪ5	uɪ5	uɪ5	vi5
晚	uæ̃3		væ3	uɛ̃3	uɛ̃3	viɛ3
萬文	uæ̃5	uæ̃5	væ5	uɛ̃5	uɛ̃5	viɛ5
文	uən2		vən2			vən2
問文	uən5	uən5	vən5	uən5	uən5	
問白			vən1			vən1
物	uəʔ7		vəʔ7	uəʔ7	uəʔ7	vəʔ7
挖				uɛʔ7	uɛʔ7	viɛʔ7
網	uã3		va3	uã3	uã3	va1
忘白			va1			va1
外文	uɛ5	uɛ5	ve5	uɛ5		ve5
外白			ve1		uɛ1	ve1
魏			vɪ5			vi5
溫	uən1	uən1	vən1	uən1	uən1	un1
彎	uæ̃1		væ1	uɛ̃1	uɛ̃1	uɛ1
位		uəi5	vɪ5	uɪ5	uɪ5	vi5
胃			vɪ5	uɪ5	uɪ5	vi5
圍		uəi2	vɪ2	uɪ2	uɪ2	vi2
歪	uɛ1	uɛ1	ve1	uɛ1	uɛ1	ve1
王	uã2	uã2	va2	uã2	uã2	va2
襪	uæʔ7			uɛʔ7	uɛʔ7	viɛʔ7

以上同源詞說明如下：

（1）上表「尾」字至「襪」字，從六種語料的同源詞來看，蔡 2011 及田野 2022 大多依然有 v 聲母的讀音，不過在其他的語料中，多數輔音並無 v 聲母的紀錄。此時，我們就會有兩個方案進行討論：Plan-A. v＞u；Plan-B. u＞v。首先觀察六種語料的語音變化，不難發現蔡 2011 將舌尖塞擦音聲母（blade-alveolars initial，[ts]、[ts^h]、[s]）後的 u 介音，透過 i 介音增生，u 介音變為 y 介音，聲母也因此發生顎化，成為舌面前音（[tɕ]、[tɕ^h]、[ɕ]），此情形可見下表：

表 47　舌尖塞擦音聲母與介音*u

例　字	蘇 1993	鮑 1998	蔡 2011	江 2015 老年	江 2015 青年	田野 2022
追	tsuəi1	tsuəi1	tɕyɪ1	tsuɪ1	tsuɪ1	tʂui1
桌	tsuaʔ7		tɕyaʔ7	tsuaʔ7	tsuaʔ7	tʂuaʔ7
嘴		tsuəi3	tɕyɪ3	tsuɪ3	tsuɪ3	tsui3
醉			tɕyɪ5	tsuɪ5	tsuɪ5	tsui5
罪文	tsuəi5	tsuəi5	tɕyɪ5	tsuɪ5	tsuɪ5	tsui5
村			tɕ^{h}yən1	ts^{h}uən1	ts^{h}uən1	ts^{h}un1
寸	ts^{h}uən5	ts^{h}uən5	tɕ^{h}yən5	ts^{h}uən5	ts^{h}uən5	ts^{h}un5
春		ts^{h}uən1	tɕ^{h}yən1	ts^{h}uən1	ts^{h}uən1	tʂ^{h}un1
出	ts^{h}uəʔ7	ts^{h}uəʔ7	tɕ^{h}yəʔ7	ts^{h}uəʔ7	ts^{h}uəʔ7	tʂ^{h}uəʔ7
吹			tɕ^{h}yɪ1	ts^{h}uɪ1	ts^{h}uɪ1	tʂ^{h}ui1
窗		ts^{h}uã1	tɕ^{h}ya1	ts^{h}uã1	ts^{h}uã1	ts^{h}ua1
碎			ɕyɪ5	suɪ5	suɪ5	sui5
歲	suəi5	suəi5	ɕyɪ5	suɪ5	suɪ5	sui5
稅		suəi5	ɕyɪ5			sui5
誰			ɕyɪ2			ʂui2
水	suəi3	suəi3	ɕyɪ3	suɪ3	suɪ3	ʂui3

此外，觀察蔡 2011 的整體音系，足見 u 介音只得與舌根音（[k]、[k^h]、[x]）結合，此係重要的音韻現象，顯示此語言有「排除 u」的趨勢。因此，若以 Plan-A 而言，將會違反上述所言，應以 Plan-B 為是。並且，若從多數決（majority wins）而言，也應當以 Plan-B 為是。故此，蔡 2011 及田野 2022 的 v 聲母，本論文認為是後起的，即音韻創新（phonological innovation），故此，當將這些字擬測為*Ø。〔註 12〕

〔註 12〕「u＞v」在其他漢語方言中，實際上有發生，諸如客家話。鍾榮富（1991）之見，把客家話的[v]聲母歸因於合口韻的[u]介音強化而來的；羅美珍、鄧曉華（1995：37）以為，部分中古匣母合口字在客話中念 v 聲母，演變途徑應當是 ɦu→u→v-，然後 u 介音是由於唇音緊化作用，變為摩擦音。

（2）「藝」、「蟻」、「疑」、「椅」、「醫」、「衣」、「益」、「姨」、「里」字在蘇 1993、蔡 2011、江 2015 記為零聲母，田野 2022 記為ʐ聲母。從發音部位而言，筆者以為這是一種鹽城方言的音韻創新，即 i＞ʅ，而ʐ聲母也是其增生。故此，可將此視為特例，擬測時暫且不予考量。

（3）「榮」字在蘇 1993、蔡 2011、江 2015 記為零聲母，田野 2022 記為 l 聲母。筆者以為，這是田野 2022 的音變，尚未顯著。故此，可將此視為特例，擬測時暫且不予考量。

排除上述情形以後，從六種語料的同源詞來看，可見所有的聲母皆讀為零聲母，顯示語言都沒有差異，故此擬測為*Ø。

3.2.2 原始鹽城方言的韻母系統擬測

本節嘗試以六種鹽城方言的語料，利用同源詞及比較方法擬測出一套原始鹽城方言的韻母系統。

因應擬測的原始鹽城方言韻母系統較大，以下依據陰聲韻、陽聲韻、入聲韻三種不同種類的韻母來進行韻母系統擬測。

3.2.2.1 原始鹽城方言的陰聲韻擬測

以下進行原始鹽城方言的陰聲韻擬測。

3.2.2.1.1 *o

請看以下同源詞表：

表 48 *o 同源詞表

例　字	蘇 1993	鮑 1998	蔡 2011	江 2015 老年	江 2015 青年	田野 2022
他	tʰa1	tʰa1	tʰo1	tʰʊ1	tʰʊ1	tʰɑ1

以上同源詞說明如下：

從六種語料的同源詞來看，可見蘇 1993、鮑 1998 記為 a 韻母，蔡 2011 記為 o 韻母，江 2015 記為ʊ韻母，田野 2022 記為ɑ韻母。若以方向性觀點而言，應當擬測為*o，爾後會有兩條演變路徑：一是高化而形成ʊ韻母；二是受北京官話影響而讀為 a 韻母，但也可能因為舌位的前後放置不同而讀為後邊的ɑ韻母。

3.2.2.1.2 *ɒ

請看以下同源詞表：

表 49 *ɒ同源詞表

例　字	蘇 1993	鮑 1998	蔡 2011	江 2015 老年	江 2015 青年	田野 2022
兒	a2	ɔ2	ɒ2	a2	ɔ2	ə2
二		ɔ5	ɒ1	a1	ɔ1	ə1
耳		ɔ3	ŋɒ3	a3	ɔ3	ə3
大	ta5	ta5	to5	ta5	ta5	tɑ5
爬	pʰa2	pʰa2	pʰɒ2	pʰa2	pʰa2	pʰɑ2
馬	ma3	ma3	mɒ3	ma3	ma3	mɑ3
麻	ma2	ma2	mɒ2			mɑ2
罵文	ma5		mɒ5	ma5		
罵白			mɒ1		ma1	
茶	tsʰa2	tsʰa2	tsʰɒ2	tsʰa2	tsʰa2	tsʰɑ2
沙			sɒ1	sa1	sa1	sɑ1
家白	ka1	ka1	kɒ1			kɑ1
啞		a3	ŋɒ3	a3	a3	ɑ3
下白			xɒ1	xa1	xa1	
下文		xa5	ɕiɒ5			ɕiɑ5
打	ta3		tɒ3	ta3	ta3	tɔ3

以上同源詞說明如下：

（1）「兒」、「二」、「耳」字在六種語料中，蘇 1993、江 2015 老年記為 a 韻母，鮑 1998、江 2015 青年、田野 2022 記為 ɘ 韻母，蔡 2011 記為ɒ韻母。若以方向性觀點而言，應當擬測為*ɒ，才得以解釋蘇 1993、江 2015 老年的 a 係前化所得，而鮑 1998、江 2015 青年、田野 2022 的 ɘ 韻母係元音高化（vowel raising）所得。

（2）「大」字在六種語料中，蘇 1993、江 2015 記為 ta5，蔡 2011 記為 to5，田野 2022 記為 tɑ5。若以方向性觀點而言，或許應當擬測為ɑ，但就系統性而言，筆者依然傾向擬測為*ɒ，並解釋蔡 2011 所記的 to5 是元音高化後的結果。

（3）「下文」字在六種語料中分別有記為 a 韻母、iɒ韻母及 iɑ韻母之別。從方向性觀點而言，應先有ɒ韻母，爾後發生前化而產生 a 韻母；此外，因為韻母產生 i 的讀法，聲母發生顎化之餘，韻母因而與不圓唇化後的ɑ結合為 iɑ。

（4）「打」字在六種語料中，蘇 1993、江 2015 記為 a 韻母，蔡 2011 記為ɒ韻母，田野 2022 記為ɔ韻母。從方向性觀點而言，應先有ɒ韻母，爾後發生前化而產生 a 韻母，又或是發生元音高化而產生ɔ韻母。

排除上述情形以後，從六種語料的同源詞來看，可見蘇 1993、鮑 1998、江 2015 記為 a 韻母，蔡 2011 記為ɒ韻母，田野 2022 記為ɑ韻母。若以方向性觀點而言，應當擬測為*ɒ，爾後會有兩條演變路徑：一是前化而形成 a 韻母；二是不圓唇化為ɑ韻母。

3.2.2.1.3　*iɒ

請看以下同源詞表：

表 50　*iɒ同源詞表

例　字	蘇 1993	鮑 1998	蔡 2011	江 2015 老年	江 2015 青年	田野 2022
茄	tɕʰia2	tɕʰia2	tɕʰiɒ2	tɕʰia2	tɕʰia2	tɕʰiɑ2
瘸			tɕʰiɒ2			tɕʰiɑ2
加			tɕiɒ1			tɕiɑ1
假	tɕia3		tɕiɒ3	tɕia3	tɕia3	tɕiɑ3
嫁			tɕiɒ5	tɕia5	tɕia5	tɕiɑ5
牙		a2	iɒ2	ia2	ia2	ɑ2
夏	ɕia5	ɕia5	ɕiɒ1	ɕia5	ɕia5	ɕiɑ5
借		tɕiĩ5	tɕiɒ5	tɕia5 / tɕiɪ5	tɕia5	tɕiɑ5
斜		tɕʰia2	tɕʰiɒ2	tɕʰia5	tɕʰia5	tɕʰiɑ5
夜文		iɪ5		iɪ5		
夜白		ia1	iɒ1	ia1	ia1	iɑ1
家文		tɕia1	tɕiɒ1			

以上同源詞說明如下：

（1）「牙」字在六種語料中分別有記為 a 韻母、ɒ韻母及 iɑ韻母之別。特殊之處在於，鮑 1998 與田野 2022 之記音並無 i 介音的存在。筆者推測，這是聲母失落時，介音是否保留所導致，可能係因聲母尚未發生顎化，聲母即先行消失所致。故此。從方向性觀點而言，此處依然宜擬測為*iɒ，爾後發生前化而產生 ia 韻母，或是不圓唇化為 iɑ韻母。

排除上述情形以後，從六種語料的同源詞來看，可見蘇 1993、鮑 1998、江 2015 記為 ia 韻母，蔡 2011 記為 iɒ韻母，田野 2022 記為 iɑ韻母。若以方向性觀點而言，應當擬測為*iɒ，爾後會有兩條演變路徑：一是前化而形成 ia 韻母；二是不圓唇化為 iɑ韻母。

3.2.2.1.4　*uɒ

請看以下同源詞表：

表 51　*uɒ同源詞表

例　字	蘇 1993	鮑 1998	蔡 2011	江 2015 老年	江 2015 青年	田野 2022
掛	kua5		kuɒ5	kua3	kua3	kua5
畫	xua5	xua5	xuɒ5	xua5	xua5	xua5
話文		xua5	xuɒ5	xua5	xua5	xua5
耍	sua3					suɑ3
瓜	kua1	kua1	kuɒ1	kua1	kua1	kuɑ1
花	xua1	xua1	xuɒ1	xua1	xua1	xuɑ1
化		xua5	xuɒ5	xua5	xua5	xuɑ1

以上同源詞說明如下：

從六種語料的同源詞來看，可見蘇 1993、鮑 1998、江 2015 記為 ua，蔡 2011 記為 uɒ，田野 2022 記為 ua 和 uɑ。若以方向性觀點而言，應當擬測為*uɒ，爾後會有兩條演變路徑：一是前化而形成 ua；二是不圓唇化為 uɑ。

3.2.2.1.5　*uəɪ

請看以下同源詞表：

表 52　*uəɪ同源詞表

例　字	蘇 1993	鮑 1998	蔡 2011	江 2015 老年	江 2015 青年	田野 2022
靴	suəi1	sui1		suɪ1	sua1	ɕy1

罪文	tsuəi5	tsuəi5	tçyɪ5	tsuɪ5	tsuɪ5	tsui5
罪白			tç^{h}yɪ1			
碎			çyɪ5	suɪ5	suɪ5	sui5
回	xuəi2		xuɪ2	xuɪ2	xuɪ2	xui2
歲	suəi5	suəi5	çyɪ5	suɪ5	suɪ5	sui5
稅		suəi5	çyɪ5			sui5
桂	kuəi5	kuəi5	kuɪ5	kuɪ5	kuɪ5	kui5
嘴		tsuəi3	tçyɪ3	tsuɪ3	tsuɪ3	tsui3
吹			tç^{h}yɪ1	ts^{h}uɪ1	ts^{h}uɪ1	tṣ^{h}ui1
跪文		kuəi5	kuɪ5	kuɪ5	kuɪ5	kui5
睡			çyɪ5			çyi5
醉			tçyɪ5	tsuɪ5	tsuɪ5	tsui5
追	tsuəi1	tsuəi1	tçyɪ1	tsuɪ1	tsuɪ1	tṣui1
誰			çyɪ2			ṣui2
水	suəi3	suəi3	çyɪ3	suɪ3	suɪ3	ṣui3
龜	kuəi1		kuɪ1	kuɪ1	kuɪ1	kui1
櫃			kuɪ5	kuɪ5	kuɪ5	kui5
歸			kuɪ1			kui1
鬼		kuəi3	kuɪ3	kuɪ3	kuɪ3	kui3
貴		kuəi5	kuɪ5	kuɪ5	kuɪ5	kui5
揮 / 輝			xuɪ1			xui1
會文		xuəi5	xuɪ5			xui5
位		uəi5	vɪ5	uɪ5	uɪ5	vi5
尾		uəi3	vɪ3	uɪ3	uɪ3	vi3
味文 / 未		uəi5	vɪ5	uɪ5	uɪ5	vi5
魏			vɪ5			vi5
胃			vɪ5	uɪ5	uɪ5	vi5
圍		uəi2	vɪ2	uɪ2	uɪ2	vi2

以上同源詞說明如下：

（1）「位」、「尾」、「味／未」、「魏」、「胃」、「圍」字在六種語料的同源詞來看，配合聲母的擬測，蔡 2011、田野 2022 有聲母 v 的讀音，而在其他的語料中，則有介音 u。若以聲母的討論而言，這些同源詞的聲母擬測為*Ø，韻母應擬測為*uəɪ，爾後才會發生主要元音 ə 丟失，且介音 u 轉變為聲母 v。

（2）「罪文」、「碎」、「歲」、「稅」、「嘴」、「吹」、「睡」、「醉」、「追」、「誰」、「水」字在六種語料中，蘇 1993、鮑 1998 的韻母讀音為 uəi，蔡 2011 的韻母讀音為 yɪ，江 2015 的韻母讀音為 uɪ，田野 2022 的韻母讀音為 ui。若以方向性觀點而言，筆者傾向將漢語韻母音節的所有部分（即介音、主要元音、韻尾）進行擬測，故此，擬測為*uəɪ，爾後會有兩條演變路徑：一是韻尾ɪ元音高化為 i 而形成 uəi，再發生央中元音 ə 脫落，進而產生 ui；二是*uəɪ直接發生央中元音 ə 脫落，進而產生 uɪ。另外，爾後因為韻母 i 介音增生，韻母發生 u>y，促使聲母發生顎化，韻母亦隨之演變為 yɪ韻母。

（3）「靴」字在六種語料中，蘇 1993 的韻母讀音為 uəi，鮑 1998 的韻母讀音為 ui，江 2015 老年的韻母讀音為 uɪ，江 2015 青年的韻母讀音為 ua，田野 2022 的韻母讀音為 y。若以方向性觀點而言，筆者傾向將漢語韻母音節的所有部分（即介音、主要元音、韻尾）進行擬測，故此，擬測為*uəɪ，爾後會有兩條演變路徑：一是韻尾ɪ元音高化為 i 而形成 uəi，再發生央中元音 ə 脫落，進而產生 ui；二是*uəɪ直接發生央中元音 ə 脫落，進而產生 uɪ。另外，爾後因為韻母 i 介音增生，韻母發生 u>y，促使聲母發生顎化而產生ɕ，韻母亦隨之演變為 yi 韻母，爾後又因為韻尾脫落而單元音化，韻母亦隨之演變為 y 韻母。

排除上述情形以後，從六種語料的同源詞來看，可見蘇 1993、鮑 1998 的韻母讀音為 uəi，蔡 2011、江 2015 的韻母讀音為 uɪ，田野 2022 的韻母讀音為 ui。若以方向性觀點而言，筆者傾向將漢語韻母音節的所有部分（即介音、主要元音、韻尾）進行擬測，故此，擬測為*uəɪ，爾後會有兩條演變路徑：一是韻尾ɪ元音高化為 i 而形成 uəi 韻母，再發生央中元音 ə 脫落，進而產生 ui 韻母；二是*uəɪ直接發生央中元音 ə 脫落，進而產生 uɪ韻母。

3.2.2.1.6　*ɔu

請看以下同源詞表：

表 53　*ɔu 同源詞表

例　字	蘇 1993	鮑 1998	蔡 2011	江 2015 老年	江 2015 青年	田野 2022
路白	lu1	lu1	ləu1	lu1	lu1	lɔu1

路文		lu5	ləu5			
圖			t^həu2	t^hu2	t^hu2	t^hɔu2
肚			t^həu2			tɔu5
吐			t^həu3			t^hɔu5
兔	t^hu5		t^həu5			t^hɔu5
杜	tu5		təu5	tu5	tu5	tɔu3
祖		tsu3	tsəu3	tsu3	tsu3	tsɔu3
醋	ts^hu5	ts^hu5	ts^həu5			ts^hɔu5
蘇		su1	səu1			sɔu1
苦	k^hu3		k^həu3	k^hu3	k^hu3	k^hɔu3
褲			k^həu5	k^hu5	k^hu5	k^hɔu5
吳	u2	u2	əu2	u2	u2	ɔu2
五		u3	əu3	u3	u3	ɔu3
胡 / 湖	xu2	xu2	xəu2			xɔu2
虎	xu3	xu3	xəu3	xu3	xu3	xɔu3
豬			tsəu1	tsu1	tsu1	tsɔ1
初		ts^hõ1	ts^həu1	ts^hu1	ts^hu1	ts^hɔu1
煮			tsəu3			tsɔu3
書	su1	su1	səu1	su1	su1	sɔu1
鼠	ts^hu3	ts^hu3	ts^həu3	ts^hu3	ts^hu3	sɔu3
舞			əu3			ɔu3
霧			əu5	u5	u5	ɔu5
住				tsu5	tsu5	tsɔu5
柱文			tsəu5	tsu5	tsu5	tsɔu5
朱			tsəu1			tsɔu1
數動詞	su3		səu3	su3	su3	sɔu3
疏 / 梳			səu1			sɔu1
主	tsu3		tsəu3	tsu3	tsu3	tsɔu3
輸			səu1	su1	su1	sɔu1
樹			səu1	su1	su1	sɔu1

以上同源詞說明如下：

從六種語料的同源詞來看，可見蘇 1993、鮑 1998、江 2015 的韻母讀音為 u，蔡 2011 的韻母讀音為 əu，田野 2022 的韻母讀音為ɔu。若以方向性觀點而言，筆者傾向將漢語韻母音節的所有部分（即介音、主要元音、韻尾）進行擬測，故此，擬測為*ɔu，爾後才會發生ɔ韻母前化且元音高化為 ə 韻母，並發生央中元音 ə 脫落，進而產生 u 韻母。另外，諸如「豬」字，田野 2022 係因韻尾脫落而產生ɔ韻母。

3.2.2.1.7　*u

請看以下同源詞表：

表 54　*u 同源詞表

例　字	蘇 1993	鮑 1998	蔡 2011	江 2015 老年	江 2015 青年	田野 2022
布			pu5	pu5	pu5	pu5
鋪文	$p^{h}u5$		$p^{h}u5$			
鋪白			$p^{h}u1$	$p^{h}u1$	$p^{h}u1$	$p^{h}u1$
步文		pu5	pu5	pu5		pu5
步白			$p^{h}u1$	$p^{h}u1$	$p^{h}u1$	
部文／簿	pu5		pu5	pu5	pu5	pu5
浮	fu2	fu2	fv2	fu2	fu2	fu2
富			fv5			fu1
婦文			fv5			fu5
婦白				fu1	fu1	

以上同源詞說明如下：

（1）「浮」、「婦文」、「富」字在六種語料的同源詞來看，蔡 2011 的韻母讀音為 v，其他的韻母讀音則為 u。這是蔡 2011 的特殊之處，以一個輔音成分充當韻母位置。《漢語拼音方案》說明：「v 只用來拼寫外來語、少數民族語言和方言。」（張斌 1996：21）於此推想，蔡 2011 標為 v 係以為「浮」、「富」、「婦文」的韻母有摩擦音的性質，而此處之摩擦音，應是從 f 唇齒摩擦清音而影響。另外，此處的 v 會不會是聲母？從音節結構而言，CMVE／T 代表漢語的一個音節，其中韻腹（主要元音）、聲調必須存在，故此，此處的 v，本文以韻腹（主要元音）看待。

排除上述情形以後，從六種語料的同源詞來看，可見所有的韻母皆讀為 u，顯示語言都沒有差異，故此擬測為*u。

3.2.2.1.8　*y

請看以下同源詞表：

表 55　*y 同源詞表

例　字	蘇 1993	鮑 1998	蔡 2011	江 2015 老年	江 2015 青年	田野 2022
女	ny3	ny3	ny3	ny3	ny3	ny3
呂	ly3	ly3	y3	ly3	ly3	ly3
徐	tɕ^{h}y2	tɕ^{h}y2	tɕ^{h}y2	tɕ^{h}y2	tɕ^{h}y2	ʂʅ2
魚	y2	y2		y2	y2	y2
鋸		tɕy5	tɕy5	tɕy5	tɕy5	tɕy5
去	tɕ^{h}y5	tɕ^{h}y5	tɕ^{h}y5	tɕ^{h}y5	tɕ^{h}y5	tɕ^{h}y5
許	ɕy3	ɕy3	ɕy3	ɕy3	ɕy3	ɕy3
句		tɕy5	tɕy5	tɕy5	tɕy5	tɕy5
雨			y3	y3	y3	y3
芋			y1	y1	y1	y1

以上同源詞說明如下：

（1）「徐」字在六種語料的同源詞來看，可見蘇 1993、鮑 1998、蔡 2011、江 2015 的韻母皆讀為 y，田野 2022 則讀為ʅ，若以多數決而言，應當擬測為*y，爾後發生後起舌尖元音，發生前高展唇元音舌尖化（apicalization），進而產生ʅ。[註 13]

排除上述情形以後，從六種語料的同源詞來看，可見所有的韻母皆讀為 y，顯示語言都沒有差異，故此擬測為*y。

3.2.2.1.9　*ɛ

請看以下同源詞表：

表 56　*ɛ同源詞表

例　字	蘇 1993	鮑 1998	蔡 2011	江 2015 老年	江 2015 青年	田野 2022
胎	t^{h}ɛ1		t^{h}e1	t^{h}ɛ1	t^{h}ɛ1	t^{h}e1
戴		tɛ5	te5			te5

[註 13] 關於前高展唇元音舌尖化（apicalization）的發生，此與淮安漁溝方言的後起舌尖元音產生應係相同，可參考吳瑞文（2022）的詳細論述。

代			te5			te5
袋文			te5	tɛ5		te5
袋白			t^he1		t^hɛ1	
來	lɛ2	lɛ2	le2	lɛ2	lɛ2	le2
災	tsɛ1		tse1			tse1
菜	ts^hɛ5	ts^hɛ5	ts^he5	ts^hɛ5	ts^hɛ5	ts^he5
財			ts^he2	ts^hɛ2	ts^hɛ2	ts^he2
在	tsɛ5	tsɛ5	tse5			tse5
改	kɛ3	kɛ3	ke3	kɛ3	kɛ3	ke3
開	k^hɛ1	k^hɛ1	k^he1	k^hɛ1	k^hɛ1	k^he1
海		xɛ3	xe3	xɛ3	xɛ3	xe3
愛文	ɛ5	ɛ5	e5	ɛ5	ɛ5	e5
帶			te5	tɛ5	tɛ5	te5
泰／太	t^hɛ5	t^hɛ5	t^he5			t^he3
賴	lɛ5		le1			le5
蔡			ts^he5			ts^he5
蓋		kɛ5	ke5			ke5
艾文		ɛ5	e5			e5
害文			xe5	xɛ5	xɛ5	xe5
害白			xe1	xɛ1		
排	p^hɛ2		p^he2	p^hɛ2	p^hɛ2	p^he2
埋	mɛ2		me2	mɛ2	mɛ2	me2
牌		p^hɛ2	p^he2	p^hɛ2	p^hɛ2	p^he2
買	mɛ3	mɛ3	me3	mɛ3	mɛ3	me3
賣	mɛ1		me1	mɛ1	mɛ1	me1
奶	nɛ3		ne3			ne3
晒	sɛ5	sɛ5	se5	sɛ5	sɛ5	se5
柴		ts^hɛ2	ts^he2	ts^hɛ2	ts^hɛ2	ts^he2
街	kɛ1	kɛ1	ke1	kɛ1	kɛ1	ke1
鞋	xɛ2	xɛ2	xe2	xɛ2	xɛ2	xe2
解白		kɛ3	ke3	kɛ3	kɛ3	
矮		ɛ3	ŋe3	ɛ3	ɛ3	e3
債			tse5			tse5
敗文	pɛ5		pe5	pɛ5	pɛ5	pe5
界	tɕiɛ5		tɕie5			ke5

以上同源詞說明如下：

(1)「界」字在蘇 1993、蔡 2011 記為 tɕ聲母，田野 2022 則記為 k 聲母。本論文認為，k 聲母若遇到 i 介音，恐會產生顎化現象，故此，藉由本組同源詞之語料，足見 k 聲母至 tɕ聲母存在顎化關係，若以方向性觀點而言，應先有 e 聲母，爾後因 i 介音增生而顎化，才產生 iɛ、ie。故此，恐需將此組韻母構擬為*ɛ。

排除上述情形以後，從六種語料的同源詞來看，可見蘇 1993、鮑 1998、江 2015 的韻母讀為ɛ，蔡 2011、田野 2022 則皆讀為 e，以方向性觀點而言，應當將這些同源詞的韻母擬測為*ɛ，爾後才會發生元音高化產生 e 韻母。

3.2.2.1.10　*iɛ

請看以下同源詞表：

表 57　*iɛ同源詞表

例　字	蘇 1993	鮑 1998	蔡 2011	江 2015 老年	江 2015 青年	田野 2022
階	tɕiɛ1		tɕie1			tɕie1
解文	tɕiɛ3		tɕie3			tɕie3

以上同源詞說明如下：

從六種語料的同源詞來看，可見蘇 1993 的韻母讀為 iɛ，蔡 2011、田野 2022 則皆讀為 ie，以方向性觀點而言，應當將這些同源詞的韻母擬測為*iɛ，爾後才會發生元音高化產生 ie 韻母。

3.2.2.1.11　*uɛ

請看以下同源詞表：

表 58　*uɛ同源詞表

例　字	蘇 1993	鮑 1998	蔡 2011	江 2015 老年	江 2015 青年	田野 2022
懷／淮	xuɛ2		xue2	xuɛ2	xuɛ2	xue2
拐	kuɛ3		kue3	kuɛ3	kuɛ3	kue5
外文	uɛ5	uɛ5	ve5	uɛ5		ve5
外白			ve1		uɛ1	ve1
歪	uɛ1	uɛ1	ve1	uɛ1	uɛ1	ve1

以上同源詞說明如下：

（1）「外文」、「外白」、「歪」字在六種語料的同源詞來看，配合聲母的擬測，蔡 2011、田野 2022 有聲母 v 的讀音，而在其他的語料中，則有介音 u。若以聲母的討論而言，這些同源詞的聲母擬測為*Ø，韻母應擬測為*uɛ，爾後才會發生介音 u 轉變為聲母 v。

排除上述情形以後，從六種語料的同源詞來看，可見蘇 1993、江 2015 的韻母讀為 uɛ，蔡 2011、田野 2022 則皆讀為 ue，以方向性觀點而言，應當將這些同源詞的韻母擬測為*uɛ，爾後才會發生元音高化產生 ue 韻母。

3.2.2.1.12　*i

請看以下同源詞表：

表 59　*i 同源詞表

例　字	蘇 1993	鮑 1998	蔡 2011	江 2015 老年	江 2015 青年	田野 2022
祭／際			tɕi5			tʂʅ5
藝	i5		i5	i5	i5	ʐʅ5
米	mi3	mi3	mɪ3	mi3	mi3	nə3
閉	pĩ5		pi5			pʰəʅ5
低	ti1		tɕi1	tɕi1	tɕi1	tʂʅ1
梯	tʰi1		tɕʰi1	tɕʰi1	tʰi1	tʂʰʅ1
弟	ti5	ti5		tɕi5	ti5	tʂʅ1
泥	ni2	ni2		ni2	ni2	nən2
西	ɕi1		ɕi1	ɕi1	ɕi1	ʂʅ1
洗	ɕi3	ɕi3	ɕi3	ɕi3	ɕi3	ʂʅ3
細	ɕi5		ɕi5			ʂʅ5
齊	tɕʰi2	tɕʰi2	tɕʰi2			tʂʰʅ2
雞	tɕi1	tɕi1	tɕi1	tɕi1	tɕi1	tʂʅ1
計	tɕi5		tɕi5			tʂʅ5
皮	pʰi2		pʰi2	pʰi2	pʰi2	pʰəʅ2
奇／騎			tɕʰi2	tɕʰi2	tɕʰi2	tʂʰʅ2
蟻			i3	i3	i3	ʐʅ3
寄			tɕi5	tɕi5	tɕi5	tʂʅ5

戲			ɕi5	ɕi5	ɕi5	ʂʅ5
椅	i3		i3			zʅ1
比	pi3	pi3	pi3	pi3	pi3	pəʅ3
屁	p^{h}i5		p^{h}i5	p^{h}i5	p^{h}i5	p^{h}əʅ5
批		p^{h}i1	p^{h}i1			p^{h}əʔ7
眉			mi2			mi2
地			tɕi5	tɕi5	tɕi5	tʂʅ5
犁	li2			li2	li2	zʅ2
梨			i2	li2	li2	zʅ2
姨			i2	i2	i2	zʅ2
里			i3			zʅ3
棋 / 旗		tɕ^{h}i2	tɕ^{h}i2	tɕ^{h}i2	tɕ^{h}i2	tʂ^{h}ʅ2
基		tɕi1	tɕi1			tʂʅ1
欺		tɕ^{h}i1	tɕ^{h}i1			tʂ^{h}ʅ1
起	tɕ^{h}i3		tɕ^{h}i3			tʂ^{h}ʅ3
記			tɕi5	tɕi5	tɕi5	tʂʅ5
忌			tɕi5			tʂʅ5
疑			i2			zʅ2
醫			i1			zʅ1
幾		tɕi3	tɕi3	tɕi3	tɕi3	tʂʅ3
氣			tɕ^{h}i5	tɕ^{h}i5	tɕ^{h}i5	tʂ^{h}ʅ5
稀			ɕi1			ʂʅ1
衣	i1		i1	i1	i1	zʅ1
季			tɕi5	tɕi5	tɕi5	tʂʅ5
利						li5

以上同源詞說明如下：

（1）「泥」字在蘇 1993、鮑 1998、江 2015 記為 i 韻母，田野 2022 記為 ən 韻母。「米」字在蘇 1993、鮑 1998、江 2015 記為 i 韻母，蔡 2011 記為ɪ韻母，田野 2022 記為 ə 韻母。本論文認為，田野 2022 的「泥」字韻母也發生變異，具有 ən 韻母；「米」字韻母也發生變異，具有 ə 韻母。筆者推測，這是發音人個人的發音認知所致，本論文暫且不將此發音納入考量。

（2）「批」字在鮑 1998、江 2015 記為 i 韻母，田野 2022 記為 əʔ韻母。

筆者推測，這是發音人個人的發音認知所致，本論文暫且不將此發音納入考量。

排除上述情形以後，從六種語料的同源詞來看，可見蘇 1993、鮑 1998、蔡 2011、江 2015 的韻母皆讀為 i，田野 2022 少數依然讀為 i，多數則讀為ʅ、əʅ，若以多數決而言，應當擬測為*i，爾後發生：一是後起舌尖元音，發生前高展唇元音舌尖化（apicalization），進而產生ʅ；二是諸如「皮」、「閉」、「比」、「屁」字讀為韻母 əʅ，為一個由帶有齒擦的語音。本論文以為，這是一種鹽城方言的音韻創新，即：

i>ʅ，/ʅ/ ：[əʅ] / p，p^{h}_

i>ʅ，/ʅ/ ：[ʅ] / 其他_。〔註 14〕

3.2.2.1.13 *ɿ

請看以下同源詞表：

表 60 *ɿ同源詞表

例　字	蘇 1993	鮑 1998	蔡 2011	江 2015 老年	江 2015 青年	田野 2022
制				tsɿ5	tsɿ5	tsɿ5
誓			sɿ5			sɿ5
世			sɿ5	sɿ5	sɿ5	sɿ5
刺			ts^{h}ɿ5	ts^{h}ɿ5	ts^{h}ɿ5	ts^{h}ɿ5
紫			tsɿ3	tsɿ3	tsɿ3	tsɿ3
知	tsɿ1	tsɿ1	tsɿ1	tsɿ1	tsɿ1	tsɿ1
池			ts^{h}ɿ2	ts^{h}ɿ2	ts^{h}ɿ2	ts^{h}ɿ2
枝			tsɿ1			tsɿ1
紙			tsɿ3	tsɿ3	tsɿ3	tsɿ3
是	sɿ5		sɿ5			sɿ5
姊			tsɿ3			tsɿ3

〔註 14〕朱曉農（2006：104）以合肥話的舌尖化為例，範圍很廣，各類聲母都有；另外，再以金壇西崗鎮話為例（原屬吳語，因人口遷徙，現在除了少數老年人，都已改用江淮官話），其止蟹攝三四等字現在出現了舌尖元音異讀。鹽城方言田野 2022 於此也有舌尖化的情形，而且蔓延到 p、p^{h}，「皮」、「比」、「屁」字為止攝字，「閉」字為蟹攝字，符合金壇西崗鎮話的演變情形。關於這樣的音韻創新，值得未來再行探討。

次			tsʰɿ5			tsʰɿ5
四			sɿ5	sɿ5	sɿ5	sɿ5
死	sɿ3	sɿ3	sɿ3	sɿ3	sɿ3	sɿ3
指			tsɿ3	tsɿ3	tsɿ3	tsɿ3
師 / 獅		sɿ1	sɿ1	sɿ1	sɿ1	sɿ1
屎			sɿ3			sɿ3
子	tsɿ3		tsɿ3	tsɿ3	tsɿ3	tsɿ3
字文	tsɿ5	tsɿ5	tsɿ5	tsɿ5	tsɿ5	tsɿ5
絲			sɿ1	sɿ1	sɿ1	sɿ1
痔	tsɿ5		tsɿ5			tsɿ5
柿			sɿ5	sɿ5	sɿ1 / sɿ5	sɿ5
事文			sɿ5	sɿ5	sɿ5	sɿ5
使			sɿ3	sɿ3	sɿ3	sɿ3
齒			tsʰɿ3			tsʰɿ3
市			sɿ5	sɿ5	sɿ5	sɿ5
試			sɿ5	sɿ5	sɿ5	sɿ5
時			sɿ2	sɿ2	sɿ2	sɿ2

以上同源詞說明如下：

排除上述情形以後，從六種語料的同源詞來看，可見所有的韻母皆讀為ɿ，顯示語言都沒有差異，故此擬測為*ɿ。

3.2.2.1.14　*ɔ

請看以下同源詞表：

表 61　*ɔ同源詞表

例　字	蘇 1993	鮑 1998	蔡 2011	江 2015 老年	江 2015 青年	田野 2022
毛	mɔ2	mɔ2	mɔ2	mɔ2	mɔ2	mə2
抱文		pɔ5	pɔ5	pɔ5		pə5
抱白		pʰɔ1	pʰɔ1	pʰɔ1	pʰɔ1	
報	pɔ5		pɔ5			pə5
刀	tɔ1	tɔ1	tɔ1	tɔ1	tɔ1	tə1
桃	tʰɔ2	tʰɔ2	tʰɔ2	tʰɔ2	tʰɔ2	tʰə2

倒		tɔ5	tɔ5			tə5
老	lɔ3	lɔ3	lɔ3	lɔ3	lɔ3	lə3
腦	nɔ3	nɔ3	nɔ3			nə3
早	tsɔ2		tsɔ3	tsɔ3	tsɔ3	tsə3
棗			tsɔ3			tsə3
草	tsʰɔ3	tsʰɔ3	tsʰɔ3	tsʰɔ3	tsʰɔ3	tsʰə3
嫂	sɔ3		sɔ3	sɔ3	sɔ3	sə3
掃			sɔ3			sə3
高	kɔ1		kɔ1	kɔ1	kɔ1	kə1
考	kʰɔ3		kʰɔ3			kʰə3
好	xɔ3		xɔ3	xɔ3	xɔ3	xə3
號文			xɔ5	xɔ5	xɔ5	xə5
包	pɔ1		pɔ1	pɔ1	pɔ1	pə1
飽			pɔ3	pɔ3	pɔ3	pə3
跑白	pʰɔ2		pʰɔ2			
跑文			pʰɔ3			pʰə3
炮	pʰɔ5		pʰɔ5	pʰɔ5	pʰɔ5	pʰə5
貓			mɔ2	mɔ2	mɔ2	mə2
罩			tsɔ5	tsɔ5	tsɔ5	tsə5
鬧	nɔ5		nɔ5	nɔ5	nɔ5	nə5
找				tsɔ3	tsɔ3	tsə5
炒／吵			tsʰɔ3			tsʰə3
抄			tsʰɔ1	tsʰɔ1	tsʰɔ1	tsʰə1
教			kɔ1			tɕiə1
敲白	kʰɔ1	kʰɔ1	kʰɔ1	kʰɔ1	kʰɔ1	kʰə1
咬	ɔ3	ɔ3	ŋɔ3			iə3
超			tsʰɔ1			tsʰə1
趙						tsə5
照		tsɔ5	tsɔ5	tsɔ5	tsɔ5	tsə5
招		tsɔ1	tsɔ1			tsə1
燒		sɔ1	sɔ1	sɔ1	sɔ1	sə1
少			sɔ3			sə3

以上同源詞說明如下：

（1）「教」字在六種語料中分別有記為ɔ韻母、iə 韻母之別。從方向性觀點而言，iə 韻母係因ɔ韻母元音高化且增生 i 介音而來。

（2）「咬」字在六種語料中分別有記為ɔ韻母、iə 韻母之別。本論文認為，田野 2022 之 i 介音係為 ŋ 聲母脫落的殘留。

排除上述情形以後，從六種語料的同源詞來看，可見蘇 1993、鮑 1998、蔡 2011、江 2015 的韻母皆讀為ɔ，田野 2022 則讀為 ə，若以多數決而言，應當擬測為*ɔ，爾後發生元音高化而發展為 ə。

3.2.2.1.15　*iɔ

請看以下同源詞表：

表 62　*iɔ同源詞表

例　字	蘇 1993	鮑 1998	蔡 2011	江 2015 老年	江 2015 青年	田野 2022
巧	tɕ^{h}iɔ3	tɕ^{h}iɔ3	tɕ^{h}iɔ3			tɕ^{h}iə3
孝	ɕiɔ5		ɕiɔ5	ɕiɔ5	ɕiɔ5	ɕiə5
校			ɕiɔ5	ɕiɔ5	ɕiɔ5	ɕiə5
表	piɔ3		piɔ3			piə3
秒			miɔ3			miə3
廟文	miɔ5	miɔ5	miɔ5	miɔ5		
廟白					miɔ1	miə1
交	tɕiɔ1		tɕiɔ1	tɕiɔ1	tɕiɔ1	tɕiə1
小	ɕiɔ3		ɕiɔ3	ɕiɔ3	ɕiɔ3	ɕiə3
笑			ɕiɔ5	ɕiɔ5	ɕiɔ5	ɕiə5
橋			tɕ^{h}iɔ2	tɕ^{h}iɔ2	tɕ^{h}iɔ2	tɕ^{h}iə2
轎文	tɕiɔ5		tɕiɔ5	tɕiɔ5	tɕiɔ5	tɕiə5
腰			iɔ1	iɔ1	iɔ1	iə1
搖	iɔ2		iɔ2	iɔ2	iɔ2	iə2
釣			tiɔ5	tiɔ5	tiɔ5	tiə5
條	t^{h}iɔ2	t^{h}iɔ2	t^{h}iɔ2	t^{h}iɔ2	t^{h}iɔ2	t^{h}iə2
跳	t^{h}iɔ5		t^{h}iɔ5			t^{h}iə5
鳥	niɔ3	niɔ3	niɔ3			niə3

尿白	niɔ1		niɔ1			niə1
了	liɔ3		liɔ3			liə3
料文	liɔ5	liɔ5	liɔ5	liɔ5	liɔ5	liə5
廖			liɔ5			liə5
蕭			ɕiɔ1	ɕiɔ1	ɕiɔ1	ɕiə1
叫文		tɕiɔ5	tɕiɔ5	tɕiɔ5	tɕiɔ5	tɕiə5
敲文			tɕ^{h}iɔ1	tɕ^{h}iɔ1	tɕ^{h}iɔ1	tɕ^{h}iə1

以上同源詞說明如下：

從六種語料的同源詞來看，可見蘇 1993、鮑 1998、蔡 2011、江 2015 的韻母皆讀為 iɔ，田野 2022 則讀為 iə，若以多數決而言，應當擬測為*iɔ，爾後發生元音高化而發展為 iə。

3.2.2.1.16　*ɤɯ

請看以下同源詞表：

表 63　*ɤɯ同源詞表

例　字	蘇 1993	鮑 1998	蔡 2011	江 2015 老年	江 2015 青年	田野 2022
偷	t^{h}ɤɯ1		t^{h}ɯ1	t^{h}ɯ1	t^{h}ɯ1	t^{h}ɯ1
頭	t^{h}ɤɯ2		t^{h}ɯ2	t^{h}ɯ2	t^{h}ɯ2	t^{h}ɯ2
豆文	tɤɯ5		tɯ5	tɯ5	tɯ5	tɯ5
樓	lɤɯ2		lɯ2	lɯ2	lɯ2	lɯ2
漏白	lɤɯ1	lɤɯ1	lɯ1			lɯ1
漏文		lɤɯ5	lɯ5			
走	tsɤɯ3	tsɤɯ3	tsɯ3	tsɯ3	tsɯ3	tsɯ3
勾	kɤɯ1		kɯ1			kɯ1
狗	kɤɯ3		kɯ3	kɯ3	kɯ3	kɯ3
夠	kɤɯ5		kɯ5	kɯ5	kɯ5	kɯ5
口	k^{h}ɤɯ3	k^{h}ɤɯ3	k^{h}ɯ3	k^{h}ɯ3	k^{h}ɯ3	k^{h}ɯ3
猴			xɯ2			xɯ2
後／后文	xɤɯ5		xɯ5	xɯ5	xɯ5	xɯ5
厚白		xɤɯ1	xɯ1	xɯ1	xɯ1	xɯ1
厚文		xɤɯ5	xɯ5			

抽	tsʰɤɯ1	tsʰɤɯ1	tsʰɯ1	tsʰɯ1	tsʰɯ1	tsʰɯ1
周	tsɤɯ1		tsɯ1			tsɯ1
丑	tsʰɤɯ3	tsʰɤɯ3	tsʰɯ3			tsʰɯ3
手	sɤɯ3		sɯ3	sɯ3	sɯ3	sɯ3
臭			tsʰɯ5	tsʰɯ5	tsʰɯ5	tsʰɯ5
牛文	ɤɯ2	ɤɯ2	ŋɯ2			

以上同源詞說明如下：

從六種語料的同源詞來看，可見蘇 1993、鮑 1998 的韻母讀音為ɤɯ，蔡 2011、江 2015、田野 2022 的韻母讀音為ɯ。若以方向性觀點而言，筆者傾向將漢語韻母音節的所有部分（即介音、主要元音、韻尾）進行擬測，故此，擬測為*ɤɯ，爾後才會發生濁軟腭擦音ɤ脫落，進而產生ɯ韻母。

3.2.2.1.17　*iɤɯ

請看以下同源詞表：

表 64　*iɤɯ同源詞表

例　字	蘇 1993	鮑 1998	蔡 2011	江 2015 老年	江 2015 青年	田野 2022
劉／流	liɤɯ2		liɯ2	liɯ2	liɯ2	liɯ2
柳	liɤɯ3	liɤɯ3	liɯ3			liɯ3
酒	tɕiɤɯ3	tɕiɤɯ3	tɕiɯ3	tɕiɯ3	tɕiɯ3	tɕiu3
秋	tɕʰiɤɯ1	tɕʰiɤɯ1	tɕʰiɯ1			tɕʰiu1
九		tɕiɤɯ3	tɕiɯ3	tɕiɯ3	tɕiɯ3	tɕiu3
舅文			tɕiɯ5	tɕiɯ5	tɕiɯ5	tɕiu5
牛白	niɤɯ2		ŋiɯ2	niɯ2	niɯ2	niu2
優	iɤɯ1		iɯ1	iɯ1	iɯ1	iu1
油／游	iɤɯ2		iɯ2	iɯ2	iɯ2	iu2
有			iɯ3	iɯ3	iɯ3	iu3
右	iɤɯ5		iɯ5	iɯ5	iɯ5	iu5
丟	tiɤɯ1		tiɯ1	tiɯ1	tiɯ1	tiu1

以上同源詞說明如下：

從六種語料的同源詞來看，可見蘇 1993、鮑 1998 的韻母讀音為 iɤɯ，蔡

2011、江 2015、田野 2022 的韻母讀音為 iɯ或 iu。若以方向性觀點而言，筆者傾向將漢語韻母音節的所有部分（即介音、主要元音、韻尾）進行擬測，故此，擬測為*iɤɯ，爾後才會發生濁軟腭擦音ɤ脫落，進而產生 iɯ韻母。至於田野 2022，或因為 i 介音的舌位牽引，促使主要元音ɯ圓唇化為 u，進而變成 iu 韻母。

3.2.2.2 原始鹽城方言的陽聲韻擬測

以下進行原始鹽城方言的陽聲韻擬測。

3.2.2.2.1 *iĩ

請看以下同源詞表：

表 65 *iĩ同源詞表

例　字	蘇 1993	鮑 1998	蔡 2011	江 2015 老年	江 2015 青年	田野 2022
寫		ɕiĩ3	ɕi3	ɕiɪ3	ɕiɪ3	ɕi3
謝	ɕiĩ5	ɕiĩ5	ɕɪ5	ɕiɪ5	ɕiɪ5	ɕi5
車	ts^{h}ĩ1	ts^{h}ĩ1	ts^{h}ɪ1	ts^{h}iɪ1	ts^{h}iɪ1	tɕ^{h}i1
蛇	sa2 / sɪ2	sĩ2	sɪ2	siɪ2	siɪ2	si2
射			sɪ5	siɪ5	siɪ5	si5
社		sĩ5	sɪ5			si5
貝			pɪ5	piɪ5	piɪ5	pi3
杯	pĩ1		pɪ1	piɪ1	piɪ1	pi1
背			pɪ5	piɪ5	piɪ5	pi5
陪 / 賠	p^{h}ĩ2		p^{h}ɪ2	p^{h}iɪ2	p^{h}iɪ2	p^{h}i2
煤			me2	miɪ2	miɪ2	mi2
妹	mĩ5	mĩ5	mɪ5	miɪ5	miɪ5	mi5
推			t^{h}ɪ1			t^{h}i1
腿	t^{h}ĩ3	t^{h}ĩ3	t^{h}ɪ3			t^{h}i3
對	tĩ5		tɪ5	tiɪ5	tiɪ5	tə5
肺			fɪ5	fiɪ5	fiɪ5	fi5
廢	fĩ5		fɪ5			fi5
被			pɪ5	piɪ5	piɪ5	pi5

美			mɪ3			mi3
你	ni3	nɪ3	nɪ3			ni3
累			lɪ3			li3
淚		lɪ5	lɪ5			li5
飛	fĩ1	fĩ1	fɪ1	fiɪ1	fiɪ1	fi1
肥	fĩ2	fĩ2	fɪ2	fiɪ2	fiɪ2	fi2
黏			nɪ2	niɪ2	niɪ2	li2
尖	tɕiĩ1		tɕɪ1	tɕiɪ1	tɕiɪ1	tɕi1
閃		sĩ3	sɪ3			ɕie3
染		lĩ3	lɪ3	liɪ3	liɪ3	lie3
鉗			tɕʰɪ2	tɕʰiɪ2	tɕʰiɪ2	tɕʰi2
淹			ɪ1			i1
臉	lĩ3		lɪ3			li3
鹽				iɪ2	iɪ2	i2
劍		tɕiĩ5	tɕɪ5	tɕiɪ5	tɕiɪ5	tɕi5
嚴		iĩ2	ɪ2	iɪ2	iɪ2	i2
甜			tʰɪ2	tʰiɪ2	tʰiɪ2	tʰi2
點	tĩ3		tɪ3			ti3
店			tɪ5	tiɪ5	tiɪ5	ti5
念白			nɪ1		niɪ1	
念文		nĩ5	nɪ5	niɪ5		ni5
嫌			ɕɪ2	ɕiɪ2	ɕiɪ2	ɕi2
棉		mĩ2		miɪ2	miɪ2	mi2
變		pĩ5	pɪ5			pi5
連		lĩ2	lɪ2	liɪ2	liɪ2	li2
剪		tɕiĩ3		tɕiɪ3	tɕiɪ3	tɕi3
淺	tɕʰiĩ3		tɕʰɪ3	tɕʰiɪ3	tɕʰiɪ3	tɕʰie3
癬			ɕyo3			ɕi3
錢			tɕʰɪ2	tɕʰiɪ2	tɕʰiɪ2	tɕʰi2
線		ɕiĩ5	ɕɪ5	ɕiɪ5	ɕiɪ5	ɕi5
扇		sĩ5	sɪ5	siɪ5	siɪ5	sie5
件			tɕɪ5	tɕiɪ5	tɕiɪ5	tɕi5

演	iĩ3		ɪ3			i1
箭			tɕɪ5			tɕi5
片		pʰĩ5	pʰɪ5	pʰiɪ5	pʰiɪ5	pʰi5
面文			mɪ5	miɪ5		
面白	mĩ1		mɪ1	miɪ1	miɪ1	mi1
扁	pĩ3		pɪ3			pi3
天	tʰĩ1	tʰĩ1	tʰɪ1	tʰiɪ1	tʰiɪ1	tʰi1
田	tʰĩ2		tʰɪ2	tʰiɪ2	tʰiɪ2	tʰi2
年	nĩ2	nĩ2	nɪ2	niɪ2	niɪ2	ni2
千			tɕʰɪ1			tɕʰi1
前	tɕʰiĩ2		tɕʰɪ2	tɕʰiɪ2	tɕʰiɪ2	tɕʰi2
先		ɕiĩ1	ɕɪ1	ɕiɪ1	ɕiɪ1	ɕi1
肩			tɕɪ1	tɕiɪ1	tɕiɪ1	tɕi1
見		tɕiĩ5	tɕɪ5	tɕiɪ5	tɕiɪ5	tɕi5
烟	iĩ1		ɪ1	iɪ1	iɪ1	i1
燕姓			ɪ1			i1
燕~子		iĩ5	ɪ5			
建			tɕɪ5	tɕiɪ5	tɕiɪ5	tɕi5
邊			pɪ1			pi1
縣		ɕiĩ5	ɕɪ5	ɕiɪ5	ɕiɪ5	ɕi5

以上同源詞說明如下：

（1）從上表可以發現，蘇 1993 及鮑 1998 的所有語音都發生鼻化（nasalization）〔註 15〕，筆者以為，這是因為中古山攝字的陽聲韻尾弱化，而與中古果攝字合併時，中古山攝字所預留的鼻音影響到合併的中古果攝字。故此，也可以說，蔡 2011、江 2015、田野 2022 是因為中古果攝字本身是陰聲韻，即沒有陽聲韻尾的字，而與中古山攝字合併時，中古山攝字所預留的鼻音發生去鼻化，而沒有鼻音的保留。但是，在尊重比較方法的原則之下，應當一同處理，而非透過中古音的框架而將其分離。林鴻瑞（2019）曾針對此一議題進行探討，林文發現其須分析為兩階段：階段一，假、蟹、止攝的某

〔註 15〕何大安（1991：88）認為，語音史中「元音鼻化」可視為一種抵補現象：一個音段儘管丟失，但其重要語音特徵卻保留，並移轉至其他鄰近的音段上。《切韻》、《廣韻》中的三個鼻音韻尾，在現代方言中因為丟失，而使得主要元音發生「鼻化」。

些字先合流為ɪ，果、遇、流攝的某些字先合流為 o；階段二，ɪ與 o 由於語音相近，再進一步分別與鼻化的陽聲韻 ĩ與 õ 合流。筆者相信林文所言。

（2）「對」字在六種語料中分別有記為ɪ韻母、iɪ韻母、ə 韻母。筆者推測，這是發音人個人的發音認知所致，本論文暫且不將此發音納入考量。

（3）「閃」、「染」、「淺」、「扇」字在六種語料中分別有記為 ĩ 韻母、ɪ韻母、iɪ韻母、ie 韻母。筆者推測，這是發音人個人的發音認知所致，本論文暫且不將此發音納入考量。

（4）「媒」字在六種語料中分別有記為 e 韻母、iɪ韻母、i 韻母。筆者推測，蔡 2011 的 me2 恐因北京官話影響而所產生的讀音，本論文暫且不將此發音納入考量。

（5）「癬」字在六種語料中分別有記為 yo 韻母、i 韻母。筆者推測，蔡 2011 的ɕyo3 恐因發音人個人發音認知所致，本論文暫且不將此發音納入考量。

排除上述情形以後，從六種語料的同源詞來看，可見蘇 1993、鮑 1998 韻母讀為 iĩ，江 2015 的韻母讀為 iɪ，蔡 2011 的韻母讀為ɪ或 i，田野 2022 的韻母讀為 i，以方向性觀點而言，應當將這些同源詞的韻母擬測為*iĩ，爾後才會發生去鼻化產生 iɪ，再發生合音（fusion）而產生ɪ或 i。

3.2.2.2.2　*æ̃

請看以下同源詞表：

表 66　*æ̃同源詞表

例　字	蘇 1993	鮑 1998	蔡 2011	江 2015 老年	江 2015 青年	田野 2022
貪	tʰæ̃1	tʰæ̃1	tʰæ1	tʰɛ̃1	tʰɛ̃1	tʰiɛ1
南	næ̃2		næ2	nɛ̃2	nɛ̃2	niɛ2
男			næ2			niɛ2
蠶			tsʰæ2	tsʰɛ̃2	tsʰɛ̃2	tɕʰiɛ2
含		xæ̃2	xæ2	xɛ̃2	xɛ̃2	xiɛ2
暗		æ̃5	ŋæ5	ɛ̃5	ɛ̃5	iɛ5
膽	tæ̃3	tæ̃3	tæ3	tɛ̃3	tɛ̃3	tiɛ3
淡文		tæ̃5	tæ5	tɛ̃5		tiɛ5
淡白		tʰæ̃1	tʰæ1		tʰɛ̃1	

藍／籃	læ̃2	læ̃2	læ2	lɛ̃2	lɛ̃2	liɛ2
三	sæ̃1	sæ̃1	sæ1	sɛ̃1	sɛ̃1	ɕiɛ1
甘	kæ̃1		kæ1	kɛ̃1	kɛ̃1	kiɛ1
敢	kæ̃3	kæ̃3	kæ3	kɛ̃3	kɛ̃3	kiɛ3
喊	xæ̃3		xæ3	xɛ̃3	xɛ̃3	xiɛ3
站車~	tsæ̃5		tsæ5			tɕiɛ5
咸			xæ2	xɛ̃2	xɛ̃2	ɕiɛ2
犯			fæ5	fɛ̃5	fɛ̃5	fiɛ5
單			tæ1	tɛ̃1	tɛ̃1	tiɛ1
炭	t^hæ̃5		t^hæ5	t^hɛ̃5	t^hɛ̃5	t^hiɛ5
彈			t^hæ2	t^hɛ̃2	t^hɛ̃2	t^hiɛ2
蛋	tæ̃5	tæ̃5				tiɛ3
難文	næ̃5		næ5			
難白			næ2	nɛ̃2	nɛ̃2	niɛ2
爛白	læ̃1	læ̃1	læ1	lɛ̃1		liɛ1
爛文		læ̃5			lɛ̃5	
傘	sæ̃3	sæ̃3		sɛ̃3	sɛ̃3	siɛ3
散	sæ5		sæ5			siɛ5
肝				kɛ̃1	kɛ̃1	kiɛ1
看	k^hæ̃5		k^hæ5	k^hɛ̃5	k^hɛ̃5	k^hiɛ5
安		æ̃1		ɛ̃1	ɛ̃1	iɛ1
汗		xæ̃5	xæ5	xɛ̃5	xɛ̃5	xiɛ5
山			sæ1	sɛ̃1	sɛ̃1	ɕiɛ1
間白		kæ̃1	kæ1	kɛ̃1	kɛ̃1	
眼	æ̃3	æ̃3		ɛ̃3	ɛ̃3	iɛ3
閑白			xæ2			
板	pæ̃3		pæ3	pɛ̃3	pɛ̃3	piɛ3
慢文		mæ̃5	mæ5	mɛ̃5		
慢白	mæ̃1	mæ̃1			mɛ̃1	miɛ1
顏	æ̃2	æ̃2	ŋæ2	ɛ̃2	ɛ̃2	iɛ2
雁			ŋæ1			i5
反	fæ̃3	fæ̃53	fæ3	fɛ̃3	fɛ̃3	fiɛ3

翻	fæ̃1		fæ1	fɛ̃1	fɛ̃1	fiɛ1
飯文			fæ1	fɛ̃1	fɛ̃1	fiɛ1
飯白		fæ̃5				

以上同源詞說明如下：

（1）「雁」字在蔡 2011 讀音為 ŋæ1，田野 2022 讀音為 i5，從兩個音系來看，蔡 2011 保有 ŋ 聲母，田野 2022 聲母已經弱化至完全脫落；至於韻母，推測是先有 æ，而後來元音高化變成 i。

（2）「三」、「站車~」、「山」、「雁」字在六種語料的同源詞來看，蘇 1993、鮑 1998 的韻母讀音為 æ̃，蔡 2011 的韻母讀音為 æ，江 2015 的韻母讀音為ɛ̃，田野 2022 的韻母讀音為 iɛ。從方向性觀點而言，應當將這些同源詞的韻母擬測為*æ̃，爾後有兩條演變路徑：一是*æ̃ 發生去鼻化而產生 æ；二是主要元音 æ̃ 元音高化為ɛ̃，往後發生去鼻化而產生ɛ。爾後因為韻母 i 介音增生，而促使聲母發生顎化，韻母因而演變為 iɛ。

（3）「咸」字在六種語料的同源詞來看，蔡 2011 的韻母讀音為 æ，江 2015 的韻母讀音為ɛ̃，田野 2022 的韻母讀音為 iɛ。從方向性觀點而言，應當將這些同源詞的韻母擬測為*æ̃，爾後有兩條演變路徑：一是*æ̃ 發生去鼻化而產生 æ；二是主要元音 æ̃ 元音高化為ɛ̃，往後發生去鼻化而產生ɛ。爾後因為韻母 i 介音增生，而促使聲母發生顎化而產生ɕ，韻母因而演變為 iɛ。

排除上述情形以後，從六種語料的同源詞來看，可見蘇 1993、鮑 1998 的韻母讀音為 æ̃，蔡 2011 的韻母讀音為 æ，江 2015 的韻母讀音為ɛ̃，田野 2022 的韻母讀音為 iɛ。若以方向性觀點而言，筆者傾向將漢語韻母音節的所有部分（即介音、主要元音、韻尾）進行擬測，但六種語料之中，已經沒有明顯的鼻音韻尾，但有鼻化成分，應當將這些同源詞的韻母擬測為*æ̃，爾後有兩條演變路徑：一是*æ̃ 發生去鼻化而產生 æ；二是主要元音 æ̃ 元音高化為ɛ̃，往後發生去鼻化而產生ɛ，甚至是有 i 介音的增生。於外，對於本組 i 介音增生的原因，需要進一步廓清，本論文暫不相涉。

3.2.2.2.3　*iæ̃

請看以下同源詞表：

表 67　*iæ̃ 同源詞表

例　字	蘇 1993	鮑 1998	蔡 2011	江 2015 老年	江 2015 青年	田野 2022
減		tɕiæ̃3	tɕiæ3	tɕiɛ̃3	tɕiɛ̃3	tɕiɛ3
監文			tɕiæ5	tɕiɛ̃5		
監白			tɕiæ1		tɕiɛ̃1	tɕiɛ1
閑文	ɕiæ̃2		ɕiæ2			ɕiɛ2
間文		tɕiæ̃1	tɕiæ1			tɕiɛ1

以上同源詞說明如下：

從六種語料的同源詞來看，可見鮑 1998 的韻母讀音為 iæ̃，蔡 2011 的韻母讀音為 iæ，江 2015 的韻母讀音為 iɛ̃，田野 2022 的韻母讀音為 iɛ。若以方向性觀點而言，筆者傾向將漢語韻母音節的所有部分（即介音、主要元音、韻尾）進行擬測，但六種語料之中，已經沒有明顯的鼻音韻尾，但有鼻化成分，應當將這些同源詞的韻母擬測為*iæ̃，爾後有兩條演變路徑：一是*iæ̃ 的主要元音 æ̃ 高化為ɛ̃而形成 iɛ̃，往後發生去鼻化而產生 iɛ；二是*iæ̃ 發生去鼻化而產生 iæ。

3.2.2.2.4　*uæ̃

請看以下同源詞表：

表 68　*uæ̃ 同源詞表

例　字	蘇 1993	鮑 1998	蔡 2011	江 2015 老年	江 2015 年青年	田野 2022
關		kuæ̃1	kuæ1	kuɛ̃1	kuɛ̃1	kuɛ1
還	xuæ̃2	xuæ̃2	xuæ2			xuɛ5
彎	uæ̃1		væ1	uɛ̃1	uɛ̃1	uɛ1
萬文	uæ̃5	uæ̃5	væ5	uɛ̃5	uɛ̃5	viɛ5
晚	uæ̃3		væ3	uɛ̃3	uɛ̃3	viɛ3

以上同源詞說明如下：

（1）「彎」、「晚」、「萬文」字在六種語料的同源詞來看，配合聲母的擬測，蔡 2011、田野 2022 有聲母 v 的讀音，而在其他的語料中，則有介音 u。若以聲母的討論而言，這些同源詞的聲母擬測為*Ø，韻母應擬測為*uɛ，爾後才會發生介音 u 轉變為聲母 v，甚至是有 i 介音的增生。

排除上述情形以後，從六種語料的同源詞來看，可見蘇 1993、鮑 1998 的韻母讀音為 uæ̃，蔡 2011 的韻母讀音為 uæ，江 2015 的韻母讀音為 uɛ̃，田野 2022 的韻母讀音為 uɛ。若以方向性觀點而言，筆者傾向將漢語韻母音節的所有部分（即介音、主要元音、韻尾）進行擬測，但六種語料之中，已經沒有明顯的鼻音韻尾，但有鼻化成分，應當將這些同源詞的韻母擬測為*uæ̃，爾後有兩條演變路徑：一是*uæ̃ 的主要元音 æ̃ 元音高化為ɛ̃而形成 uɛ̃，往後發生去鼻化而產生 uɛ；二是*uæ̃ 發生去鼻化而產生 uæ。

3.2.2.2.5　*õ

請看以下同源詞表：

表 69　*õ 同源詞表

例　字	蘇 1993	鮑 1998	蔡 2011	江 2015 老年	江 2015 青年	田野 2022
多	tõ1	tõ1	to1	tʊ1	tʊ1	to1
羅／鑼	lõ2	lõ2	lo2	lʊ2	lʊ2	lɔu2
左	tsõ3	tsõ3	tso3	tsʊ3	tsʊ3	tsɔu3
個		kõ5	ko5	kɯ5	kɯ5	kə5
歌／哥	kõ1	kõ1	ko1	kʊ1	kʊ1	ku1
鵝	õ2	õ2	o2	ʊ2	ʊ2	ə2
可	kʰõ3	kʰõ3	kʰo3	kʰʊ3	kʰʊ3	kʰɔu3
何／河	xõ2	xõ2	xo2	xʊ2	xʊ2	xɔ2
餓		õ5	ŋo1	ʊ1	ʊ1	ə1
破			pʰo5	pʰʊ5	pʰʊ5	pʰu5
婆	pʰõ2	pʰõ2	pʰo2	pʰʊ2	pʰʊ2	pʰu2
磨	mõ1	mõ2	mo2	mʊ2	mʊ2	mu2
躲	tõ3		to3	tʊ3	tʊ3	tɔ3
螺文			lo1	lʊ1	lʊ1	
螺白						lɔu5
坐文	tsõ5	tsõ5	tso5	tsʊ5		tsɔ5
坐白			tsʰo1		tsʰʊ1	
鎖	sõ3		so3	sʊ3	sʊ3	sɔu3
鍋			ko1			kɔu1

果	kõ3		ko3	kʊ3	kʊ3	kɔu3
過			ko5	kʊ5	kʊ5	kɔu5
火	xõ3		xo3	xʊ3	xʊ3	xɔu3
窩	õ1	õ1	o1			ɔu1
奴	nõ2		no2	nʊ2	nʊ2	nɔu2
塊				k^{h}ʊ5	k^{h}ʊ5	k^{h}ue3
轉			tso5	tsʊ5	tsʊ5	tsu5
專／磚	tsõ1		tso1	tsʊ1	tsʊ1	tsu1
穿			ts^{h}o1			tɕ^{h}y1
船	ts^{h}õ2	ts^{h}õ2		ts^{h}ʊ2	ts^{h}ʊ2	tɕ^{h}y2
串			ts^{h}o5			ts^{h}u5
軟	lõ3	lõ3	lo3	lʊ3	lʊ3	lu3
母			mo3	mʊ3	mʊ3	mu3
半	põ5	põ5	po5	pʊ5	pʊ5	pu5
盤		p^{h}õ2	p^{h}o2	p^{h}ʊ2	p^{h}ʊ2	p^{h}u2
短		tõ3	to3	tʊ3	tʊ3	tu3
團	t^{h}õ2		t^{h}o2			t^{h}u2
斷文	tõ5		to5	tʊ5	tʊ5	tu5
亂白			lo1	lʊ1	lʊ1	lu1
亂文		lõ5	lo5			
酸	sõ1	sõ1	so1	sʊ1	sʊ1	su1
算	sõ5		so5	sʊ5	sʊ5	su5
蒜			so5			su5
官			ko1	kʊ1	kʊ1	ku1
寬		k^{h}õ1	k^{h}o1	k^{h}ʊ1	k^{h}ʊ1	k^{h}u1
管／館			ko3			ku3
碗	õ3	õ3	o3	ʊ3	ʊ3	u3
歡	xõ1		xo1			xu1
換文		xõ5	xo5	xʊ5		
換白			xo1		xʊ1	xu1
罐			ko5			ku5
灌			ko5			ku5

以上同源詞說明如下：

（1）從上表可以發現，蘇 1993 及鮑 1998 的所有語音都發生鼻化，筆者以為，這是因為中古山攝字的陽聲韻尾弱化，而與中古果攝字合併時，中古山攝字所預留的鼻音影響到合併的中古果攝字。故此，也可以說，蔡 2011、江 2015、田野 2022 是因為中古果攝字本身是陰聲韻，即沒有陽聲韻尾的字，而與中古山攝字合併時，中古山攝字所預留的鼻音發生去鼻化，而沒有鼻音的保留。但是，在尊重比較方法的原則之下，應當一同處理，而非透過中古音的框架而將其分離。林鴻瑞（2019）曾針對此一議題進行探討，林文發現其須分析為兩階段：階段一，假、蟹、止攝的某些字先合流為 ɪ，果、遇、流攝的某些字先合流為 o；階段二，ɪ 與 o 由於語音相近，再進一步分別與鼻化的陽聲韻 ĩ 與 õ 合流。筆者相信林文所言。

（2）「塊」字在六種語料的同源詞來看，蘇 1993、鮑 1998 的韻母讀音為 õ，蔡 2011 的韻母讀音為 o，江 2015 的韻母讀音為ʊ，田野 2022 的韻母則記為 ue，筆者以為，根據所錄之音，發音人不只存在 u 音，更有清楚的韻尾-e。這個韻尾-e 應當是後起的，與蟹攝合口一、二等相混。

（3）「羅／鑼」、「左」、「可」、「窩」、「鎖」、「鍋」、「果」、「過」、「火」、「奴」、「螺白」字在六種語料的同源詞來看，蘇 1993、鮑 1998 的韻母讀音為 õ，蔡 2011 的韻母讀音為 o，江 2015 的韻母讀音為ʊ，田野 2022 的韻母則記為ɔu，筆者以為，根據所錄之音，發音人不只存在 u 音，更有清楚的ɔ音，這個複合元音ɔu 應當是過渡時期，往後應當會單元音化而僅剩 u。

（4）「穿」、「船」字在六種語料的同源詞來看，蘇 1993、鮑 1998 的韻母讀音為 õ，蔡 2011 的韻母讀音為 o，江 2015 的韻母讀音為ɯ，田野 2022 的韻母則記為 y，筆者以為，六種語料中分別有記為 ts^h聲母及 $tɕ^h$聲母之別。從方向性觀點而言，應先有 ts^h聲母，這些同源詞的韻母擬測為*õ，爾後去鼻化為 o，再發生元音高化產生ʊ和 u，接著，因為韻母 i 介音增生，韻母發生 u>y，促使聲母發生顎化而產生 $tɕ^h$聲母。

（4）「鵝」、「個」、「餓」字在六種語料的同源詞來看，鮑 1998 的韻母讀音為 õ，蔡 2011 的韻母讀音為 o，江 2015 的韻母讀音為ɯ，田野 2022 的韻母則記為 ə，筆者以為，根據所錄之音，發音人清楚發音央中元音 ə，這個 ə 應當是受到北京官話影響所致。

（6）「何／河」、「躲」、「坐文」字在六種語料的同源詞來看，蘇 1993、鮑 1998 的韻母讀音為 õ，蔡 2011 的韻母讀音為 o，江 2015 的韻母讀音為ʊ，田野 2022 的韻母則記為ɔ，筆者以為，根據所錄之音，有清楚的ɔ音，此應當是複合元音ɔu 韻尾脫落、單元音化而僅剩ɔ。

排除上述情形以後，從六種語料的同源詞來看，可見蘇 1993、鮑 1998 的韻母讀音為 õ，尚存在鼻化音，蔡 2011 的韻母讀音為 o，已不存在鼻化音，江 2015 的韻母讀音為ʊ，田野 2022 的韻母讀音為 u。若以方向性觀點而言，筆者傾向將漢語韻母音節的所有部分（即介音、主要元音、韻尾）進行擬測，但六種語料之中，已經沒有明顯的鼻音韻尾，但有鼻化成分，應當將這些同源詞的韻母擬測為*õ，爾後去鼻化為 o，再發生元音高化產生ʊ和 u。

3.2.2.2.6 *yõ

請看以下同源詞表：

表 70 *yõ 同源詞表

例　字	蘇 1993	鮑 1998	蔡 2011	江 2015 老年	江 2015 青年	田野 2022
全		tɕʰyõ2	tɕʰyo2	tɕʰyʊ2	tɕʰyʊ2	tɕʰiu2
選	ɕyõ3	ɕyõ3	ɕyo3	ɕyʊ3	ɕyʊ3	ɕiu3
卷	tɕyõ3		tɕyo3	tɕyʊ3	tɕyʊ3	tɕiu3
拳		tɕʰyõ2	tɕʰyo2			tɕʰiu2
圓	yõ2	yõ2	yo2	yʊ2	yʊ2	iu2
院文	yõ5		yo5			
院白						iu1
捐			tɕyo1			tɕiu1
勸	tɕʰyõ5	tɕʰyõ5	tɕʰyo5	tɕʰyʊ5	tɕʰyʊ5	tɕʰiu5
元		yõ2	yo2			iu2
遠	yõ3	yõ3	yo3	yʊ3	yʊ3	iu3
園			yo2	yʊ2	yʊ2	iu2
冤	yõ1		yo1	yʊ1	yʊ1	iu1
怨／願			yo1			iu1

以上同源詞說明如下：

從六種語料的同源詞來看，可見蘇 1993、鮑 1998 的韻母讀音為 yõ，尚存在鼻化音，蔡 2011 的韻母讀音為 yo，已不存在鼻化音，江 2015 的韻母讀音為 yʊ，田野 2022 的韻母讀音為 iu。若以方向性觀點而言，筆者傾向將漢語韻母音節的所有部分（即介音、主要元音、韻尾）進行擬測，但六種語料之中，已經沒有明顯的鼻音韻尾，但有鼻化成分，應當將這些同源詞的韻母擬測為*yõ，爾後去鼻化為 yo，再發生元音高化產生 yʊ和 yu，而 yu 的介音 y 則從圓唇變為不圓唇的 i，進而產生 iu。

3.2.2.2.7　*in

請看以下同源詞表：

表 71　*in 同源詞表

例　字	蘇 1993	鮑 1998	蔡 2011	江 2015 老年	江 2015 青年	田野 2022
林	lin2	lin2	lin2	lin2	lin2	lin2
心		ɕin1	-	ɕin1	ɕin1	ɕin1
金／今文			tɕin1	tɕin1	tɕin1	tɕin1
琴			$tɕ^hin2$	$tɕ^hin2$	$tɕ^hin2$	$tɕ^hin2$
陰			in1			in1
貧		p^hin2	p^hin2	p^hin2	p^hin2	p^hin2
民	min2		min2	min2	min2	min2
鱗／鄰		lin2	lin1			lin2
進			tɕin5	tɕin5	tɕin5	tɕin5
新		ɕin1	ɕin1	ɕin1	ɕin1	ɕin1
信	ɕin5		ɕin5			ɕin5
巾			tɕin1			tɕin1
緊		tɕin3	tɕin3	tɕin3	tɕin3	tɕin3
銀	in2		in2	in2	in2	in2
斤			tɕin1			tɕin1
芹			$tɕ^hin2$			$tɕ^hin2$
近文	tɕin5	tɕin5	tɕin5	tɕin5	tɕin5	tɕin5
冰			pin1	pin1	pin1	pin1
蠅			in2	in2	in2	in2

鷹		in1	in1			in1
行			çin2	çin2	çin2	çin2
兵		pin1	pin1	pin1	pin1	pin1
平	p^{h}in2		p^{h}in2	p^{h}in2	p^{h}in2	p^{h}in2
病文	pin5		pin5	pin5		pin5
病白			p^{h}in1		p^{h}in1	
命文	min5		min5	min5	min5	min5
明			min2	min2	min2	min2
京			tçin1			tçin1
鏡			tçin5	tçin5	tçin5	tçin5
英			in1			in1
影			in3	in3	in3	in3
餅		pin3	pin3	pin3	pin3	pin3
名			min2	min2	min2	min2
岭／領	lin3		lin3	lin3	lin3	lin3
井			tçin3	tçin3	tçin3	tçin3
清			$tç^{h}$in1	$tç^{h}$in1	$tç^{h}$in1	$tç^{h}$in1
請	$tç^{h}$in3	$tç^{h}$in3	$tç^{h}$in3			$tç^{h}$in3
姓			çin5	çin5	çin5	çin5
輕		$tç^{h}$in1	$tç^{h}$in1	$tç^{h}$in1	$tç^{h}$in1	$tç^{h}$in1
贏			in2	in2	in2	in2
瓶				p^{h}in2	p^{h}in2	p^{h}in2
丁	tin1		tin1			tin1
釘			tin1			tin1
聽白	t^{h}in1		t^{h}in1			t^{h}in1
聽文			t^{h}in5	t^{h}in5	t^{h}in5	
廳			t^{h}in1	t^{h}in1	t^{h}in1	t^{h}in1
停			t^{h}in2	t^{h}in2	t^{h}in2	t^{h}in2
定	tin5		tin5	tin5	tin5	tin5
星	çin1	çin1	çin1	çin1	çin1	çin1
營		in2	in2	in2	in2	in2

以上同源詞說明如下：

從六種語料的同源詞來看，可見所有的韻母皆讀為 in，顯示語言都沒有差異，故此擬測為*in。

3.2.2.2.8 *ən

請看以下同源詞表：

表 72 *ən 同源詞表

例 字	蘇 1993	鮑 1998	蔡 2011	江 2015 老年	江 2015 青年	田野 2022
沈		ts^{h}ən2	ts^{h}ən2	ts^{h}ən2	ts^{h}ən2	ts^{h}ən2
深			sən1	sən1	sən1	sən1
針	tsən1		tsən1			tsən1
枕		tsən3	tsən3			tsən3
吞	t^{h}ən1	t^{h}ən1	t^{h}ən1	t^{h}ən1	t^{h}ən1	t^{h}ən1
根	kən1	kən1	kən1	kən1	kən1	kən1
根／跟	kən1	kən1	kən1	kən1	kən1	kən1
很	xən3		xən3			xən3
恨文	xən5	xən5	xən5	xən5	xən5	xən5
鎮	tsən5		tsən5	tsən5	tsən5	tsən5
陳	ts^{h}ən2		ts^{h}ən2	ts^{h}ən2	ts^{h}ən2	ts^{h}ən2
神			sən2	sən2	sən2	sən2
人		lən2	lən2	lən2	lən2	lən2
嫩白			nən1		nən1	
分	fən1		fən1	fən1	fən1	fən1
粉			fən3	fən3	fən3	fən3
燈			tən1	tən1	tən1	tən1
等	tən3	tən3	tən3	tən3	tən3	tən3
鄧			tən5			tən5
曾			tsən1			tsən1
層			ts^{h}ən2	ts^{h}ən2	ts^{h}ən2	ts^{h}ən2
蒸		tsən1	tsən1			tsən1
繩	sən2	sən2	sən2	sən2	sən2	sən2
剩		ts^{h}ən5	ts^{h}ən5	ts^{h}ən5	ts^{h}ən5	sən5
升		sən1	sən1	sən1	sən1	sən1
冷		lən3	lən3	lən3	lən3	lən3
生	sən1		sən1	sən1	sən1	sən1

更~改			kən1	kən1	kən1	kən1
更~加	kən5		kən5			
坑	k^{h}ən1		k^{h}ən1	k^{h}ən1	k^{h}ən1	k^{h}ən1
硬白		ən1	ŋən1			ən1
硬文	ən5	ən5		ən5	ən5	
爭		tsən1	tsən1	tsən1	tsən1	tsən1
耕		kən1	kən1	kən1	kən1	kən1
程			ts^{h}ən2	ts^{h}ən2	ts^{h}ən2	ts^{h}ən2
鄭		tsən5	tsən5			tsən5
正			tsən5	tsən5	tsən5	tsən5
聲		sən1	sən1	sən1	sən1	sən1
城			ts^{h}ən5			ts^{h}ən5
橫蠻~			xən2		xən2	xən2

以上同源詞說明如下：

從六種語料的同源詞來看，可見所有的韻母皆讀為 ən，顯示語言都沒有差異，故此擬測為*ən。

3.2.2.2.9 *uən

請看以下同源詞表：

表 73 *uən 同源詞表

例 字	蘇 1993	鮑 1998	蔡 2011	江 2015 老年	江 2015 青年	田野 2022
村			tɕ^{h}yən1	ts^{h}uən1	ts^{h}uən1	ts^{h}un1
寸	ts^{h}uən5	ts^{h}uən5	tɕ^{h}yən5	ts^{h}uən5	ts^{h}uən5	ts^{h}un5
孫	suən1	suən1	ɕyən1	suən1	suən1	sun1
準	tsuən3	tsuən3	tɕyən3	tsuən3	tsuən3	tʂun3
春		ts^{h}uən1	tɕ^{h}yən1	ts^{h}uən1	ts^{h}uən1	tʂ^{h}un1
滾	kuən3	kuən3	kuən3	kuən3	kuən3	kun3
婚			xuən1	xuən1	xuən1	xun1
筍			suən3	suən3	suən3	sun3
輪	lən2		lən2	lən2	lən2	lun2
潤／閏	lən5	luən5	lən5	luən5	lən5	lun5

本	pən3	pən3	pən3	pən3	pən3	pun3
盆	p^hən2		p^hən2	p^hən2	p^hən2	p^hun2
門	mən2	mən2	mən2	mən2	mən2	mun2
嫩文	nən5		nən5	nən5		lən2
溫	uən1	uən1	vən1	uən1	uən1	un1
文	uən2		vən2			vən2
問文	uən5	uən5	vən5	uən5	uən5	
問白			vən1			vən1

以上同源詞說明如下：

（1）「溫」、「文」、「問文」、「問白」字在六種語料的同源詞來看，配合聲母的擬測，蔡 2011、田野 2022 有聲母 v 的讀音，而在其他的語料中，則有介音 u。若以聲母的討論而言，這些同源詞的聲母擬測為*Ø，韻母應擬測為*uən，爾後才會發生介音 u 轉變為聲母 v。

（2）「村」、「寸」、「春」、「孫」、「準」字在六種語料中分別有記為 uən 韻母、yən 韻母、un 韻母之別。從方向性觀點而言，應先有 uən 韻母，爾後有兩條演變路徑：一是因為 ə 元音脫落而單元音化，故而讀為 un 韻母；二是因為韻母 i 介音增生，韻母發生 u＞y，促使聲母發生顎化，韻母亦隨之演變為 yən 韻母。

（3）「輪」、「潤／閏」字在六種語料中，可見蘇 1993、鮑 1998、江 2015 的韻母讀音為 ən，蔡 2011 的韻母讀音為 uən，田野 2022 的韻母讀音為 un。若以方向性觀點而言，筆者傾向將漢語韻母音節的所有部分（即介音、主要元音、韻尾）進行擬測，因此擬測為*uən。爾後有兩條演變路徑：一是因為 ə 元音脫落而單元音化，故而讀為 un 韻母；二是因為韻母 u 介音脫落而單元音化，故而讀為 ən 韻母。

（4）「本」、「盆」、「門」、「嫩文」字在六種語料的同源詞來看，配合聲母的擬測，蘇 1993、鮑 1998、蔡 2011、江 2015 的韻母讀音為 ən，田野 2022 的韻母讀音為 un。若以方向性觀點而言，筆者傾向將漢語韻母音節的所有部分（即介音、主要元音、韻尾）進行擬測，因此擬測為*uən。爾後有兩條演變路徑：一是因為 ə 元音脫落而單元音化，故而讀為 un 韻母；二是因為韻母 u 介音脫落而單元音化，故而讀為 ən 韻母。

排除上述情形以後，從六種語料的同源詞來看，田野 2022 的韻母讀音為 un，其餘多讀為 uən。以方向性觀點而言，筆者傾向將漢語韻母音節的所有部分（即介音、主要元音、韻尾）進行擬測，因此擬測為*uən。爾後又因為 ə 元音脫落而單元音化，故而讀為 un 韻母。

3.2.2.2.10　*yən

請看以下同源詞表：

表 74　*yən 同源詞表

例　字	蘇 1993	鮑 1998	蔡 2011	江 2015 老年	江 2015 青年	田野 2022
均			tɕyən1	tɕyn3	tɕyn3	tɕyn1
軍			tɕyən1	tɕyn1	tɕyn1	tɕyn1
裙 / 群	$tɕ^hyn2$	$tɕ^hyn2$	$tɕ^hyən2$	$tɕ^hyn2$	$tɕ^hyn2$	$tɕ^hyn2$
云	yn2	yn2	yən2	yn2	yn2	yn2

以上同源詞說明如下：

從六種語料的同源詞來看，可見蘇 1993、鮑 1998、江 2015、田野 2022 的韻母讀音為 yn，蔡 2011 的韻母讀音為 yən。若以方向性觀點而言，筆者傾向將漢語韻母音節的所有部分（即介音、主要元音、韻尾）進行擬測，故此，擬測為*yən，爾後才會發生主要元音 ə 脫落，進而產生 yn。

3.2.2.2.11　*ã

請看以下同源詞表：

表 75　*ã 同源詞表

例　字	蘇 1993	鮑 1998	蔡 2011	江 2015 老年	江 2015 青年	田野 2022
幫	pã1	pã1	pa1	pã1	pã1	pa1
忙	mã2	mã2	ma2	mã2	mã2	ma2
湯	$t^hã1$		t^ha1	$t^hã1$	$t^hã1$	t^ha1
糖			t^ha2	$t^hã2$	$t^hã2$	t^ha2
倉		$ts^hã1$	ts^ha1	$ts^hã1$	$ts^hã1$	ts^ha1
康	$k^hã1$		k^ha1			k^ha1
行銀~			xa2			xa2

張	tsã1		tsa1	tsã1	tsã5	tsa1
長 / 腸	ts^{h}ã2		ts^{h}a2	ts^{h}ã2	ts^{h}ã2	ts^{h}a2
唱			ts^{h}a5	ts^{h}ã5	ts^{h}ã5	ts^{h}a5
上文	sã5		sa5	sã5	sã5	
上白			sa1			sa1
讓文		lã5	la5			la5
讓白			la1			
方	fã1		fa1	fã1	fã1	fa1
放	fã5		fa5	fã5	fã5	fa5
房	fã2		fa2	fã2	fã2	fa2
胖	p^{h}ã5			p^{h}ã5	p^{h}ã5	p^{h}a5
港	kã3	kã3	ka3			ka3

以上同源詞說明如下：

從六種語料的同源詞來看，蘇 1993、鮑 1998、江 2015 的韻母讀音為 ã，尚存在鼻化音，蔡 2011、田野 2022 的韻母讀音為 a，已不存在鼻化音。故此，若以方向性觀點而言，應當將這些同源詞的韻母擬測為*ã，爾後才會去鼻化為 a。

3.2.2.2.12　*iã

請看以下同源詞表：

表 76　*iã 同源詞表

例　字	蘇 1993	鮑 1998	蔡 2011	江 2015 老年	江 2015 青年	田野 2022
兩		liã3	lia3	liã3	liã3	le3
亮白	liã1		lia1			
亮文			lia5	liã5	liã5	lia5
娘	niã2		nia2	niã2	niã2	niã2
墻		tɕ^{h}ia2	tɕ^{h}ia2			tɕ^{h}ia2
搶	tɕ^{h}iã3		tɕ^{h}ia3	tɕ^{h}iã3	tɕ^{h}iã3	tɕ^{h}ia3
箱	ɕiã1		ɕia1			ɕia1
姜	tɕiã1		tɕia1	tɕiã1	tɕiã1	tɕia1
香 / 鄉			ɕia1			ɕia1
羊 / 楊 / 陽	iã2	iã2	ia2			ia2

癢	iã3		ia3	iã3	iã3	ia3
江			tɕia1	tɕiã1	tɕiã1	tɕia1
講		tɕiã3	tɕia3	tɕiã3	tɕiã3	tɕia3

以上同源詞說明如下：

（1）「兩」字在六種語料中分別有記為 iã 韻母、ia 韻母、e 韻母。筆者推測，田野 2022 的 le3 是發音人個人的發音認知所致，本論文暫且不將此發音納入考量。

排除上述情形以後，從六種語料的同源詞來看，蘇 1993、鮑 1998、江 2015 的韻母讀音為 iã，尚存在鼻化音，蔡 2011、田野 2022 的韻母讀音為 ia，已不存在鼻化音。故此，若以方向性觀點而言，應當將這些同源詞的韻母擬測為 *iã，爾後才會去鼻化為 ia。

3.2.2.2.13　*uã

請看以下同源詞表：

表 77　*uã 同源詞表

例　字	蘇 1993	鮑 1998	蔡 2011	江 2015 老年	江 2015 青年	田野 2022
庄	tsuã1		tsua1			tʂua1
霜	suã1		ɕya1	suã1	suã1	ʂua1
狂	k^{h}uã2	k^{h}uã2	k^{h}uã2	k^{h}uã2	k^{h}uã2	k^{h}ua2
光白	kuã1	kuã1	kua1			kua1
光文	kuã5			kuã5	kuã5	
黃	xuã2		xua2	xuã2	xuã2	xa2
廣	kuã3		kua3			kua3
窗		ts^{h}uã1	tɕ^{h}ya1	ts^{h}uã1	ts^{h}uã1	ts^{h}ua1
雙			sua1	suã1	suã1	sua1
網	uã3		va3	uã3	uã3	va1
忘白			va1			va1
王	uã2	uã2	va2	uã2	uã2	va2

以上同源詞說明如下：

（1）「窗」、「霜」字在六種語料中分別有記為 ua 韻母及 uã 韻母、ya 韻母之別。從方向性觀點而言，應先有 uã 韻母，爾後發生去鼻化，產生 ua 韻母。另外，又因為 i 介音增生，韻母發生 u>y，促使聲母發生顎化而產生 tɕ^h、ɕ，韻母亦隨之演變為 ya 韻母。

（2）「網」、「忘白」、「王」字在六種語料的同源詞來看，配合聲母的擬測，蔡 2011、田野 2022 有聲母 v 的讀音，而在其他的語料中，則有介音 u。若以聲母的討論而言，這些同源詞的聲母擬測為*∅，韻母應擬測為*uã，爾後才會發生介音 u 轉變為聲母 v。

（3）「黃」字在六種語料中分別有記為 ua 韻母及 uã 韻母、a 韻母之別。從方向性觀點而言，應先有 uã 韻母，爾後發生去鼻化，產生 ua 韻母。接著，再發生介音消失的單元音化而產生 a 韻母。

排除上述情形以後，從六種語料的同源詞來看，蘇 1993、鮑 1998、江 2015 的韻母讀音為 uã，尚存在鼻化音，蔡 2011、田野 2022 的韻母讀音為 ua，已不存在鼻化音。故此，若以方向性觀點而言，應當將這些同源詞的韻母擬測為*uã，爾後才會發生韻尾脫落，進而分有發生鼻化的 uã 韻母和直接脫落的 ua 韻母。

3.2.2.2.14　*ɔŋ

請看以下同源詞表：

表 78　*ɔŋ 同源詞表

例　字	蘇 1993	鮑 1998	蔡 2011	江 2015 老年	江 2015 青年	田野 2022
崩			pɔŋ1			poŋ1
朋	p^{h}oŋ2	p^{h}uŋ2	p^{h}ɔŋ2	p^{h}ɔŋ2	p^{h}ɔŋ2	p^{h}oŋ2
彭			p^{h}ɔŋ2			p^{h}oŋ2
孟	moŋ5		mɔŋ5			moŋ5
橫縱~	xoŋ5	xuŋ5	xɔŋ5	xɔŋ5	xɔŋ5	
東	toŋ1		tɔŋ1	tɔŋ1	tɔŋ1	toŋ1
桶		t^{h}uŋ3	t^{h}ɔŋ3	t^{h}ɔŋ3	t^{h}ɔŋ3	t^{h}oŋ3
動文	toŋ5	tuŋ5	tɔŋ5	tɔŋ5	tɔŋ5	toŋ5
洞文			tɔŋ5	tɔŋ5		toŋ5
洞白			t^{h}ɔŋ1		t^{h}ɔŋ1	
聾			lɔŋ2	lɔŋ2	lɔŋ2	loŋ2

蔥			tsʰɔŋ1	tsʰɔŋ1	tsʰɔŋ1	tsʰoŋ1
送	soŋ5	suŋ5	sɔŋ5	sɔŋ5	sɔŋ5	soŋ5
公	koŋ1		kɔŋ1	kɔŋ1	kɔŋ1	koŋ1
空白	kʰoŋ1		kʰɔŋ1			kʰoŋ1
紅		xuŋ2	xɔŋ2	xɔŋ2	xɔŋ2	xoŋ2
冬			tɔŋ1	tɔŋ1	tɔŋ1	toŋ1
農	noŋ2	nuŋ2	nɔŋ2			noŋ2
宋			sɔŋ5	sɔŋ5	sɔŋ5	soŋ5
風	foŋ1		fɔŋ1	fɔŋ1	fɔŋ1	foŋ1
馮	foŋ2	fuŋ2	fɔŋ2			foŋ2
夢白		muŋ1	mɔŋ1	mɔŋ1	mɔŋ1	moŋ1
中白			tsɔŋ1	tsɔŋ1	tsɔŋ1	tsoŋ1
蟲		tsʰuŋ2	tsʰɔŋ2	tsʰɔŋ2	tsʰɔŋ2	tsʰoŋ2
弓			kɔŋ1			koŋ1
縫文						foŋ5
縫白			fɔŋ1	fɔŋ1	fɔŋ1	
龍			lɔŋ2	lɔŋ2	lɔŋ2	loŋ2
從	tsʰoŋ2		tsʰɔŋ2			tsʰoŋ2
重~復			tsʰɔŋ2			tsʰoŋ2
重輕~			tsɔŋ5	tsɔŋ5	tsɔŋ5	tsoŋ5
種~植			tsɔŋ5	tsɔŋ5	tsɔŋ5	
種播~			tsɔŋ3			tsoŋ3
鐘			tsɔŋ1			tsoŋ1
恭			kɔŋ1	kɔŋ1	kɔŋ1	koŋ1
共			kɔŋ5	kɔŋ5	kɔŋ5	koŋ5

以上同源詞說明如下：

從六種語料的同源詞來看，蘇 1993、田野 2022 的韻母讀音為 oŋ，鮑 1998 的韻母讀音為 uŋ，蔡 2011、江 2015 的韻母讀音為ɔŋ。若以方向性觀點而言，應當將這些同源詞的韻母擬測為*ɔŋ，爾後才會發生元音高化產生 oŋ、uŋ 韻母。

3.2.2.2.15 *iɔŋ

請看以下同源詞表：

表 79　*iɔŋ 同源詞表

例　字	蘇 1993	鮑 1998	蔡 2011	江 2015 老年	江 2015 青年	田野 2022
兄	ɕioŋ1		ɕiɔŋ1	ɕiɔŋ1	ɕiɔŋ1	ɕioŋ1
榮	ioŋ2	yŋ2	iɔŋ2	iɔŋ2	iɔŋ2	loŋ2
永		yŋ3	iɔŋ3	yn3	yn3	ioŋ3
窮	tɕʰioŋ2	tɕʰyŋ2	tɕʰiɔŋ2	tɕʰiɔŋ2	tɕʰiɔŋ2	tɕʰioŋ2
熊／雄	ɕioŋ2	ɕyŋ2	ɕiɔŋ2	ɕiɔŋ2	ɕiɔŋ2	ɕioŋ2
胸		ɕyŋ1	ɕiɔŋ1			ɕioŋ1
用文	ioŋ5	yŋ5	iɔŋ5	iɔŋ5	iɔŋ5	
用白		yŋ1	iɔŋ1			ioŋ1
勇	ioŋ3		iɔŋ3			ioŋ3

以上同源詞說明如下：

（1）「永」字稍嫌複雜，五組記音皆不盡相同。從方向性觀點而言，應先有 iɔŋ，爾後發生主要元音ɔ元音高化為 o 而產生 ioŋ 韻母，之後介音 i 及主要元音ɔ再發生合音而產生 yŋ 韻尾，然後 ŋ 韻尾或從軟顎鼻音韻尾-ŋ 變為-n，進而為 yn。〔註 16〕

（2）「榮」字也頗為複雜，六組記音皆不盡相同。從方向性觀點而言，應先有 iɔŋ 韻母，爾後發生主要元音ɔ元音高化為 o 而產生 ioŋ 韻母，之後介音 i 及主要元音ɔ再發生合音而產生 yŋ 韻尾。至於田野 2022 的 loŋ2，筆者以為，這是田野 2022 的音變，尚未顯著。故此，與聲母一同將此視為特例，本論文暫且不將此發音納入考量。

排除上述情形以後，從六種語料的同源詞來看，蘇 1993、田野 2022 的韻母讀音為 ioŋ，鮑 1998 的韻母讀音為 yŋ，蔡 2011、江 2015 的韻母讀音為 iɔŋ。若以方向性觀點而言，應當將這些同源詞的韻母擬測為*iɔŋ，爾後才會發生元音高化產生 ioŋ、iuŋ 韻母，而 iuŋ 韻母則發生介音 i 和主要元音 u 的合音（fusion），進而產生 yŋ 韻母。

〔註 16〕關於梗攝韻尾的相關論述，將於 5.2.3〈軟顎鼻音韻尾-ŋ 的保留與消失〉進行討論。

3.2.2.3 原始鹽城方言的入聲韻擬測

以下進行原始鹽城方言的入聲韻擬測。

3.2.2.3.1 *æʔ

請看以下同源詞表：

表 80 *æʔ同源詞表

例 字	蘇 1993	鮑 1998	蔡 2011	江 2015 老年	江 2015 青年	田野 2022
雜	tsæʔ7	tsæʔ7	tsæʔ7	tsɛʔ7	tsɛʔ7	tɕiɛʔ7
塔			t^hæʔ7	t^hɛʔ7	t^hɛʔ7	t^hiɛʔ7
插	ts^hæʔ7	ts^hæʔ7	ts^hæʔ7	ts^hɛʔ7	ts^hɛʔ7	$tɕ^h$iaʔ7
夾	kæʔ7	kæʔ7	kæʔ7	kɛʔ7	kɛʔ7	kiɛʔ7
鴨	æʔ7		ŋæʔ7	ɛʔ7	ɛʔ7	iaʔ7
壓		æʔ7	ŋæʔ7			iaʔ7
法	fæʔ7		fæʔ7	fɛʔ7	fɛʔ7	fɛʔ7
辣		læʔ7	læʔ7	lɛʔ7	lɛʔ7	liɛʔ7
瞎	xæʔ7	xæʔ7		xɛʔ7	xɛʔ7	xiɛʔ7
殺	sæʔ7	sæʔ7	sæʔ7	sɛʔ7	sɛʔ7	ɕiɛʔ7
八	pæʔ7		pæʔ7	pɛʔ7	pɛʔ7	piɛʔ7
髮／發			fæʔ7	fɛʔ7	fɛʔ7	fiɛʔ7
罰			fæʔ7	fɛʔ7	fɛʔ7	fiɛʔ7

以上同源詞說明如下：

（1）「插」、「鴨」、「壓」字在六種語料中分別有記為 æʔ韻母及ɛʔ韻母、iaʔ韻母之別。從方向性觀點而言，應先有 æʔ韻母，爾後因為韻母 i 介音增生，促使聲母發生顎化，韻母亦隨之演變為 iaʔ韻母。

排除上述情形以後，從六種語料的同源詞來看，蘇 1993、鮑 1998、蔡 2011 的韻母讀音為 æʔ，江 2015 的韻母讀音為ɛʔ，田野 2022 除了「法」之外的韻母讀音為 iɛʔ。若以方向性觀點而言，應當將這些同源詞的韻母擬測為*æʔ，爾後才會發生元音高化產生ɛʔ，甚至是有 i 介音的增生。

3.2.2.3.2 *iæʔ

請看以下同源詞表：

表 81　*iæʔ同源詞表

例　字	蘇 1993	鮑 1998	蔡 2011	江 2015 老年	江 2015 青年	田野 2022
甲	tɕiæʔ7		tɕiæʔ7	tɕiɛʔ7	tɕiɛʔ7	tɕiɛʔ7

以上同源詞說明如下：

從六種語料的同源詞來看，蘇 1993、鮑 1998、蔡 2011 的韻母讀音為 iæʔ，江 2015、田野 2022 的韻母讀音為 iɛʔ。若以方向性觀點而言，應當將這些同源詞的韻母擬測為*iæʔ，爾後才會發生主要元音高化產生 iɛʔ。

3.2.2.3.3　*uæʔ

請看以下同源詞表：

表 82　*uæʔ同源詞表

例　字	蘇 1993	鮑 1998	蔡 2011	江 2015 老年	江 2015 青年	田野 2022
滑	xuæʔ7	xuæʔ7	xuæʔ7	xuɛʔ7	xuɛʔ7	xuɛʔ7
挖				uɛʔ7	uɛʔ7	viɛʔ7
刷	suæʔ7	suæʔ7	ɕyæʔ7	suɛʔ7	suɛʔ7	ɕyɛʔ7
襪	uæʔ7			uɛʔ7	uɛʔ7	viɛʔ7

以上同源詞說明如下：

（1）「刷」字在六種語料中分別有記為 uæʔ韻母、uɛʔ韻母、yæʔ韻母及 yɛʔ韻母之別。從方向性觀點而言，應先有 uæʔ韻母，爾後有兩條演變路徑：一是主要元音高化產生 uɛʔ韻母；二是因為韻母 i 介音增生，促使聲母發生顎化，韻母亦隨之演變為 yæʔ韻母，之後主要元音再發生元音高化產生 yɛʔ韻母。

（2）「挖」、「襪」字在六種語料的同源詞來看，配合聲母的擬測，田野 2022 有聲母 v 的讀音，而在其他的語料中，則有介音 u。若以聲母的討論而言，這些同源詞的聲母擬測為*Ø，韻母應擬測為*uæʔ，爾後才會發生介音 u 轉變為聲母 v，甚至增生 i 介音。

排除上述情形以後，從六種語料的同源詞來看，蘇 1993、鮑 1998、蔡 2011 的韻母讀音為 uæʔ，江 2015、田野 2022 的韻母讀音為 uɛʔ。若以方向性觀點而言，應當將這些同源詞的韻母擬測為*uæʔ，爾後才會發生主要元音高化產生 uɛʔ韻母。

3.2.2.3.4　*oʔ

請看以下同源詞表：

表 83　*oʔ同源詞表

例　字	蘇 1993	鮑 1998	蔡 2011	江 2015 老年	江 2015 青年	田野 2022
鴿	koʔ7		koʔ7	kʊʔ7	kʊʔ7	kuʔ7
割		koʔ7	koʔ7	kʊʔ7	kʊʔ7	kuʔ7
渴	k^{h}oʔ7	k^{h}oʔ7	k^{h}oʔ7	k^{h}ʊʔ7	k^{h}ʊʔ7	k^{h}uʔ7
喝	xoʔ7		xoʔ7			xuʔ7
潑			p^{h}oʔ7	p^{h}ʊʔ7	p^{h}ʊʔ7	p^{h}uʔ7
脫	t^{h}oʔ7	t^{h}oʔ7	t^{h}oʔ7	t^{h}ʊʔ7	t^{h}ʊʔ7	t^{h}uʔ7
闊			k^{h}oʔ7	k^{h}ʊʔ7	k^{h}ʊʔ7	k^{h}uʔ7
活			xoʔ7	xʊʔ7	xʊʔ7	xuʔ7
說	soʔ7	soʔ7	soʔ7			suʔ7

以上同源詞說明如下：

從六種語料的同源詞來看，蘇 1993、鮑 1998、蔡 2011 的韻母讀音為 oʔ，江 2015 的韻母讀音為ʊʔ，田野 2022 的韻母讀音為 uʔ。若以方向性觀點而言，應當將這些同源詞的韻母擬測為*oʔ，爾後才會發生元音高化產生ʊʔ和 uʔ韻母。

3.2.2.3.5　*uoʔ

請看以下同源詞表：

表 84　*uoʔ同源詞表

例　字	蘇 1993	鮑 1998	蔡 2011	江 2015 老年	江 2015 青年	田野 2022
雪	ɕyoʔ7	ɕyoʔ7	ɕyoʔ7	ɕyʊʔ7	ɕyʊʔ7	suiʔ7
絕		tɕyoʔ7	tɕyoʔ7	tɕyʊʔ7	tɕyʊʔ7	tsuiʔ7

以上同源詞說明如下：

從六種語料的同源詞來看，蘇 1993、鮑 1998、蔡 2011 的韻母讀音為 yoʔ，江 2015 的韻母讀音為 yʊʔ，田野 2022 的韻母讀音為 uiʔ。若以方向性觀點而言，應當將這些同源詞的韻母擬測為*uoʔ，爾後主要元音 o 元音高化且前化為 i 而成為 uiʔ韻母；或是 i 介音增生，而 u 介音變為 y，產生 yoʔ韻母，o 元音高化到ʊ，產生 yʊʔ韻母。

3.2.2.3.6　*yoʔ

請看以下同源詞表：

表 85　*yoʔ同源詞表

例　字	蘇 1993	鮑 1998	蔡 2011	江 2015 老年	江 2015 青年	田野 2022
月	yoʔ7	yoʔ7	yoʔ7	yʊʔ7	yʊʔ7	iuʔ7
血		ɕyoʔ7	ɕyoʔ7	ɕyʊʔ7	ɕyʊʔ7	ɕiuʔ7
缺	tɕʰyoʔ7	tɕʰyoʔ7	tɕʰyoʔ7	tɕʰyʊʔ7	tɕʰyʊʔ7	tɕʰiuʔ7
橘	tɕyoʔ7	tɕyoʔ7	tɕyəʔ7	tɕyʊʔ7	tɕyɪʔ7	tɕyʔ7

以上同源詞說明如下：

從六種語料的同源詞來看，蘇 1993、鮑 1998、蔡 2011 的韻母讀音為 yoʔ，江 2015 的韻母讀音為 yʊʔ，田野 2022 的韻母讀音為 iuʔ或 yʔ。若以方向性觀點而言，應當將這些同源詞的韻母擬測為*yoʔ，爾後才會發生元音高化產生 yʊʔ韻母，接著就分有三條路徑，一是介音從圓唇的 y 轉為不圓唇的 i，主要元音ʊ元音高化為 u，而產生為 iuʔ韻母；二是 o 元音高化到ʊ、ɪ韻母，最後發生脫落。

3.2.2.3.7　*iɪʔ

請看以下同源詞表：

表 86　*iɪʔ同源詞表

例　字	蘇 1993	鮑 1998	蔡 2011	江 2015 老年	江 2015 青年	田野 2022
鼻		pɪʔ7	pɪʔ7	piɪʔ7	piɪʔ7	piʔ7
接	tɕiɪʔ7	tɕiɪʔ7	tɕiʔ7	tɕiɪʔ7	tɕiɪʔ7	tɕiʔ7
叶	iɪʔ7		iʔ7	tsiɪʔ7	tsiɪʔ7	iʔ7
業		iɪʔ7	iʔ7	iɪʔ7	iɪʔ7	iʔ7
迭			tiʔ7			tiʔ7

貼				t^{h}iɪʔ7	t^{h}iɪʔ7	t^{h}iʔ7
粒／立			liʔ7	liɪʔ7	liɪʔ7	liʔ7
集			tɕiʔ7	tɕiɪʔ7	tɕiɪʔ7	tɕiʔ7
習	ɕiɪʔ7		ɕiʔ7	ɕiɪʔ7	ɕiɪʔ7	ɕiʔ7
契				tɕ^{h}i5	tɕ^{h}iɪʔ7	tɕ^{h}i5
急		tɕiɪʔ7	tɕiʔ7	tɕiɪʔ7	tɕiɪʔ7	tɕiʔ7
及			tɕiʔ7	tɕiɪʔ7	tɕiɪʔ7	tɕiʔ7
吸			ɕiʔ7	ɕiɪʔ7	ɕiəʔ7	ɕiʔ7
列			lɪʔ7			liʔ7
浙			tsiʔ7			tsiʔ7
舌	sɪʔ7	sɪʔ7	sɪʔ7	siɪʔ7	siɪʔ7	siʔ7
熱	lɪʔ7	lɪʔ7	lɪʔ7	liɪʔ7	liɪʔ7	liʔ7
鐵	t^{h}ɪʔ7	t^{h}ɪʔ7	t^{h}iʔ7	t^{h}iɪʔ7	t^{h}iɪʔ7	t^{h}iʔ7
節		tɕiɪʔ7	tɕiʔ7	tɕiɪʔ7	tɕiɪʔ7	tɕiʔ7
切	tɕ^{h}iɪʔ7	tɕ^{h}iɪʔ7	tɕ^{h}iʔ7	tɕ^{h}iɪʔ7	tɕ^{h}iɪʔ7	tɕ^{h}iʔ7
結		tɕiɪʔ7	tɕiʔ7	tɕiɪʔ7	tɕiɪʔ7	tɕiʔ7
筆		pɪʔ7	piʔ7	piɪʔ7	piɪʔ7	piʔ7
密／蜜			miʔ7	miɪʔ7	miɪʔ7	miʔ7
栗			liʔ7	liɪʔ7	liɪʔ7	liʔ7
一／乙		iɪʔ7	iʔ7	iɪʔ7	iɪʔ7	iʔ7
律		liʔ7	liʔ7	liɪʔ7	liɪʔ7	lyʔ7
力		liʔ7	liʔ7	liɪʔ7	liɪʔ7	liʔ7
惜			tɕiʔ7	tɕiɪʔ7	tɕiɪʔ7	ɕiʔ7
席		ɕiɪʔ7	ɕiʔ7	ɕiɪʔ7	ɕiɪʔ7	ɕiʔ7
益			iʔ7	iɪʔ7	iɪʔ7	iʔ7
壁			piʔ7	piɪʔ7	piɪʔ7	piʔ7
滴		tiʔ7	tiʔ7			tiʔ7
踢		t^{h}iʔ7	t^{h}iʔ7	t^{h}iɪʔ7	t^{h}iɪʔ7	t^{h}iʔ7

以上同源詞說明如下：

（1）「吸」字在六種語料中分別有記有 iʔ韻母、iɪʔ韻母、iəʔ韻母之別。從方向性觀點而言，應先有 iɪʔ韻母，爾後發生兩種情形：一是介音 i 和主要元音ɪ發生合音而產生 iʔ；二是主要元音ɪ向央中靠攏而形成 ə，進而產生 iəʔ韻母。

（2）「益」字在六種語料中分別有記為 iʔ韻母、iɪʔ韻母之別。從方向性觀點而言，應先有 iɪʔ韻母，爾後介音 i 和主要元音ɪ發生合音，而產生 iʔ韻母。

（3）「律」字在六種語料中分別有記為 iʔ韻母、iɪʔ韻母、yʔ韻母之別。從方向性觀點而言，應先有 iɪʔ韻母，爾後介音 i 和主要元音ɪ發生合音，而產生 iʔ。往後，再發生圓唇化，進而產生 yʔ韻母。

（4）「契」在江 2015 老年和田野 2022 記為 i 韻母，江 2015 青年記為 iɪʔ韻母。從方向性觀點而言，應先有 iɪʔ韻母，爾後發生元音合音（iɪʔ>iʔ），韻母變為 iʔ，之後再發生喉塞音脫落，才會有 i 韻母。

排除上述情形以後，江 2015 的韻母記音為 iɪʔ，而在其他的語料中，韻母讀音多為ɪʔ、iʔ。比較方法之下，筆者傾向將漢語韻母音節的所有部分（即介音、主要元音、韻尾）進行擬測，故此，擬測為*iɪʔ，爾後發生介音 i 和主要元音ɪ發生合音而產生 iʔ。

3.2.2.3.8　*əʔ

請看以下同源詞表：

表 87　*əʔ同源詞表

例　字	蘇 1993	鮑 1998	蔡 2011	江 2015 老年	江 2015 青年	田野 2022
汁	tsəʔ7		tsəʔ7	tsəʔ7	tsəʔ7	tsəʔ7
濕		səʔ7	səʔ7			səʔ7
十			səʔ7	səʔ7	səʔ7	səʔ7
虱			səʔ7	səʔ7	səʔ7	
實			səʔ7	səʔ7	səʔ7	səʔ7
日		ləʔ7	lɪ1	ləʔ7	ləʔ7	ləʔ7
不	pəʔ7		pəʔ7			pəʔ7
窟	k^həʔ7	k^həʔ7	k^həʔ7	k^həʔ7	k^həʔ7	k^həʔ7
得			təʔ7	təʔ7	təʔ7	təʔ7
賊		tsĩ2	tsəʔ7	tsəʔ7 / tsiɪ2	tsiɪ2	tsiʔ7
刻		k^həʔ7	k^həʔ7	k^həʔ7	k^həʔ7	k^həʔ7
黑	xəʔ7	xəʔ7	xəʔ7	xəʔ7	xəʔ7	xəʔ7
直		tsəʔ7	tsəʔ7	tsəʔ7	tsəʔ7	tsəʔ7

色	səʔ7	səʔ7		səʔ7	səʔ7	səʔ7
織		tsəʔ7	tsəʔ7			tsəʔ7
食			səʔ7	səʔ7	səʔ7	səʔ7
拆			ts^{h}əʔ7	ts^{h}əʔ7	ts^{h}əʔ7	tʂ^{h}əʔ7
客	k^{h}əʔ7	k^{h}əʔ7	k^{h}əʔ7	k^{h}əʔ7	k^{h}əʔ7	k^{h}aʔ7
額	əʔ7		ŋəʔ7	əʔ7	əʔ7	əʔ7
摘		tsəʔ7	tsəʔ7	tsəʔ7	tsəʔ7	tsəʔ7
冊			ts^{h}əʔ7			ts^{h}əʔ7
隔		kəʔ7	kəʔ7	kəʔ7	kəʔ7	kəʔ7
尺	ts^{h}əʔ7	ts^{h}əʔ7	ts^{h}əʔ7	ts^{h}əʔ7	ts^{h}əʔ7	ts^{h}əʔ7
石			səʔ7	səʔ7	səʔ7	səʔ7

以上同源詞說明如下：

（1）「日」字在六種語料中分別有記為 əʔ韻母及ɪ韻母之別，若先從聲調來看，可以明顯發現，蔡 2011 記為調類 1（陰平調），其他則記為調類 7（入聲調），可見對蔡 2011 而言，已經發生「入派三聲」現象，進而連帶韻母發生變異。故此，從方向性觀點而言，應先有陰平調的 əʔ韻母，爾後「入派三聲」、主要元音高化且喉塞音-ʔ脫落，進而產生ɪ。

（2）「賊」字在六種語料中分別有記為 əʔ韻母、iʔ韻母、ĩ 韻母及 iɪ韻母之別。若先從聲調來看，可以明顯發現，蔡 2011、江 2015 老年和田野 2022 記為調類 7（入聲調），鮑 1998、江 2015 青年則記為調類 2（陽平調），可見對鮑 1998、江 2015 青年而言，已經發生「入派三聲」現象，進而連帶韻母發生變異。故此，從方向性觀點而言，應先有 əʔ韻母，爾後發生兩種情形：一是「入聲保留」，主要元音發生元音高化產生 iʔ；二是「入派三聲」，主要元音發生元音高化，有些變成ɪ，並附有介音 i，但鮑 1998 更發生鼻化而產生 ĩ。

（3）「客」字在六種語料中分別有記為 əʔ韻母及 aʔ韻母之別。若以方向性觀點而言，應當將這些同源詞的韻母擬測為*əʔ，爾後才會增加開口度而讀為 aʔ。

了解上述情形以後，從六種語料的同源詞來看，可見所有的韻母皆讀為 əʔ，顯示語言都沒有差異，故此擬測為*əʔ。

3.2.2.3.9　*iəʔ

請看以下同源詞表：

表 88　*iəʔ同源詞表

例　字	蘇 1993	鮑 1998	蔡 2011	江 2015 老年	江 2015 青年	田野 2022
七		tɕʰiɪʔ7	tɕʰiəʔ7	tɕʰiəʔ7	tɕʰiəʔ7	tɕʰiaʔ7
吃	tɕʰiəʔ7	tɕʰiɪʔ7	tɕʰiəʔ7	tɕʰiəʔ7	tɕʰiəʔ7	tɕʰiəʔ7

以上同源詞說明如下：

（1）「七」字在六種語料中分別有記為 iɪʔ韻母、iəʔ韻母及 iaʔ韻母之別。從方向性觀點而言，應先有 iəʔ韻母，爾後發生元音高化而產生 iɪʔ；或是因為前化而產生 iaʔ。

（2）「吃」字在六種語料中分別有記為 iɪʔ韻母、iəʔ韻母之別。從方向性觀點而言，應先有 iəʔ韻母，爾後發生元音高化而產生 iɪʔ。

了解上述情形以後，從六種語料的同源詞來看，應以 iəʔ韻母為最早，故此擬測為*iəʔ。

3.2.2.3.10　*uəʔ

請看以下同源詞表：

表 89　*uəʔ同源詞表

例　字	蘇 1993	鮑 1998	蔡 2011	江 2015 老年	江 2015 青年	田野 2022
入	luəʔ7	luəʔ7	ləʔ7	luəʔ7	ləʔ7	ləʔ7
出	tsʰuəʔ7	tsʰuəʔ7	tɕʰyəʔ7	tsʰuəʔ7	tsʰuəʔ7	tʂʰuəʔ7
物	uəʔ7		vəʔ7	uəʔ7	uəʔ7	vəʔ7

以上同源詞說明如下：

（1）「入」字在六種語料中分別有記為 uəʔ韻母及 əʔ韻母之別。從方向性觀點而言，應先有 uəʔ韻母，爾後發生脫落而產生 əʔ。

（2）「出」字在六種語料中分別有記為 uəʔ韻母、əʔ韻母及 yəʔ韻母之別。從方向性觀點而言，應先有 uəʔ韻母，爾後發生脫落而產生 əʔ；或是因為聲母顎化，而使韻母產生 i 的讀法，而與 u 結合為 y。

（3）「物」字在六種語料的同源詞來看，配合聲母的擬測，蔡 2011、田野 2022 有聲母 v 的讀音，而在其他的語料中，則有介音 u。若以聲母的討論而言，這些同源詞的聲母擬測為*Ø，韻母應擬測為*uəʔ，爾後才會發生介音 u 轉變為聲母 v。

了解上述情形以後，從六種語料的同源詞來看，應以 uəʔ韻母為最早，故此擬測為*uəʔ。

3.2.2.3.11　*aʔ

請看以下同源詞表：

表 90　*aʔ同源詞表

例　字	蘇 1993	鮑 1998	蔡 2011	江 2015 老年	江 2015 青年	田野 2022
博	paʔ7		paʔ7			paʔ7
錯		ts^haʔ7				ts^həʔ7
落	laʔ7	laʔ7	laʔ7	laʔ7	laʔ7	laʔ7
作	tsaʔ7	tsaʔ7	tsaʔ7	tsaʔ7	tsaʔ7	tsaʔ7
樂			laʔ7			laʔ7
惡	aʔ7	aʔ7	ŋaʔ7	aʔ7	aʔ7	aʔ7
剝			paʔ7	paʔ7	paʔ7	paʔ7
角		kaʔ7	kaʔ7	kaʔ7	kaʔ7	tɕiaʔ7
學白			xaʔ7		xaʔ7	

以上同源詞說明如下：

（1）「錯」字在六種語料中分別有記為 aʔ韻母及 əʔ韻母之別。從方向性觀點而言，應先有 aʔ韻母，爾後發生元音高化而產生 əʔ。

（2）「角」字在六種語料中分別有記為 aʔ韻母及 iaʔ韻母之別。從方向性觀點而言，應先有 aʔ韻母，爾後因為韻母 i 介音增生，促使聲母發生顎化，韻母亦隨之演變為 iaʔ韻母。

排除上述情形以後，從六種語料的同源詞來看，可見所有的韻母皆讀為 aʔ，顯示語言都沒有差異，故此擬測為*aʔ。

3.2.2.3.12　*iaʔ

請看以下同源詞表：

表 91　*iaʔ同源詞表

例　字	蘇 1993	鮑 1998	蔡 2011	江 2015 老年	江 2015 青年	田野 2022
削	ɕiaʔ7		ɕiaʔ7	ɕiaʔ7	ɕiaʔ7	ɕiəʔ7
雀		tɕʰiaʔ7	tɕʰiaʔ7	tɕʰiaʔ7	tɕʰiaʔ7	tɕʰiaʔ7
腳	tɕiaʔ7	tɕiaʔ7	tɕiaʔ7	tɕiaʔ7	tɕiaʔ7	tɕiaʔ7
藥		iaʔ7	iaʔ7			iaʔ7
約		iaʔ7	iaʔ7	iaʔ7	iaʔ7	iaʔ7
學文		ɕiaʔ7	ɕiaʔ7	ɕiaʔ7	ɕiaʔ7	ɕiaʔ7

以上同源詞說明如下：

（1）「削」字在六種語料中分別有記為 iaʔ韻母及 iəʔ韻母之別。從方向性觀點而言，應先有 iaʔ韻母，爾後發生元音高化而產生 iəʔ韻母。

了解上述情形以後，從六種語料的同源詞來看，可見所有的韻母皆讀為 iaʔ，顯示語言都沒有差異，故此擬測為*iaʔ。

3.2.2.3.13　*uaʔ

請看以下同源詞表：

表 92　*uaʔ同源詞表

例　字	蘇 1993	鮑 1998	蔡 2011	江 2015 老年	江 2015 青年	田野 2022
郭	kuaʔ7	kuaʔ7	kuaʔ7	kuaʔ7	kuaʔ7	kuaʔ7
霍	xuaʔ7		xuaʔ7	xuaʔ7	xuaʔ7	xuəʔ7
桌	tsuaʔ7		tɕyaʔ7	tsuaʔ7	tsuaʔ7	tʂuaʔ7

以上同源詞說明如下：

（1）「霍」字在六種語料中分別有記為 uaʔ韻母、uəʔ韻母之別。從方向性觀點而言，應先有 uaʔ韻母，爾後發生元音高化，韻母變為 uəʔ。

（2）「桌」字在六種語料中分別有記為 uaʔ韻母、yaʔ韻母之別。從方向性觀點而言，應先有 uaʔ韻母，爾後因為 i 介音增生，韻母發生 u>y，促使聲母發生顎化而產生 tɕ，韻母亦隨之演變為 yaʔ韻母。

排除上述情形以後，從六種語料的同源詞來看，韻母讀音多為 uaʔ。若以方向性觀點而言，應當將這些同源詞的韻母擬測為*uaʔ。

3.2.2.3.14　*ɔʔ

請看以下同源詞表：

表 93　*ɔʔ同源詞表

例　字	蘇 1993	鮑 1998	蔡 2011	江 2015 老年	江 2015 青年	田野 2022
北	pɔʔ7	pɔʔ7	pɔʔ7	pɔʔ7	pɔʔ7	pɔʔ7
國	kɔʔ7	kɔʔ7	kɔʔ7	kɔʔ7	kɔʔ7	kɔʔ7
百		pɔʔ7	pɔʔ7	pɔʔ7	pɔʔ7	pɔʔ7
白文		pɔʔ7	pɔʔ7	pɔʔ7	pɔʔ7	pɔʔ7
麥		mɔʔ7	mɔʔ7	mɔʔ7	mɔʔ7	mɔʔ7
木		mɔʔ7	mɔʔ7	mɔʔ7	mɔʔ7	moʔ7
讀			tɔʔ7	tɔʔ7	tɔʔ7	toʔ7
族			tsɔʔ7	tsʰɔʔ7	tsʰɔʔ7	tsoʔ7
鹿	loʔ7	lɔʔ7	lɔʔ7	lɔʔ7	lɔʔ7	loʔ7
哭	kʰoʔ7	kʰɔʔ7	kʰɔʔ7	kʰɔʔ7	kʰɔʔ7	kʰoʔ7
屋	oʔ7	ɔʔ7	ɔʔ7	ɔʔ7	ɔʔ7	oʔ7
毒			tɔʔ7	tɔʔ7	tɔʔ7	toʔ7
腹			fɔʔ7			foʔ7
目			mɔʔ7	mɔʔ7	mɔʔ7	moʔ7
六		lɔʔ7	lɔʔ7	lɔʔ7	lɔʔ7	loʔ7
陸			lɔʔ7			loʔ7
竹	tsoʔ7		tsɔʔ7	tɔʔ7	tɔʔ7	tsoʔ7
叔	soʔ7		sɔʔ7	sɔʔ7	sɔʔ7	soʔ7
熟		sɔʔ7	sɔʔ7	sɔʔ7	sɔʔ7	soʔ7
肉		lɔʔ7	lɔʔ7	lɔʔ7 / lɯ5	lɔʔ7	loʔ7
綠		lɔʔ7	lɔʔ7	lɔʔ7	lɔʔ7	loʔ7
足		tsɔʔ7	tsɔʔ7	tsɔʔ7	tsɔʔ7	tsoʔ7
俗		sɔʔ7	sɔʔ7			soʔ7
燭			tsɔʔ7	tsɔʔ7	tsɔʔ7	tsoʔ7
辱			lɔʔ7			loʔ7

以上同源詞說明如下：

從六種語料的同源詞來看，僅蘇 1993、田野 2022 的韻母讀音多為 oʔ，而在其他的語料中，韻母讀音多為ɔʔ。若以方向性觀點而言，應當將這些同源詞的韻母擬測為*ɔʔ，爾後才會發生元音高化。

3.2.2.3.15　*iɔʔ

請看以下同源詞表：

表 94　*iɔʔ同源詞表

例　字	蘇 1993	鮑 1998	蔡 2011	江 2015 老年	江 2015 青年	田野 2022
菊			tɕiɔʔ7	tɕiɔʔ7	tɕiɔʔ7	tɕioʔ7
曲	tɕʰiɔʔ7		tɕʰiɔʔ7	tɕʰiɔʔ7	tɕʰiɔʔ7	tɕʰyʔ7
局	tɕiɔʔ7		tɕiɔʔ7	tɕiɔʔ7	tɕiɔʔ7	tɕioʔ7
浴			iɔʔ7	iɔʔ7	iɔʔ7	yʔ7
玉			iɔʔ7	y5	y5	y5

以上同源詞說明如下：

（1）「曲」、「浴」字在六種語料中分別有記為 iɔʔ韻母、yʔ韻母之別。從方向性觀點而言，應先有 iɔʔ韻母，爾後發生元音高化及合音（iɔʔ>iuʔ>yʔ），韻母變為 yʔ。

（2）「玉」字在六種語料中分別有記為 iɔʔ韻母、y 韻母之別。從方向性觀點而言，應先有 iɔʔ韻母，爾後發生元音高化及合音（iɔʔ>iuʔ>yʔ），韻母變為 yʔ，之後再發生喉塞音脫落，才會有 y 韻母。

排除上述情形以後，從六種語料的同源詞來看，僅田野 2022 的韻母讀音為 ioʔ，而在其他的語料中，韻母讀音多為 iɔʔ。若以方向性觀點而言，應當將這些同源詞的韻母擬測為*iɔʔ，爾後才會發生元音高化產生 ioʔ韻母。

3.2.3　原始鹽城方言的成音節擬測

以下進行原始鹽城方言的成音節擬測。〔註 17〕

3.2.3.1　*m

請看以下同源詞表：

〔註 17〕成音節的原始形式可能是成音節，但也可能是韻母，甚至是聲母。不過，因為尊重本論文的六筆語料，筆者不貿然在無法推測的情形下進行擬測。

表 95　*m 同源詞表

例　字	蘇 1993	鮑 1998	蔡 2011	江 2015 老年	江 2015 青年	田野 2022
姆	m5		m5			

以上同源詞說明如下：

從六種語料的同源詞來看，可見所有的讀音皆讀為 m，顯示語言都沒有差異，故此擬測為*m。

3.2.3.2　*ŋ

請看以下同源詞表：

表 96　*ŋ 同源詞表

例　字	蘇 1993	鮑 1998	蔡 2011	江 2015 老年	江 2015 青年	田野 2022
我	ŋ3	ŋ3	ŋ3	ŋ3	ŋ3	ŋ3

以上同源詞說明如下：

從六種語料的同源詞來看，可見所有的讀音皆讀為 ŋ，顯示語言都沒有差異，故此擬測為*ŋ。

3.2.4　原始鹽城方言的聲調系統擬測

本節嘗試以六種鹽城方言的語料，利用同源詞及比較方法擬測出一套原始鹽城方言的聲調系統。

根據蘇 1993、鮑 1998、蔡 2011、江 2015、田野 2022 之記音，聲調、調值、調類列表如下：

表 97　鹽城方言聲調調值表

聲　調	調　類	蘇 1993	蔡 2011	鮑 1998	江 2015 老年	江 2015 青年	田野 2022
陰平	1	31	31	31	31	31	53
陽平	2	213	213	213	213	213	313
上聲	3	53	33	55	55	55	44
去聲	5	35	35	35	35	35	14
入聲	7	55	5	5	5	5	4

從上表可知，比較蘇 1993、鮑 1998、蔡 2011、江 2015 老年及江 2015 青年調值，陰平（調類 1）、陽平（調類 2）、去聲（調類 5）、入聲（調類 7）皆相同為 31、213、35、5；然而，不同的地方在於上聲（調類 3），蘇 1993 標為 53，蔡 2011 標為 33，而江 2015、鮑 1998 標為 55。[註18] 另外，入聲（調類 7）調值的長短也有所差異，蘇 1993 標為 55，而蔡 2011、鮑 1998、江 2015 標為 5，可見蘇 1993 及蔡 2011、鮑 1998、江 2015 所認知的音長不同。

至於田野 2022 應是六種語料差距最大者，不過，若以調形而言則大致相同，諸如陰平（調類 1）皆為下降調，陽平（調類 2）皆為曲折調，上聲（調類 3）大多為平調，去聲（調類 5）皆則為上揚調，入聲（調類 7）皆為平調。至於每一個聲調的確切調值，由於聲調調值資料較不穩定，頗難重構出準確調值，故本論文暫不進行確切調值擬測。

除此之外，依然有一些聲調上的差異需要討論。

首先，透過統計，某些同源詞在聲調之間有所差異，舉於下表：

表 98　鹽城方言同源詞在聲調有差異者

例　字	蘇 1993	鮑 1998	蔡 2011	江 2015 老年	江 2015 青年	田野 2022
二		ɔ5	**ɒ1**	**a1**	**ɔ1**	**ə1**
比	pi3	pi3	pi3	pi3	pi3	pəʅ**1**
掛	kua5		kuɒ5	kua**3**	kua**3**	kua5
拐	kuɛ3		kue3	kuɛ3	kuɛ3	kue**5**
雁			**ŋæ1**			i5
餓		õ**5**	ŋo1	ʊ1	ʊ1	ə1
富			fv5			**fu1**
早	tsɔ**2**		tsɔ3	tsɔ3	tsɔ3	tsə3
演	iĩ3		ɪ3			**i1**
泰 / 太	t^{h}ɛ5	t^{h}ɛ5	t^{h}e5			t^{h}e**3**
肚			**t^{h}əu2**			tɔu5
吐			**t^{h}əu3**			t^{h}ɔu5

[註18] 儘管可言蘇 1993 的上聲（調類 3）調值 53 可再酌參，但有可能是歷時上陰平（調類 1）、上聲（調類 3）、入聲（調類 7）三個聲調的互相影響，也有可能是上聲（調類 3）下降調的式微，變成平調，並且，入聲（調類 7）也從長調變為短調。

杜	tu5		təu5	tu5	tu5	təu**3**
斜		tɕʰia2	tɕʰiɒ2	tɕʰia**5**	tɕʰia**5**	tɕʰiɑ**5**
夏	ɕia5	ɕia5	ɕiɒ**1**	ɕia5	ɕia5	ɕiɑ5
化		xua5	xuɒ5	xua5	xua5	xuɑ**1**
契				tɕʰi5	tɕʰiɪʔ**7**	tɕʰi5
賴	lɛ5		le**1**			le5
弟	ti5	ti5		tɕi5	ti5	tʂʅ**1**
椅	i3		i3			ʐʅ**1**
批		pʰi1	pʰi1			pʰəʔ**7**
貝			pɪ5	piɪ5	piɪ5	pi**3**
蛋	tæ̃5	tæ̃5				tiɛ**3**
汗		xæ̃5	xæ5	xɛ̃5	xɛ̃5	xiɛ**1**
還	xuæ̃2	xuæ̃2	xuæ2			xuɛ**5**
塊				kʰʊ5	kʰʊ5	kʰue**3**
網	uã3		va3	uã3	uã3	va**1**
均			tɕyən1	tɕyn**3**	tɕyn**3**	tɕyn1
張	tsã1		tsa1	tsã1	tsã**5**	tsa1
日		ləʔ7	lɪ**1**	ləʔ7	ləʔ7	ləʔ7
賊		tsĩ**2**	tsəʔ7	tsəʔ7 / tsiɪ**2**	tsiɪ**2**	tsiʔ7
玉			iɔʔ7	y**5**	y**5**	y**5**

筆者以為，除「雁」、「夏」、「化」、「餓」、「汗」、「張」、「賴」字恐因「文白異讀」影響，〔註 19〕而有陰平（調類 1）及去聲（調類 5）之差異，「比」、「吐」、「契」字有兩個以上來源，「日」、「賊」、「玉」字恐因「入派三聲」影響，因而脫離入聲（調類 7）。至於其他字例內部之差異，儘管上聲（調類 3）及去聲（調類 5）有多例看似密切，然而綜合來看，並未特別顯著。故此，本論文將上述字例視為特例，擬測時暫且不予考量。

另外，次濁聲母有陽平（調類 2）變為陰平（調類 1）的傾向，臺灣華語（北京官話）有「貓」、「茫」字，「貓」字在《中原音韻》讀為陽平，不過在華語已經讀為陰平（mau1）；「茫」字在《中原音韻》讀為陽平，不過在華語也

〔註 19〕蔡華祥（2011：77）認為「文白異讀」有：（1）古全濁上聲字、去聲字今白讀為陰平；（2）文讀為去聲。

有讀為陰平（maŋ1）之時，諸如「喝茫（xə1 maŋ1）」。而在鹽城方言中，也有這樣的現象，諸如下表：

表 99　次濁聲母第二調變為第一調舉例

例　字	蘇 1993	鮑 1998	蔡 2011	江 2015 老年	江 2015 青年	田野 2022
鱗／鄰		lin2	lin**1**			lin2
磨	mõ**1**	mõ2	mo2	mʊ2	mʊ2	mu2

綜觀以上，排除上述之特殊情形以後，上述六種語料的同源詞來看，都有 5 種聲調的區別，且性質多有相符合，故此，筆者將原始鹽城方言的聲調系統擬測為 5 種聲調，分別命名為：*1、*2、*3、*5、*7。至於原始鹽城方言的調型，*1（陰平）為下降調，*2（陽平）為曲折調，*3（上聲）為平調，*5（去聲）為上揚調，*7（入聲）為平調。

3.3　原始鹽城方言音韻系統擬測結果

根據上一節原始鹽城方言的擬測，計有 19 個聲母（包括零聲母在內）、49 個韻母、5 個聲調。筆者整理原始鹽城方言聲母系統、韻母系統、聲調系統擬測結果於下：

3.3.1　原始鹽城方言的聲母系統擬測結果

原始鹽城方言有 19 個聲母，包括零聲母在內，詳見下表：

表 100　原始鹽城方言聲母系統擬測

*p	*p^h	*m		
*f				
*t	*t^h	*n		*l
*ts	*ts^h		*s	
*tɕ	*tɕ^h		*ɕ	
*k	*k^h	*ŋ	*x	
*Ø				

此外，本論文認為 v 聲母是後起的，即音韻創新（phonological innovation），故此，當將這些字擬測為*Ø。

3.3.2 原始鹽城方言的韻母系統擬測結果

原始鹽城方言計有 49 個韻母，分有：陰聲韻 17 個、陽聲韻 15 個（屬於鼻化韻的有 9 個，屬於鼻音韻尾的有 6 個）、入聲韻（塞音韻尾）15 個、成音節 2 個，詳見下表：

表 101　原始鹽城方言韻母系統擬測

	開	齊	合	撮
陰聲韻	*ɿ	*i	*u	*y
	*o			
	*ɒ	*iɒ	*uɒ	
			*uəɪ	
	*ɛ	*iɛ	*uɛ	
	*ɔ	*iɔ		
	*ɔu			
	*ɤɯ	*iɤɯ		
陽聲韻（鼻化韻）		*iĩ		
	*ã	*iã	*uã	
	*æ̃	*iæ̃	*uæ̃	
	*õ			*yõ
陽聲韻（鼻音韻尾）	*ən	*in	*uən	*yən
	*ɔŋ	*iɔŋ		
入聲韻（塞音韻尾）	*æʔ	*iæʔ	*uæʔ	
	*oʔ		*uoʔ	*yoʔ
		*iɪʔ		
	*əʔ	*iəʔ	*uəʔ	
	*aʔ	*iaʔ	*uaʔ	
	*ɔʔ	*iɔʔ		
成音節	*m			
	*ŋ			

關於原始鹽城方言的韻母於元音舌位圖中的位置大致如下圖：

圖 12　原始鹽城方言的韻母於元音舌位圖中的位置

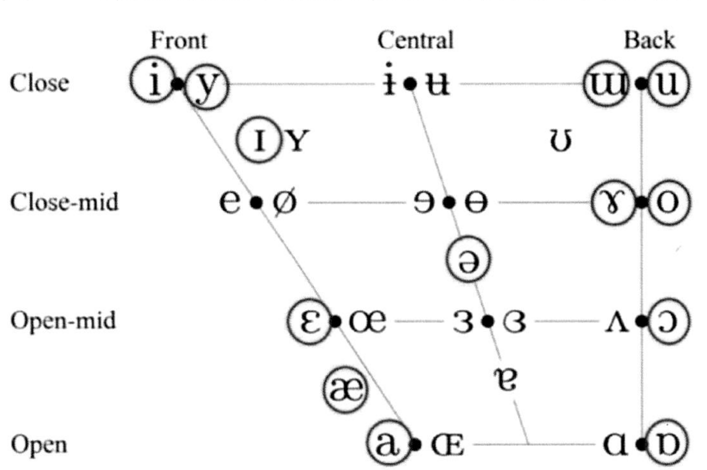

從表 101 及圖 12 來看，可見原始鹽城方言的元音系統係前元音少、後元音多的語言，而因為陰聲韻、陽聲韻、入聲韻分開擬測，彼此的元音、輔音搭配較不對稱，另外，原始鹽城方言以喉塞尾-ʔ為入聲的起點，並沒有兩種以上的入聲韻尾進行分別。會發生這樣的情形，係因各筆語料的語音面貌不同，在尊重比較方法及發音人的原則，我們依然將其列出討論。

從內部構擬法的系統性觀點來看，*in 更早期的形式當為**iən，入聲尚保留*iəʔ（七漆 $tɕ^h$iəʔ7），然諸多已經顯示為*iɪʔ，而陽聲韻則全然顯示為*in，故以**iəʔ＞*iʔ推測**iən＞*in 當係成立，因此，上表將*in 與*ən、*uən、*yən 同列。然而，本論文尊重歷史語言學比較方法所構擬之語音，此推測需要留待更多其他江淮官話方言點的材料來證明。

3.3.3　原始鹽城方言的聲調系統擬測結果

原始鹽城方言有 5 個聲調（即 5 種調類），詳見下表：

表 102　原始鹽城方言聲調系統擬測

聲調命名	聲　調	調　型
*1	陰平	下降調
*2	陽平	曲折調
*3	上聲	平調
*5	去聲	上揚調
*7	入聲	平調

3.3.4 附帶說明

從原始鹽城方言音韻系統擬測來看，這與吳瑞文（2022）針對「原始淮安方言」（PHA）的擬測情形相去不遠，都是根據歷史語言學的比較方法，透過所見語料歸納地建立早期方言原始語的樣態，並藉此系統來解釋語音演變。這也會進入吳瑞文（2022：143）注釋 49 所呈現的問題，茲錄於下：

> 也許有人會問，我們無從知道江淮方言的祖語是什麼情狀，除非遵循一套思維，一切漢語方言都是從同一個來源。事實上，要了解江淮官話祖語的早期樣態，必須透過比較方法來建構。
>
> 所擬測的原始淮安方言，它的時間深度較淺。換個角度，原始淮安方言屬於原始江淮官話的一支，原始江淮官話又屬於官話的一支，它在時代上不早於宋代。

於此，本章所擬測之原始鹽城方言，也屬於「原始江淮官話」的一支，而「原始江淮官話」又屬於「官話」的一支，在時代上也不早於宋代。

故此，筆者在往後的討論，即第 4 章到第 6 章，從歷史語料討論鹽城方言的聲母、韻母、聲調，針對中古《切韻》架構及《中原音韻》、《西儒耳目資》兩部近代音材料，討論其間之歷時音韻演變情形，嘗試探看原始鹽城方言的相對時代與正確性。